普希金

与俄苏文艺思想研究

吴晓都◎著

河北出版传媒集团

花山文艺出版社

河北·石家庄

图书在版编目（CIP）数据

普希金与俄苏文艺思想研究 / 吴晓都著 . —石家庄：
花山文艺出版社，2020.8 （2023.9 重印）
ISBN 978-7-5511-5228-0

Ⅰ . ①普… Ⅱ . ①吴… Ⅲ . ①普希金（Pushkin,
Alexander Sergeyevich 1799-1837）— 文 学 研 究
Ⅳ . ① I512.064

中国版本图书馆 CIP 数据核字（2020）第 100512 号

书　　名：**普希金与俄苏文艺思想研究**
著　　者：吴晓都

策划统筹：郝建国
责任编辑：于怀新　卢水淹
责任校对：李　伟
装帧设计：王爱芹
美术编辑：胡彤亮
出版发行：花山文艺出版社（邮政编码：050061）
　　　　　（河北省石家庄市友谊北大街330号）

销售热线：0311-88643221
传　　真：0311-88643234
印　　刷：北京一鑫印务有限责任公司
经　　销：新华书店
开　　本：700mm×1000mm　1/16
印　　张：16.5
字　　数：190千字
版　　次：2020年8月第1版
　　　　　2023年9月第2次印刷
书　　号：ISBN 978-7-5511-5228-0
定　　价：68.00元

目　录
CONTENTS

导言：普希金与世界文学

俄罗斯作为文学大国崛起的文化准备是在 18 世纪开始的，从那时以后，俄罗斯文学的精品与经典既是民族的，也是世界的，而普希金的创作就是世界文学这个语境中一个具有俄罗斯文化特色的文艺标本。陀思妥耶夫斯基在 1880 年普希金雕像在莫斯科落成典礼上的讲话中曾经说过，俄罗斯文化界有斯拉夫派和西欧派的争论，但是，假如普希金能活得更长久一些，这些争论，这种文化走向的分歧或将不可能存在①，因为普希金既是民族的，也是世界的。陀思妥耶夫斯基是对的。

"世界文学"是一个充满宏大气势和无限想象力的近代审美文化理念。自从歌德依据赫尔德的文化理论在世界文化史上明确提出"世界文学"的这个著名理念后，它就先在欧洲的，而后在世界的文化界广为传播，受到文学创作界和学界广泛与高度的重视，两百多年来各国学者从不同的视角去理解它，解读多样，林林总总，而唯有马克思和恩格斯在《共产党宣言》中第一次从历史唯物主义的角度科学地阐释了"世界文学"形成的社会历史条件，揭示了它产生的经济基础和发展趋势，"世界文学"的这个著名理念才获得了

① 参见［俄］陀思妥耶夫斯基：《在普希金塑像前的讲话》，《陀思妥耶夫斯基论艺术》，上海书店出版社，2009 年。

真正坚实的科学基础和充沛的生命力。

"世界文学"理念的历史唯物主义阐释

站在今天经济全球化的时代语境下回溯世界文学理念的产生和演化过程，我们不能不由衷地钦佩，还是马克思主义经典作家最早从经济基础决定上层建筑的社会历史高度深刻地洞察了世界文学发展进程的必然趋势。

一般认为，马克思和恩格斯是在《共产党宣言》中论及"世界文学"，当然是有充分根据的。不过。也应该注意到，马克思主义经典作家在《共产党宣言》系统阐明"世界文学"之前，他们在《德意志意识形态》的《费尔巴哈》一章里就已经涉及这个未来的与世界精神文化现象相关的重要问题了，他们在这一章节中详细探讨了世界市场逐渐形成后"意识的生产"的特点和经济成因。马克思和恩格斯指出："单独的个人随着他们的活动扩大为世界历史性的活动，愈来愈受到异己力量的支配（他们把这种压迫想象为所谓宇宙精神等等的圈套），受到日益扩大的、归根到底表现为世界市场的力量的支配。"① 在这里马克思主义经典作家强调了"世界市场"的基础决定作用。过去单独个人的精神文化活动，单个的意识生产由于世界市场的出现也相应出现了根本性的变化，这个变化就是，"仅仅因为这个缘故，各个单独的个人才能摆脱各种不同民族局限和地域的局限，而同整个世界的生产（包括精神的生产）发生实际联系，并且可能有力量利用全球的这种全面生产（人们创造的一切）"②。这里值得我们当代学者特别注意的是，马克思和恩格斯实际上是最

---

① ②《马克思恩格斯选集》（第一卷），人民出版社，1975 年，第 42 页。

早从经济全球化的视野和语境来论述世界的物质生产和精神生产的，充分展现了无产阶级的革命导师天才的历史预见性和高瞻远瞩的洞察力。世界市场不仅导致全球化的物质生产，而且必然导致了全球化的世界精神生产，马克思和恩格斯正是从这里自然而然地推导出了相应的即将产生的"世界文学"的产生，并为这一文学理念注入了历史唯物主义和辩证唯物主义的新内涵。

当然，马克思主义的"世界文学"理念是在 1848 年的《共产党宣言》中得到了更加明确、更加完整和更加系统的阐释："由于开拓了世界市场，使得一切国家的生产和消费都成为世界性的了。……物质的生产如此，精神生产也是如此，各民族的精神产品成了公共的财产。民族的片面性和局限性日益成为不可能，于是由许多种民族的和地方的文学形成了一种世界文学。"①

马克思主义经典作家揭示了"世界文学"必然形成的经济基础，是经过对大量现实经济活动和当代文化考察所得出的科学的论断。例如，无产阶级革命导师不仅在历史学、经济学和新闻报刊上了解到世界生产的发展态势，也从狄更斯、乔治·桑、巴尔扎克、欧仁·苏、雨果、普希金、车尔尼雪夫斯基、易卜生和哈根纳斯等欧洲大作家的作品中了解到了资本主义生方式的世界性扩张及其在文学上的反映，从而把握了具有世界性意义的文学思潮，如浪漫主义和批判现实主义的形成。恰如恩格斯自己所说的那样："正像《总汇报》这个德国人的《泰晤士报》——所说的，德国人开始发现，近十年来，在小说的性质方面发生了一个彻底的革命，先前在这类著作中充当主人公的是国王和王子，现在却是穷人和受轻视的阶级了，而构成小说内容的，则是这些人的生活和命运、欢乐和痛苦。最后，他们

---

① 《马克思恩格斯选集》（第二卷），人民出版社，1995 年，第 35 页。

发现，作家当中的这个新流派——乔治·桑、欧仁·苏和查·狄更斯就属于这个流派——无疑是时代的旗帜。"马克思、恩格斯所考察的现实主义文学在欧洲不同的国度先后兴起，并具有为世界市场所规约的相同的时代特征，资本主义的压迫导致无产阶级的贫困，有良知的作家开始关注与描绘他们的生活和命运。批判现实主义流派在当时欧洲的兴起正是一种具有世界文学语境的新型文学。

英国著名文学批评家柏拉威尔联系马克思和恩格斯的文学阅读和文学考察，在其著名的《马克思和世界文学》一书中对马克思主义的"世界文学"理念做了较为详细的分析，他对出现在《共产党宣言》不同版本里的核心关键词"literature"（Literatur, literarisch）的意涵做了非常细致的解读。他认为，虽然，这些词汇在《共产党宣言》里有不同用法[①]，但总体还是认同这些意义相近的词汇与"文学"相关。"'在这里 Literatur'一词指的是'论述某一学科的一批专门的书籍和小册子等等和写作这些作品的作家'。"[②]

柏拉威尔的如此理解是与马克思主义的文学观是相一致的，正如德国大诗人梅林在《马克思传》中描述的那样，马克思"绝不是那种常常和政治上的漠不关心或甚至奴颜婢膝相联的'纯美学'的信徒"，[③]所以，柏拉威尔写道："在马克思看来，文学不是一个单独的，闭关自守的部门。诗歌（像海涅的诗歌和西里西亚织工之歌）、小说（像古斯塔夫·波蒙、埃蒂耶纳·卡贝和乔治·桑的作品）、剧本（像古斯塔夫·弗莱塔格的《新闻记者》，马克思很久之后才看到这个剧本），显然是和另一些更具有浓厚功利色彩的体裁的作

①② ［英］柏拉威尔：《马克思和世界文学》，梅绍武等译，三联书店，1980 年，第 187 页。

③ 《马克思恩格斯论文学与艺术》（二），陆梅林辑注，人民文学出版社，1983 年，第 336 页。

品有关，并且可以有益地同这些作品联系起来加以讨论。"① 由此可见，马克思主义经典作家所理解的"世界文学"既是具体的流派意义上的文学范畴（如批判现实主义），也是超越"纯文学"意义上的广义的文学范畴（文化文本）。它超越所谓"纯文学的"狭隘理解，是对在世界市场时代中审美文化文本的广义指称。柏拉威尔的这些解读对于我们理解马克思主义的"世界文学"的深刻意涵有一定的参考价值。

诚然，在重温马克思主义"世界文学"理念的时候，需要我们正确理解的是，马克思和恩格斯所阐释和预言的"世界文学"的形成并不是说，将来世界各国作家都会用统一的"世界语"去写作一种缺失民族文化特色的超民族特点的文学文本。马克思主义经典作家在这里所强调的是，在未来的"世界文学"整体语境中，各民族文学中的"片面性"和地方的"局限性"会被逐渐形成的世界性的生产态势所化解，这些"片面性"和"局限性"被逐渐克服。换言之，在未来的"世界文学"中所克服的、会消失的只是民族文学的"片面性"和地方的"局限性"，而各民族文化传承久远的传统精华和优秀特征仍然会被保留，并在"世界文学"新形态的整体语境中更加便利地呈现出来，而且必定会借助"世界文学"的广阔平台而大放异彩。因此，我们应该这样理解，马克思主义的"世界文学"指的是依然保留各民族文化精华的跨民族、跨文化、跨地域和跨语言的具有整体观的一种文学语境和文学形态。

马克思主义经典作家历来关注世界文学的发展问题，同时也高度关注在世界资本市场形成以后的各个民族文学的成就与特点。对19世纪最有前途的两大民族文学（俄罗斯文学和挪威文学）尤其

---

① ［英］柏拉威尔：《马克思和世界文学》，梅绍武等译，三联书店，1980年，第189页。

关注。这种对欧洲发展中民族文学的特别关注恰恰证明，马克思和恩格斯虽然预言"世界文学"的未来形成，但他们从来没有忽视世界各个民族文学的自身发展。今天多媒体技术的发展及其在全世界的推广应用，使得"世界文学"的理念已经被广泛接受，同时，各国各民族的优秀文化成果也依然被世界更多地和更广泛地了解与熟悉。所以，在"世界文学"和民族文学的相互关系上不能机械地理解别林斯基的"越是民族的越是世界的"的理念。而应该按照马克思主义"世界文学"的科学理念来看待民族文化与世界文化的辩证关系，那就是，克服了片面性和局限性的文学越是世界的，也可以说，越是民族优秀的，才越是世界的。我们可以从文艺复兴以降的世界文学发展史已经证明了这个规律。发端于西欧的浪漫主义和批判现实主义思潮，被普希金和易卜生为代表的俄罗斯文学界和挪威文学界接受以后，这些主流的艺术方法结合着俄罗斯民族和挪威民族文化的特色而呈现出新的面貌。既是保留了西欧进步文艺的共性，又彰显出俄罗斯民族和挪威民族的文化个性，从而赢得了包括马克思主义经典作家在内的欧洲文化界的高度赞扬，认为它们是 19 世纪欧洲最有发展前途的发展中的民族文学。

马克思主义现实主义文论与世界文学

马克思和恩格斯的现实主义文论（其核心概念是艺术真实观和艺术典型观）也是在世界文学的整体语境中来阐释的。欧洲现实主义文学，特别是 19 世纪的批判现实主义文学创作是马克思主义经典作家关注的主要对象，是他们文艺思想阐发的重要文献依据。正是在对莎士比亚、塞万提斯、乔治·桑、狄更斯、欧仁·苏、普希金、巴尔扎克、敏·考茨基、哈根纳斯等现实主义经典的系统评论中形成了马克思主义的现实主义文论思想体系。应该注意的是，马克思主义文论的一个特点，就是其理论的前瞻性。马克思和恩格斯在当代文学的研究中，并不是仅仅停留在当下的个别作品的评价上，而总是在分析作家作品的优缺点和总结文学的规律的同时提出未来理想文学的创作远景。而这种规律的总结和远景的预见没有局限在单个民族文学的评价和分析的局部范围，而总是放眼世界文学的长大语境。例如，马克思和恩格斯在评价友人拉萨尔的剧作时就引入莎士比亚现实主义作为文化参照，同时没有忘记德国席勒所代表的德国"观念戏剧"的评价标准。正如苏联马克思主义文评家弗连德里杰尔所指出的那样：恩格斯"在谈到未来的戏剧时指出，未来的社会主义戏剧的任务是，把'思想深度''意识的历史内容'同'莎士比亚剧作的情节的生动性和丰富性'有机结合在一起，把'现实主义的'和'理想的'因素结合起来"①。马克思主义的未来文学理念正是融合各个民族和地方文学优长的世界文学整体语境的崭新的文学观念。

同样，马克思和恩格斯在谈到现实主义的真实性和典型性的时候，也是从多民族文学的比较视野，也就是从"世界文学"语境来看待这些文艺创作的重要问题的。他们在阅读各国文学名著的过程中，特别注意那些经典大师描写的细节方面，同时认为细节真实只是塑造经典人物的必要前提。恩格斯在致英国作家哈根纳斯的著名文艺通信中提出了他对现实主义文艺典型的精辟理解，"除了细节的真实外还要再现典型环境的典型人物"。熟悉马克思主义经典作家的学者都充分注意到，法国文学和俄罗斯文学，特别是19世纪文学是马克思主义文艺批评观念建构的主要文学资源。在19世纪有两

① ［苏联］弗连德里杰尔：《马克思恩格斯和文学问题》，郭值京等译，上海译文出版社，1984年，第224页。

种主要的文学潮流，浪漫主义和现实主义，法国文学和俄罗斯文学在这两种文学思潮中都有杰出的文学家和经典作品涌现。它们成为马克思主义经典作家观察法国社会现状和俄罗斯社会发展的重要窗口和建构文学理论的审美文献资源。

马克思在《资本论》这样的政治经济学的专著中也把巴尔扎克的文本看作是值得信赖的资料："例如巴尔扎克曾对各色各样的贪婪做了透彻的研究。那个开始用积累商品的办法来贮藏货币的老高利贷者高布赛克，在他笔下已经是一个老糊涂虫了。"[①] 可见马克思对巴尔扎克小说细节关注的细微。令马克思和恩格斯记忆深刻的不仅有巴尔扎克的那些比社会学家统计学家还要精确的那些细节，同时也还有普希金在《叶甫盖尼·奥涅金》中关涉政治经济学的那些细节描绘。普希金的《叶甫盖尼·奥涅金》中的老农奴主，那个垂死的伯父愚昧无知和惊人的懒惰都是通过细节真实描写来表现的。弗里德连杰尔特别提到马克思和恩格斯赞赏《叶甫盖尼·奥涅金》的第一章第七节诗[②]。马克思在《政治经济学批判》专门还提道："在普希金的长诗中，主人公的父亲简直不懂得商品就是货币。然而货币就是商品，这俄罗斯人人早就懂得了。"[③] 普希金像巴尔扎克一样在现实主义文学创作中高度重视并充分展示当时社会的"经济细节"。马克思主义经典作家如此看重俄罗斯文学大家的经典名著，不仅是关注俄罗斯社会的经济生活，而且也是把普希金当作懂得细节真实

---

① 《马克思恩格斯论文学与艺术》，陆梅林辑注，人民文学出版社，1983年，第130页。

② [苏联]弗里德连杰尔：《马克思恩格斯与文学问题》，郭值京等译，上海译文出版社，1984年，第528页。

③ 《马克思恩格斯论艺术》（二），曹葆华等译，中国社会科学出版社，1982年，第413页。

重要性的同时代的欧洲现实主义文学大师一样看待，认定他是同时代当之无愧的具有世界文学意义的大作家，也是俄罗斯社会与时代的"书记员"。普希金以毫无保留的批判激情与犀利笔触再现了俄罗斯19世纪典型环境，同时塑造出来具有世界文学意义的典型人物。因此，普希金的典型就具有了前跨国资本主义的时代的历史个性特征。马克思主义现实主义文艺理论之艺术真实观和典型观正是在"世界文学"的语境中，细读巴尔扎克和普希金等现实主义大师的文本，并总结概括其创作特点的基础上建立起来的。

列宁的社会主义文艺观与世界文学

列宁的文艺思想是对马克思主义文艺思想的直接继承和发展。列宁所处的时代是无产阶级革命成功实践和开辟社会主义建设的时代，他和布尔什维克党所面临的文化语境与马克思、恩格斯的时代不同，他们要建设社会主义的文化，实践马克思主义的世界文学的理念。列宁在《共青团的任务》中指出了包括文艺思想在内的马克思主义理论意义的全人类性质，"即马克思主义学说，已经不再是19世纪一位天才的社会主义者的著作，而成了全世界千百万无产者的学说"①。列宁虽然没有直接阐释马克思的"世界文学"的理念，但是他在关于世界上第一个社会主义国家文化建设的指导方针的论述上实际上遵循了马克思主义的文艺思想原则，运用了马克思主义的文艺阐释方法论。列宁特别看重马克思对全人类过去一切思想文化的辩证唯物论的科学的全面的严谨批判吸纳态度。"凡是人类社会所创造的一切，他都用批判的态度加以审查，任何一点都没有忽

---

① 《列宁论文学与艺术》，中国社会科学院文学研究所文艺理论研究室编，人民文学出版社，1983年，第105页。

略过去。凡是人类思想所建树的一切，他都重新探讨过、批判过，在工人运动中检验过，于是就得出了那些被资产阶级狭隘性所限制或被资产阶级偏见所束缚的人所不能得出的结论。"①列宁在这里虽然是在批判世界文化接受中右倾观点的狭隘性和局限性，但他同时也是针对在第一个社会主义国家苏联文化建设初期所表现出来的"左"倾的幼稚病的。他尖锐地指出："例如，当我们谈到无产阶级文化的时候就必须注意到这一点。应当明确认识到，只有确切地了解人类全部发展过程所创造的文化，只有对这种文化加以改造，才能建设社会主义的文化，没有这样的认识，我们就不能完成这项任务。无产阶级的文化并不是从天上掉下来的，也不是那些自命为无产阶级文化专家的人杜撰出来的，如果是这样，那完全是胡说。无产阶级的文化应当是人类在资本主义社会、地主社会和官僚社会压迫下创造出来的全部知识合乎规律的发展。所有这些大大小小的途径，无论过去、现在或将来，都通向无产阶级的文化，正如马克思改造过的政治经济学向我们指明了人类社会的必然归宿。"②苏维埃俄国建国初期，俄国的庸俗文艺学一度影响了文艺创作界和理论界对世界文化遗产的接受，一些无知或患有"左"倾幼稚病的教条主义者，也违背文化发展规律来奢谈苏联新文化的构建，企图否定以前时代的文化遗产，列宁的社会主义文化建设观，包括他对世界文学理念的接受，纠正了这些错误的文艺思潮。所以列宁强调，"不是臆造新的无产阶级的文化，而是根据马克思主义世界观和无产阶级专政时代的生活与斗争条件的观点，发扬现有文化的优秀典范、

① 《列宁论文学与艺术》，中国社会科学院文学研究所文艺理论研究室编，人民文学出版社，1983年，第105—106页。

② 同上书，第106页。

传统和成果"①。根据马克思主义世界观，也就是要求依照包括马克思主义经典作家对文学发展的规律与趋势的科学认识那些基本文化原则来建设社会主义的文化。

列宁本人就注重在"世界文学"的语境中来分析、研究和评价俄国的文学泰斗。列宁在评价法国诗人鲍狄埃时就用普希金的著名诗句来阐明国际歌的普遍意义。而且，他对列夫·托尔斯泰的著名评述中也多次使用"世界文学"的概念。他指出："托尔斯泰的作品、观点、学派中的矛盾的确是显著的。一方面，是一个天才的艺术家，不仅创作了无与伦比的俄国生活的图画，而且创作了世界文学中的第一流的作品。"②列宁进一步注意到托尔斯泰"天才描述"的世界文学意义。"由于托尔斯泰的天才描述，一个被农奴主压迫的国家的准备时期，竟成为全人类艺术向前跨进的一步了。"③显然，列宁在评价自己民族的文豪时注意到文学大家作品价值的双重品质，作品的民族性和作品的"世界文学"语境，尽管列宁没有对"世界文学"的内涵做展开阐释，但是他十分清楚托尔斯泰作品的文化构成不仅仅是单一的俄罗斯的一个民族的。把托尔斯泰作品的"俄国生活图画"与"世界文学"评价标高两相对照与紧密联系，列宁的文学评论视野和方法完全是马克思主义的"世界文学"理念在俄罗斯文学评介中的有力再现。因为列宁洞察到列夫·托尔斯泰作品揭露的不仅是俄国农奴制社会的本质，也是世界资本对近代俄国宗法社会侵蚀的本质，托翁的作品是在世界市场语境下写成的，当然也就是"世界文学"语境下的天才成果，从而体现了作为世界文学大师托尔斯泰"对

① 《列宁论文学与艺术》，中国社会科学院文学研究所文艺理论研究室编，人民文学出版社，1983 年，第 121 页。

② 同上书，第 202 页。

③ 同上书，第 210 页。

资本主义的批判"[①]。

列宁蕴含马克思主义"世界文学"理念的社会主义文艺建设构想的思想对苏联社会主义文学的创立与繁荣具有深远的影响。由于有列宁领导的布尔什维克正确的文艺方针的指引与政策保障,苏联文学没有游离于世界文学的发展进程。还在新经济政策时期,俄苏文学就出现了一个"新史诗"创作的文学繁荣期,甚至有的文学史家把这个时期誉为俄罗斯文学的"文艺复兴"。涌现在世界文坛上的苏联文学的新的世界级的大师如肖洛霍夫正是在那个时期崛起的,20世纪20年代的苏俄社会主义文学的许多经典,不仅注重吸取世界文学的精华,而且更具有面向世界的宏大气度与豪气。1918年,十月革命胜利后苏俄国家立刻创办了"世界文学"出版社,苏联科学院后来也创办了高尔基世界文学研究所,在世界文学的语境下出版俄罗斯和外国优秀的古典作品,广泛深入研究世界文学语境下的各国文学。这些与世界文学相关的重大文化举措无疑是在列宁文艺思想指导下对马克思主义文艺观念,尤其是对马克思、恩格斯的"世界文学"理念的积极响应。

150余年来,包括"世界文学"理念在内的马克思主义的文艺思想对世界社会主义文学和各个民族的进步文学的发展产生了积极和深远的影响,是马克思、恩格斯留给世界文艺理论的宝贵精神遗产,经济全球化条件下世界各民族文学创作观念相互影响、互文互通、日益融合的当代文化现状,业已证明了马克思、恩格斯当年的科学预见。马克思主义文艺理论精辟概括世界文学发展规律的真知灼见,透视世界市场在文化建构中复杂作用的洞察力,尤其是深厚的历史

---

① 《列宁论文学与艺术》,中国社会科学院文学研究所文艺理论研究室编,人民文学出版社,1983年,第215页。

唯物主义的内涵和辩证思维，对于正处跨国资本主义时代和经济全球化语境下，对于我们的俄苏文学研究依然具有高屋建瓴的方法论的指导意义。

新时期普希金文艺思想研究概况

作为世界文学经典作家①，普希金的文艺思想始终是我国新时期俄罗斯古典文艺思想研究中的一个学术重点。20 世纪 80 年代文化研究兴起以来，对普希金文艺思想的文化根源的探讨有所进展，研究者力求在世界文化，特别是东西方文化语境中解释普希金的文学观念，开始把他的创作理念与俄罗斯近代文化发展的走向联系起来研究。除了普希金的现实主义和浪漫主义文艺思想研究得以深化外，研究者还力图发掘普希金文艺思想对现代文艺观念和社会思想的多重启迪；普希金作为有"思想家素质"的文学家的身份开始得到当代研究者的认同与更多的关注，学者着力从人文学科不同领域如文学、史学、宗教学、艺术学等诸多视角观照普希金的文艺思想，跨学科研究的姿态已经初露端倪。在观念上，研究者注重突破旧有固定的思维模式，积极拓展学术研究的资源空间；在研究方法上，注重文艺理论与批评新模式新观念的引进与运用。对普希金艺术思维的解读更加趋向多维度、多层面，特别是从比较文学的学科角度所做的相关探索收获显著。

国内普希金学者关注的普希金文艺思想主要有三个问题：文艺创作思想问题、创作方法问题以及方法转型问题。

新时期以来，我国的普希金研究获得前所未有宽松的学术环境

---

① 奥加廖夫认为，就普希金创作关涉人类生活和情感的一切方面而言，普希金当然是具有世界性的文学家，可以与歌德和莎士比亚媲美。

和极大的思想活力。在普希金学的领域中，前期比较重视普希金的现实主义和浪漫主义文艺思想。同时，还有从普希金创作中体现出来的比较深刻的人道主义思想。普希金与俄罗斯东正教思想的关系，也纳入了研究者的视线和聚焦中。

戈宝权先生对普希金文艺思想的研究是结合普希金生平和在世界文学的大格局中来展开的。

余振先生在《普希金长诗选·后记》（1982年、1984年出版）中认为，普希金写于南方流放时期的传奇长诗《强盗兄弟》已经先于《驿站长》（20世纪30年代）真正提出了小人物的问题。虽然"《强盗兄弟》没有公然的政治倾向性，但是作品中所强调的自由精神与充满真实的人的感情同社会冲突的俘虏一样，已经决定了它的十二月党人的声响……《强盗兄弟》的人物是最下层的'小人物'。普希金后来又写了著名的《驿站长》来描写'小人物'的命运。在普希金之后，'小人物'成了俄罗斯文学中最被关心的问题之一"[1]。同样，这位翻译家认识到，普希金的浪漫传奇虽然写的是传奇故事，不是政治诗歌，但都充溢着现实色彩，"在当时现实的基础上写出了当代人的性格"[2]。正如诗歌作者普希金本人所言，他要"这部长诗中描写这种成为19世纪青年特点的对生活、对人生享受的冷漠和聒噪的心灵衰老"。余振认为："南方长诗中拜伦主义的色彩实在逐渐淡薄下去，《茨冈人》中这种色彩已经摆脱干净，《茨冈人》最后两行，可以说，概括了普希金离开拜伦主义后形成了自己的观点。"[3]也就是说，论者认识到，从《高加索俘虏》到《茨冈人》普希金完成了俄国"拜伦式英雄"心路历程的探索，诗人对所谓完全

① 《普希金长诗选》，余振译，外国文学出版社，1984年，第380—381页。

② 同上书，第378页。

③ 同上书，第385—386页。

回归山野荒园的浪漫主义行为方式有了更深的认识。

还有的论者同样在《茨冈人》中发现了普希金在浪漫主义后期的现实主义的转折，特别是对浪漫主义的深沉思考与自我批判。郑体武先生在《普希金的长诗和童话诗创作》中也认为："《茨冈人》里已包含了一定的社会内容，它表明，普希金的创作方法已经进入一个新的阶段。"[①] 通过这些研究将普希金的现实主义创作扩展到传统习惯认为的浪漫主义分类之中。

其实，真正的经典的文艺创作，现实主义和浪漫主义是互为涵盖的彼此交融的。因为作家的文艺思想艺术构思并不受当时或后来的批评家或批评流派的观念的束缚和制约。不过普希金的现实主义之路究竟是从何时开始的，仍然可以继续讨论。普希金本人说他在1823年就准备写一部现实题材的作品，这就是后来为人们所熟悉的最经典之作《叶甫盖尼·奥涅金》。这个时期也是许多论者认为的普希金现实主义叙事开始的时期。

普希金的艺术思维也受到研究者的高度重视。程正民先生在《论普希金的艺术思维的特征》一文中对普希金的艺术思维的重要特征做了比较精细的分析概括。他把普希金的艺术思维归为"开放性"的和"创造性"的思维种类[②]。程正民把普希金的艺术思维的形成和发展归功于俄罗斯社会发展，是新时代的产物。[③] 这个结论符合历史唯物主义。

天才人物的特殊才能只能适应社会的发展，跟上时代的步伐，与时俱进，符合时代和生活的要求，才能得到更加充分的展现。论

---

① 郑体武：《普希金的长诗和童话诗创作》，《普希金全集》，刘文飞主编，第4卷，河北教育出版社，1999年，第9页。

②③ 程正民：《论普希金的艺术思维的特征》，《外国文学评论》，1989年第4期，第97页。

者注意到，普希金的世界观中包含朴素的辩证法的观念，这就是"发展的观点"。论者认为，普希金正是因为具有"发展的观点"才从古典主义和浪漫主义的艺术中各采众长，创造出了俄罗斯新型的现实主义文学。[①] 创造性的艺术思维使普希金不仅摆脱了在西欧文学大师后面的亦步亦趋，而且还有所超越。的确，我们从普希金对梅里美的创作影响，也可以佐证这种观点。在程正民先生看来，"普希金艺术思维的开放性和创造性，在很大程度上是由诗人在俄国文学史上的特殊地位决定的"。把普希金的思维类型定位开放和创造，非常正确。不过，说这种特征是由他所处的地位决定的，就值得商榷了。普希金写作《皇村的回忆》时才 16 岁，初登文坛，但他的创造力已经突显，20 岁就创作了鼓舞文坛的《鲁斯兰与柳德米拉》，也还是文坛的新星，应该说，正是普希金创造性艺术思维和他探索的勇气及辉煌艺术成就决定了他的特殊地位，而不是相反。这位论者也坚持认为，在普希金的文艺思想发展过程上有一个从浪漫主义到现实主义的转折。他认为："普希金从效仿拜伦到效仿莎士比亚意味着他同浪漫主义的决裂，同时也表明他已从浪漫主义走向现实主义。"[②] 这种结论是有文学史的事实依据的。特别是联系普希金本人的文艺思想变化来考察分析的。论者引用普希金自己的对历史和人物的认识，说明这种进化和转折。普希金开始"按照莎士比亚的戏剧体系撰写悲剧，要打破三一律，力求'用对人物和时代的忠实描绘，用历史性格和事件的发展来弥补这个明显的缺点'"，忠实于历史的描绘就是现实主义。程正民先生认为："普希金创作提纲类型由浪漫主义到现实主义，是以《鲍里斯·戈都诺夫》（1824–1825

---

① 程正民：《论普希金的艺术思维的特征》，《外国文学评论》，1989 年第 4 期，第 97 页。

② 同上刊，第 102 页。

年）为标志的。"^① 这个结论笔者是比较赞同的，因为这个时期与普希金写作《茨冈人》和他声称的要写一部现实题材小说的《奥涅金》的主张是一致的。这个判断基本吻合普希金的文艺思想转折。

总之，被有的论者称为普希金创作方法"转折论"的时期大体是在 1824 年到 1825 年前后。或许这里有两个重要原因，俄国国内的和国外的：国内的是 1825 年的十二月党人起义及其失败，国外的则是普希金崇拜的浪漫主义英雄"思想上的另一个君王"拜伦的辞世，可能是这两个重大的不幸事件终结了或开始终结普希金的浪漫主义纯情梦想。

张铁夫先生力求在东西方文化大语境中来阐释普希金的文艺思想的经典意义。他提出了普希金的创作"融合西东"的文化特征的观点^②。还在《普希金新论——文化视域中的俄罗斯诗圣》中作者就尝试从"普希金的文学人民性思想、自由理念、死亡意识、伦理指向、女性观念、圣经情结、叙事艺术等七个方面，对普希金的思想和艺术世界做了新的探索"^③。

他和他的课题组在研究普希金的文艺思想方面做了大量的努力。围绕普希金文化定位问题进行了积极的探讨。他们肯定国内学者在探究普希金文化定位上的学术努力，但是，他不同意《试论普希金在俄国文化中的定位》（祖淑珍）文章中关于普希金居于东西方文化中间的结论^④。张铁夫认为，在普希金的创作中，东方文化因素所占的比重是较小的，相对于西方文化因素来说是次要的。因为"在

① 程正民：《论普希金的艺术思维的特征》，《外国文学评论》，1989 年第 4 期，第 102 页。

②④ 张铁夫：《普希金新论——文化视域中的俄罗斯诗圣》，中国社会科学出版社，2004 年。

③ 同①，第 14 页。

普希金二十四年的创作生涯中，只有约十年时间，在为数不多的作品中，可以看到，东方文化的影响和东方文化因素"[①]。他比较赞成俄罗斯古典文化和文学史家利哈乔夫院士对俄罗斯文化所做的根本定位。即俄罗斯文化基本上是属于欧洲文化，西方文化，俄罗斯从来不属于东方。[②] 而作为俄罗斯文化的最杰出的代表，顺理成章，他当然也是属于欧洲和西方文化范畴的作家。普希金文艺思想的世界意义也是学者们特别关注的。

查晓燕女士在《普希金——俄罗斯精神文化的象征》中从历史主义观、启蒙主义思想和宗教文化观三个主要方面揭示了普希金作为俄国精神文化象征的基本理由，在探索普希金文艺思想的文化特征和内涵方面，做了较为系统的历史梳理。论者认为，普希金是俄罗斯历史，发展史的辩护者。普希金不仅是卡拉姆津的学生，更是他历史观念的守护人。"普希金不仅看重《俄国国家史》的历史史料价值，而且吸取了其文学价值。"[③]

但是，近来也有俄罗斯学者认为，卡拉姆津的俄罗斯历史观也有夸大彼得大帝在历史进程中的作用。而普希金在他的一系列历史题材著作中在对彼得大帝的评价中已经超越他的启蒙老师卡拉姆津了。当然，普希金继续了彼得大帝的历史思考，但是诗人也超越了一代君王，并对专制沙皇有尖锐的批判。在这一点上，论者显然注意不够，甚至把普希金的进步理想简单地与彼得大帝的思想等同起

---

① 张铁夫：《普希金新论——文化视域中的俄罗斯诗圣》，中国社会科学出版社，2004年，第14页。

② 参见［俄］利哈乔夫：《解读俄罗斯》，吴晓都等译，北京大学出版社，2003年。

③ 查晓燕：《普希金——俄罗斯精神文化的象征》，北京大学出版社，2001年，第61页。

来。比如，如何理解"人的自由和人性的发展完美地结合起来——这是彼得大帝关于俄罗斯民族精神文化道路思考的延伸和深化"①。普希金是公认的自由的歌手，而彼得大帝是普希金严厉批判的只知道使用皮鞭的"专制的地主"。论者肯定了宗教在晚年的普希金的创作与人生上有一定的作用，在"普希金这位非宗教信仰者身上，我们能够找到一些宗教成分，尤其在他后期的思想与创作里，宗教因素比较显著"②。但笔者认为，无神论观念和宗教因素如何协调，论者的阐述不够明晰。

刘文飞先生在《普希金综论》中对普希金文艺创作的主题思想的概括首先就强调诗人的主题的"现实生活"方面，认为普希金对现实生活的关注与把握不仅体现在普希金的经典代表作《叶甫盖尼·奥涅金》上，而且也几乎体现在普希金的一切创作上。③ 在关于普希金文艺思想从浪漫主义向现实主义转变的过程得到大多数普希金学研究者认可的大语境下④，刘文飞提醒学界同仁注意，"这一观念的提出，应该有着三个前提：一、普希金的创作是遵循着一定的创作方法的；二、普希金的创作是产生过变化的；三、现实主义方法是比浪漫主义更先进的一种创作方法。普希金创作过程充满着变化，这是毫无疑问的；普希金在进行创作时是否在有意识地遵循着某种既定的创作方法，则是颇有疑问的。而现实主义是否在任何时候、任何地方都是超越浪漫主义的，就更值得怀疑了。在较为完整地阅读了普希金之后，我们并没有清晰地感觉出普希金的'转折'

①② 查晓燕：《普希金——俄罗斯精神文化的象征》，北京大学出版社，2001年，第163页。

③ 刘文飞：《阅读普希金》，人民文学出版社，2002年，第7页。

④ 持"转折论"的文章还有：《从浪漫主义到现实主义》（杜嘉蓁，《上海师范大学学报》1988年第1期）等。

及其准备和实现，反而发现了'转折论'的一些矛盾之处"①。可以看出，在新时期，关于过去文学史上大家基本具有共识的一些定论，此时有了一些争论，学术争鸣是非常可喜的，通过争论，文学史上问题可以辨析得更加清楚。

关于普希金思想或创作方法的转变或转折问题就是一个值得再重视的问题。刘文飞先生质疑普希金创作方法"转折论"，他提出的重要依据是《奥涅金》创作周期的漫长，其间并无明显的转折。除了"诗艺上的成熟、思想和感情上的深刻化以外，我们看不出太多的相异来"。当然，作家不是理论家，他不可能按照理论家相对严格界定的创作方法写作，作家的文艺思想的变化也不是绝对的，前面已经论述，作家的现实主义文艺思想与浪漫主义文艺思想有时候相互渗透互有交叉的情形在世界著名作家中是司空见惯的。普希金中晚期（相对而言）（普希金辞世时也非常年轻）以后，的确没有青春时期的乐观的激情的浪漫情绪，他转入历史研究，比如彼得大帝和17、18世纪的农民起义历史的考察，更多地以冷峻的笔触描写现实生活，也都是文学史上公认的事实。

持"转折论"的学者或译者并不都是认为现实主义高于浪漫主义创作方法，而只是肯定了普希金的一种文艺思想的转化。因为普希金自己都清醒地道出，对浪漫主义先驱憧憬的某种生活行为方式连同他们的幻想业已破产，这本身就说明了他的文艺思想的转变。《茨冈人》是一个典型的例子。在《奥涅金》中这种对过去诗人本人都迷恋的浪漫主义气息，通过对连斯基单纯幼稚冲动盲目而最终可怜的结局的描绘和嘲弄，彻底告别了浪漫主义梦想。至于普希金始终的一贯的抒情风格，能否成为普希金文艺思想有无变化转折的依据，

---

① 刘文飞：《阅读普希金》，人民文学出版社，2002年，第14页。

其实问题并不在此。浪漫主义重视感情的抒发，但抒情性或炽烈的情感是否就是 19 世纪浪漫主义的唯一特征，完全另当别论。因为，我们讨论的普希金的文艺思想或创作方法转折，主要还是针对 19 世纪的两大文艺思潮而言的。现实主义同样也具有抒情性，读读杜甫的诗篇就一目了然了；果戈理的小说也同样具有浓烈的抒情插笔或描写，但这没有人说他是浪漫主义作家。"转折论"者讲的主要是普希金连同他的学生后辈抛弃了逃避现实，追求异域风情，渴望在异域他乡实现自身理想的那种"浪漫主义"。随着普希金思想的成熟，他毫无疑问是背离了这种兴起于拜伦、雪莱、华兹华斯、歌德们家乡的这种西欧"浪漫主义运动"。

智量先生的《〈叶甫盖尼·奥涅金〉的形象体系与创作方法》对原有的"典型环境中的典型人物"的"多余人"形象体系及其分析方法提出商榷意见。[①] 他认为，从忠实于现实的角度去理解奥涅金这个艺术典型并不错，但是一般读者未必都对 19 世纪初期的社会现实感兴趣，这部作品流传一百余年，仍给读者许多启发，这说明"奥涅金形象身上还有着某种更广泛也更加深刻的意义……应该从人类的一个根本的矛盾上去寻找答案"[②]。论者从形象起源上去寻找奥涅金的前世今身。比如，法国作家贡斯当的《阿尔道夫》中的主人公阿尔道夫。理由是，普希金本人谙熟法兰西的文艺作品，很可能读过贡斯当的《阿尔道夫》。这种推测，其实，也不是特别新颖，普希金自己就指出，他的主人公类似英国的哈罗德，一个英国"忧郁病"患者。当然论者主张摈弃庸俗社会学的文艺研究方法，将文艺作品主人公纳入更加广阔的文化空间文化语境来做系统研究，文论方向和方法大体是正确的。比如，他认为，塔吉雅娜作为形象体系中的

①② 智量：《〈叶甫盖尼·奥涅金〉的形象体系与创作方法》，《外国文学评论》，1990 年第 3 期。

一个中心人物，"也体现着人的个体自然性特征和群体社会性特征的矛盾"①。所以，在论者看来，塔吉雅娜不是一个现实的形象写真，而只是"普希金在他所能达到的历史高度上为俄国人也为全人类树立的一种人生范例，她是一个理想型而非现实型的人，作家称它为'我的忠实的理想'"②。论者的用心良苦，不过，按照论者的意思，《奥涅金》作为"俄国社会现实的百科全书"的现实主义的创作杰作典范的意义就荡然无存了。应该说，塔吉雅娜既是俄国现实中存在的一类青年的典型，人物写照，同时又寄予了普希金本人的某些理想，这才比较符合普希金创作的原本事实。

我们认为，"典型论"评价原则与苏联文艺学中的某些"庸俗社会学"评价方法是根本不同的，绝对不可相提并论。如果，把普希金的带有某种理想色彩的著名人物典型完全划为理想人物而非现实人物，那么，普希金的俄国现实主义文学奠基人的地位也就无从谈起了，普希金岂不成为俄苏"虚假文学"的始作俑者了。现实主义创作方法定于一尊是不可取的，是俄罗斯和苏联文学史历史的教训。但是，也不能从一个极端跳到另一个极端，完全否定历史上连作家本人都承认的现实的创作法则。论者认为，《奥涅金》正是后来在 20 世纪中国文坛曾经主张呼唤过的现实主义和浪漫主义创作方法"两结合"的 19 世纪的光辉先驱。而且论者认为，"从《皇村的回忆》到《上尉的女儿》"，历经《鲁斯兰和柳德米拉》和《叶甫盖尼·奥涅金》，普希金的经典杰作大都是现实主义与浪漫主义创作方法的结合，"《叶甫盖尼·奥涅金》作为普希金的代表作，她在艺术上的最大特点便是这两种方法的天衣无缝的结合"③。由此可见，这

---

① ② 智量：《〈叶甫盖尼·奥涅金〉的形象体系与创作方法》，《外国文学评论》，1990 年，第 89 页。

③ 同上书，第 90 页。

篇文章的逻辑重音正在于让读者和研究者重新认识到，普希金的代表作《奥涅金》不仅是两结合的杰作，而更加主要的要理解，它还是一部浪漫主义的杰作，浑身上下充溢着浪漫主义的一切元素和气息。可能是以前，我们关于这部作品太多定位于现实主义的了。那么，我想，假如将这篇论文的题目直接定位《叶甫盖尼·奥涅金——普希金浪漫的现实主义的杰作》还更加醒目一些。比较文学或比较诗学方法在普希金文艺思想及其创作方法研究上的运用。有的研究者注意发现普希金在历史小说上叙事观念与方法的创新[①]，用比较的方法来研究这些问题。如胡日佳先生在其专著《俄国文学与西方——审美叙事模式与比较研究》就对普希金与英国历史小说名家司各特的叙事观念极其创作方法做了对照比较研究。他认为，普希金与司各特在历史叙述小说写作上的显著不同在于，后者"以繁为美"，而前者"以简为美"。[②]看来，研究者抓住了普希金崇尚文章简洁的文艺法则。

笔者的专著《俄国文化之魂——普希金》是一部评价普希金生平创作、文艺思想和文化意义的学术评传，重点是研究和评论普希金的叙事创作以及这些经典在俄国文化中的意义。专著对普希金的童话诗歌、传奇长诗、历史剧和历史小说，特别是长篇小说《叶甫盖尼·奥涅金》等叙事名作及其体现普希金的文艺思想进行了专门的解读，阐明了普希金对俄国19世纪以来叙事文学主题和题材方面的奠基意义，力图进一步揭示普希金对俄罗斯文学、绘画、戏剧、电影和文论等等审美文化各个领域深远广阔的影响。这部专著对普希金从浪漫主义到现实主义的艺术创作转型过程进行了比较的细致

---

① 胡日佳：《俄国文学与西方——审美叙事模式与比较研究》，学林出版社，1999年，第291—295页。

② 同上书，第294页。

分析；结合《茨冈人》与梅里美小说《卡门》文本比较，尤其突出地彰显了俄罗斯文学经典对西欧文艺经典的影响。专著指出，普希金的诗学观念还是俄罗斯 20 世纪的文艺理论重要的依据，什克洛夫斯基和托马舍夫斯基的文学理论创新都借助诗人的创作来加以佐证。诗人那形象丰富色彩斑斓的创作促使俄国形式主义理论家修正自己的理论迷误。作者认为，普希金的经典对俄国文学和世界文艺的影响有显性的和隐性的两个层面：在显性层面上，我们可以从俄罗斯文学的主题、风格和题材以及创作方法上明显感觉到，果戈理、莱蒙托夫、屠格涅夫、陀思妥耶夫斯基和列夫·托尔斯泰都公开承认是普希金的传人。普希金通过对柴可夫斯基、爱森斯坦和什克洛夫斯基的文化滋养而对世界音乐、世界电影和世界文论产生了积极而深远的影响。

普希金创作中的思想主题得到了多方面的阐释。在以往，《驿站长》的思想主题大多被解读为同情小人物，批判沙俄专制社会上层统治阶级对下层小人物的压迫。而新时期以来，这部作品思想主题的理解有所扩展，主要是在俄罗斯道德主题层面上来理解普希金小说的思想深度。有评论认为，除了对明斯基的批判外，还有对主人公女儿冬妮亚抛弃亲情的委婉批评，这种批评是基于高度的道德准则的。①

总之，进一步梳理新时期富有深刻的变化和发展的普希金文艺思想研究，对于研究普希金与俄国近代文艺思想具有学术对话的建构意义。

---

① 吴晓都：《普希金叙事创作对俄国文学的意义》，《外国文学评论》，1999年第 3 期。

普希金与俄罗斯的启蒙主义

大国崛起，文化先行。俄罗斯文学能在 19 世纪大放异彩、辉耀世界文坛绝不是偶然的，除却古俄罗斯文化的深厚根基之外，还与这个后起的文化大国恰好赶上了欧洲蓬勃兴起的启蒙文化运动，俄国思想界、文化界广泛深度地吸纳了启蒙主义文化成果有密切的关系。

启蒙主义在欧洲实际上是文艺复兴运动与宗教改革的深化与继续，以洛克、伏尔泰、孟德斯鸠、贝克莱、卢梭等为代表启蒙主义思想家们尊崇科学理性，高扬人本主义旗帜，呼唤人性与理性，弘扬科学精神，冲破神学桎梏，希冀构建理想的光明的人类社会。达恩顿在《启蒙运动的生意》中指出"启蒙运动似乎是一种从巴黎向全欧洲被选中的地点的文化先锋辐射的运动"①。

所有这些带有启蒙理想色彩的主张对俄罗斯进步思想界具有极大的吸引力。与西欧启蒙思想家一样，俄国启蒙主义者的共同信念也在于对人自身理性的自信，对人类能够认识自然、改造自然建立一个理性社会充溢自信。

俄罗斯文化史界的主流观点是：俄国启蒙主义时代肇始于 18 世

---

① ［美］罗伯特·达恩顿：《启蒙运动的生意》，顾杭译，三联书店，2005 年，第 518 页。

纪下半叶，兴盛阶段与叶卡捷琳娜二世执政时期基本相吻合。俄罗斯社会开始引进西欧主要是法国的启蒙文化。兴建博物馆，开办大学、兴办进步报纸杂志等公共文化设施与事业，创作讽刺诗歌寓言，编写讽刺戏剧，让文学干预社会生活启迪民智。但宽泛地说，从彼得大帝时代起，俄罗斯已经开始进入前启蒙时期了。从罗蒙诺索夫、诺维科夫、冯维津、拉吉舍夫到卡拉姆津，俄罗斯整个18世纪到19前期的贵族中有觉悟的知识分子都是在启蒙主义的氛围中成长起来的。普希金高度赞扬罗蒙诺索夫的启蒙意义："罗蒙诺索夫是一个伟人，他是在彼得大帝与叶卡捷琳娜二世之间的独特的启蒙战友。他创办了第一所大学，更恰当地说，他本人就是一所大学。"① 文艺复兴和启蒙运动都造就"百科全书式"的文化人物，追求百科通晓正是那些传奇时代的时代精神，普希金对俄国启蒙时代巨匠的评价也符合这种精神，"本身就是一所大学"难道不正是百科式的杰出人物吗？一个民族出现了"百科式"的文化巨匠也就开启了一个民族自豪的启蒙时代。

应该说，俄罗斯文学更是启蒙主义影响俄罗斯的最直接受益者。俄罗斯的启蒙文化主要是受法国启蒙文化的影响。普希金就指出："18世纪初，法兰西文学占据了欧洲。她对俄罗斯应该具有更久远和决定的影响。"② 俄罗斯18世纪后期的文学主潮是以卡拉姆津为代表的感伤主义。而这种文学思潮正是受到法国感伤情怀的影响。正如歌德所言："法国人表现为毫不做作和感伤。"③ 的确，还在叶卡捷

---

① Хрестоматия критических материалов по русской литературе XVIII века, издательство львовского университета., 1959, стр. 216.

② Пушкин о литературе, детское издательство, Москва, 1977, стр.61.

③ 《歌德的格言和感想集》，程代熙、张惠民译，中国社会科学出版社，1982年，第80页。

琳娜二世时代前，法兰西启蒙主义文化就在俄罗斯社会上占据了优势地位。法国启蒙文化与英国启蒙文化相比较的一个显著特点是浓郁的"文学化"。从某种意义上讲，俄罗斯文化中的"文学中心主义"的思想传统的源头正是来源于法兰西。在18世纪，伏尔泰、狄德罗及卢梭的文学作品就极为俄罗斯文化界所推崇。叶卡捷琳娜二世甘拜伏尔泰为师，自称是这位法国启蒙文化大师的"女弟子"是众所周知的俄罗斯启蒙文化史实。普希金、果戈理、赫尔岑、列夫·托尔斯泰和契诃夫等经典作家充分吸收了启蒙文化的核心价值观及其丰硕成果，并结合俄罗斯社会转型时代的社会与文化问题，熔铸民族文化生活的元素创造了一系列传世的文学精品，在俄罗斯的文化语境中对启蒙主义的理想和观念给予俄罗斯的独特阐释。正如车尔尼雪夫斯基在谈论俄国启蒙作家的功勋时所说："罗蒙诺索夫、杰尔查文、卡拉姆津、普希金公正地被认为是伟大的作家，为什么？因为它们给予了自己人民启蒙和审美教育的功勋。"[1]

俄罗斯的启蒙运动也有宽泛和狭窄的时期划分，狭窄的划分是指18世纪后半期到19世纪初叶，但宽泛划分就可以延续到19世纪中后期。罗蒙诺索夫、卡拉姆津和普希金具有启蒙文化意识的经典之作也培育了别林斯基、车尔尼雪夫斯基、皮萨列夫和杜勃罗留波夫等文学思想家和批评家，普列汉诺夫在《维·格·别林斯基的文学观点》中称他们为俄罗斯的启蒙主义者，其思想基础来自西方启蒙思想中朴素的唯物主义。普列汉诺夫指出了俄罗斯启蒙主义运动的特点，重视行动的文学。他指出："我国的启蒙主义运动者绝没有轻视诗，可是他们喜欢行动的诗胜于其他任何的诗。他们的心对于平静沉思的诗人们的声音几乎完全不再有反应……他们需要的是

① Хрестоматия критических материалов по русской литературе XVIII века., издательство львовского университета, 1959, стр. 331.

斗争的缪斯。"[①] 而"俄国的缪斯",特别是以普希金和俄国十二月党人诗人为代表的俄国启蒙主义思想家正是这样的行动者。俄罗斯启蒙主义文化不仅是精神文化运动,更是与俄国民族解放运动紧密相连的。这是俄国启蒙主义文化的一大特点。20 世纪在俄罗斯和苏联有一句流行甚广的文化格言"作家是人类灵魂的工程师"。工程除了需要思想的构建,更需要行动。其实,"作家是人类灵魂的工程师"这个蕴含的启蒙思想内涵的文化格言,除了继承远古的古希腊"寓教于乐"思想传统外,更主要的是直接来源于法国文学大师雨果的类似思想,即"作品构建读者的灵魂"。这当然也是受到法国启蒙文化思想传统影响的俄罗斯启蒙主义者车尔尼雪夫斯基关于"文学是生活的教科书"的思想的直接继续。

俄罗斯的启蒙主义文学思想首先鲜明地体现在普希金的经典文学作品中,作为引领 19 世纪的智慧的和道德的先导。由普希金的学生果戈理开创的俄国"自然派文学"也紧随导师的步伐,用启蒙现实主义创作奋力开启俄罗斯民智;晚近的契诃夫也秉承先师的启蒙主义思想要旨,以更加平和温存的姿态艺术地宣扬启蒙理性,培育俄罗斯读者的理性思维和情感思维;俄罗斯启蒙主义文艺思想的精髓并没有因为世纪的更替和社会制度的变迁而悄然隐没,而是融进19 世纪文学大家的艺术思想和成果中,经 20 世纪,传递至今日的俄罗斯新文学中,特别是在道德题材和生态主题的"乡村文学"创作中,启蒙的意涵以一种更新的方式延宕着自己温存的理性生命。研究界注意到,在俄罗斯文化史上,启蒙时代是俄罗斯作为大国崛起的重要节点。在整个俄罗斯启蒙文化的史册上,有两个历史人物的名字特别显赫,除了早期起重要推动作用的君王叶卡捷琳娜二世之外,

---

① 《普列汉诺夫美学论文集》,曹葆华译,人民出版社,1983 年,第 265 页。

另一个，也是最重要的一个名字就是俄罗斯诗歌的太阳亚历山大·普希金。普希金无疑是欧洲和俄罗斯启蒙主义文化运动在俄罗斯最大的成果之一，这也是俄罗斯文化史的一个共识。在俄罗斯文化界传统的评价中，普希金通常是作为伟大的俄罗斯诗人、小说家、批评家、语言创新者、历史学家、文艺思想家而进入俄国文化史的，而近年来他作为俄罗斯文化史上一位出色的启蒙教育家的身份也得到重视。别林斯基关于普希金的抒情诗是"青年最好的教科书"的名言虽然是从文学批评角度的赞誉，但其中也意在强调普希金艺术经典的教育意义与功用。俄罗斯文化史大家利哈乔夫院士在其最后一部力作《沉思俄罗斯》中倾情倡议将普希金的生日作为"俄罗斯全民文化节"，正突显了普希金在俄国启蒙文化史上无可替代的重要位置。

"理智万岁，黑暗隐退"，"你用启蒙照亮了自己的理智，你洞见了真理的欢呼"。"理智"与"启蒙"，这是普希金弘扬欧洲启蒙主义理想的著名诗句。法国启蒙时代最鲜明的思想旗帜被后起的俄罗斯文化界及时地接过来高举起。法国"百科全书派"对俄罗斯社会的影响的结果是在俄国文学界也终于出现了"百科全书式"的文学巨著《叶甫盖尼·奥涅金》，而这部巨著的作者正是普希金。19世纪的俄国批评大师别林斯基把普希金奉为写出了"百科全书"式作品的巨匠，这恰恰是从普希金秉承法国启蒙主义的传统，奋力推进俄国文化启蒙的功勋这个意义上来颂扬他的。从茹科夫斯基、冈察洛夫到高尔基等俄罗斯文化名家百年来始终尊称普希金为"太阳"，也主要就普希金的俄罗斯文化启蒙意义而言。尽管，普希金被通常被称为"俄罗斯诗歌的太阳"，但更全面地看他的文化贡献却不只是在诗歌创作方面，他在俄罗斯近代标准俄语构建，新的俄罗斯历史意识的确立，俄罗斯国家地缘文化定位上也都有独立的创建，因此，他更是俄罗斯启蒙文化思想的杰出先驱。

在普希金自己的词典里，启蒙、教育及文化几乎就是同义词。"理智"，启蒙运动（Просвещение）的这个概念的关键词素或词根就是"光明"（свет），进而又引申为"教育"。从 18 世纪起至今，俄罗斯国家教育机构，如俄罗斯联邦教育部的名称，现在仍然保留着这个专有术语（просвещение）的核心要义，即教育与启蒙，可见启蒙时代留下的文教印记是何其深远。因此，无论是在普希金的抒情诗、传奇长诗，还是在叙事文学作品中，启蒙与教育的主题都是诗人诗意的深度关切。启蒙时代，古典主义的思想意识盛行于俄国文学创作中，当然也作为普希金的启蒙教育思想的一个重要构成。关爱平民而劝谕君主是他一生诗文创作的常见主题。皇村时期的普希金，被同学们戏称为"法国人"，时值法国大革命和俄法战争时期，欧洲的进步思想逐渐在新世纪的一代贵族青少年中传播开来，普希金的文学导师卡拉姆津在其《一个俄国旅行家的札记》中多方面介绍了法国等西欧国家的社会思想现状，对向往欧洲先进文化的俄罗斯学子们影响不小。普希金的进步社会意识就是在欧洲启蒙文化与俄罗斯专制社会悲惨现实的强烈对比中逐步产生和形成的。其实，在普希金登上俄罗斯文坛之前，启蒙文化已经深入俄罗斯思想界并表现在俄罗斯文艺界。罗蒙诺索夫和杰尔查文的古典主义颂诗，康捷米尔与诺维科夫的讽刺诗歌，克雷洛夫的寓言创作，苏马罗科夫、冯维津和格里鲍耶多夫的戏剧都是俄罗斯启蒙主义的文学力作，它们为普希金启蒙主义意识的形成奠定了厚重的基础。也无须讳言，叶卡捷琳娜二世的文化政策也起了一定的积极作用。正如德米特里·利哈乔夫院士主编的《俄国文学史》第二卷中所言："在新女皇新政的最初年代的形成的历史局势显著特点是，俄国注定要成为这样一个国家，在这个国家里早期法国启蒙主义最喜爱的原则之一——开明君主的原则接受了独特生活的检验。……在执政的最初年代她甚至尝试把自己变现成法国启蒙主义者的学生。""开明君主"的政策维新与文化偏好对于推动俄罗斯贵族文化界接受启蒙理性无疑具有示范效应。普希金的《乡村》在传统的文学史中通常被阐释为揭露沙皇农奴制的尖锐檄文。这样的阐释并不是无根据的，但往往忽略了诗歌中继承的启蒙主义时代古典主义创作对理想君主的寄托幻想。诗人写道："我会看见吗？啊！朋友，不再受压的民众和随着沙皇一声令下奴役消失，在自由启蒙的祖国上空将升起一片美丽的朝霞。"把普希金看作是比林肯总统更早的解放奴隶的人道主义者并非没有文史根据，但可别忘了他正是在期盼启蒙主义的开明君主意识语境中才配得上这样的评价。写于1817年的这首《乡村》，基本的主题还是在深情同情民众苦难的基调上幻想开明君主的出现，与他的先辈罗蒙诺索夫的《伊丽莎白女皇登基日颂》的主题相同的，把俄罗斯的未来寄希望于一个有作为的开明君主。这在他的抒情诗名篇《10月19日》的结尾表达得也很清楚，诗人建议皇村老同学"为亚历山大一世干杯"，以感谢他1812年的功勋。可见普希金的启蒙理想意识仍然交织着进步倾向与时代的局限。

普希金的启蒙意识的核心是对人道主义与俄罗斯文明社会构建充分而坚定的信念。俄国的启蒙文化依然是在传承文艺复兴以来的人文主义传统。诚然，俄国改良的君主制，希冀君主的自省与仁慈，也是诗人的梦想。杰尔查文是俄罗斯启蒙时代的重要宫廷诗人。杰尔查文曾说："理智和人的心灵是我的天才。"杰尔查文的确是把人的理智和人的心灵，而不是神的意志作为自己创作的主宰，这与欧洲启蒙时代思想家已经接近并有许多契合。作为俄国启蒙时代的文学家，不管是处于主观意愿，还是在生活中有所感悟，他总是在这个时代努力发掘俄国社会中合乎理智和人性的一面。"杰尔查文没有改变自己的信念并继续在每一个人身上——在官吏、高官、显耀神之怒沙皇的身上看到'人'，对个人经验的信任，对人的理智和精神优点的信仰，所有这一切就决定了杰尔查文的理念。这种理念帮助他完善了诗歌里的变革，这个变革也准备着俄罗斯抒情诗歌未来的繁荣。"[1] 他在普希金之前也模仿古罗马诗人贺拉斯和法国诗人布瓦洛，也续写了同题的墓志铭诗歌《纪念碑》，诗中的思想亮点是对君主的温和提醒，"我的诗歌之所以不朽，是因为我对沙皇们说出了真情实况"（杰尔查文：《纪念碑》），杰尔查文作为启蒙时代的古典主义诗人感到自己的责任在于既忠君又爱民，更在于警示和劝谕君主，以体现宫廷文臣的道德责任，而这正是俄罗斯启蒙时代初期进步知识分子所能达到的最高境界。别林斯基在《亚历山大·普希金的作品第四篇》中把杰尔查文比作"不成功的普希金"，说杰尔查文的诗歌是俄罗斯文坛"黎明前的曙光"，而把普希金的诗歌比作夏日正午阳光。[2] 普希金的启蒙理想当然也受到杰尔查文前辈这种思想传统的惯性影响，所以，他在晚年所续写的《纪念碑》中部分地继承杰尔查文《纪念碑》的思想，但他的思想境界却又超越了18世纪的俄罗斯启蒙文化的先人，把对君主的责任升华为对俄罗斯民族和人民的责任、对农奴解放使命的责任、对民众自由的守护与赞美，这就是："我之所以不朽，是因为在严酷的岁月里我讴歌过自由。"（《纪念碑》）由此可见，普希金改良了古典主义关于"忠诚"的意涵，他的启蒙主义立场已经在广大人民一边。

无论是早年寄希望于开明君主也好，还是最终觉醒后寄希望于民众也罢，普希金作为启蒙时代理性乐观精神的俄罗斯的代言人，他的对启蒙理性信念是无比坚定的，这可以从他早年的政治抒情诗

---

[1] История русской литературы，Академия СССР，издательство Наука，том первый，1980，стр. 630.

[2] 《别林斯基选集》，满涛、辛未艾译，上海译文出版社，1991年，第279页。

《致恰阿达耶夫》的诗句"同志，请相信，那迷人的幸福的星辰就要升起"、生活抒情诗《假如生活欺骗了你》里"请相信，那快乐的日子就要到来"，以及诗人最后的人生与创作总结《纪念碑》"我相信，我的诗歌会比我的生命更长久"这些诗句中管窥一斑。诗人对真情无悔，坚守人性的善良，对人类理性社会实现的自信还可以在其最心爱的得意之作《叶甫盖尼·奥涅金》的这一节诗歌中得到更充分的印证："他相信，有一颗亲爱的心必定要与他结合在一起，这颗心正朝朝暮暮忧心如焚，期待着他，为他伤心地叹息；他相信他的朋友都甘心情愿，为了他的荣誉去承受锁链，如果需要砸碎诽谤者的狗头，他们绝不心慈手软；他相信，命运选定了一些人作为人类神圣的朋友，他们结成的家族永垂不朽，他们的光辉终将照耀我们，美不胜言的光辉啊，总有一天会把幸福赐给人间。"[①]别尔嘉耶夫把俄罗斯 19 世纪的文学传统区分为普希金流派和陀思妥耶夫斯基流派，前者乐观而光明，后者纠结而质疑，对启蒙理性有着完全不同的态度。尽管，别尔嘉耶夫的这种划分与陀思妥耶夫斯基本人的信念不完全相符，但这位俄国哲学家对普希金思想特点的概括大体不错。

寓言与童话的写作是俄罗斯启蒙时代对法国古典主义寓言写作的传承。普希金的童话，大多具有启蒙文化的进步意义。从启蒙文化的意义上解读，普希金的名作《渔夫与金鱼的故事》就不仅是作为童话写给少年读者看的，而且作为一种潜在的劝谕，也在教育成人读者不可贪婪，更在警示俄罗斯的统治者。作品中大海的形象不仅仅被当作情节展开的背景，而且还成为一种民众觉醒的象征和符号，起着启蒙时代俄罗斯知识分子用以进行道德教谕的作用。

---

① ［俄］普希金:《叶甫盖尼·奥涅金》，智量译，人民文学出版社，1985 年，第 63 页。

但是，随着时代的发展和民族意识的提升，普希金对西方启蒙文化的成果，特别是欧洲浪漫主义有了新的认识。正如俄国学者日尔蒙斯基所言："为欧洲浪漫主义经验所武装的普希金重新审视了法国17—18世纪文学，从自己对艺术新的要求的观点出发，即提出了艺术的现实主义和人民性的要求。"① 被批评家和文学史家奉为俄罗斯批评现实主义史上开篇之作《驿站长》，正是这样一部具有启蒙主义时代的人道主义道德力量和现实主义深度的力作，普希金以这样的思想和艺术探索提升了俄罗斯启蒙主义的高度。虽然，这篇小说也还充溢的浓厚的卡拉姆津式感伤主义情绪，可以视为启蒙时代俄国感伤主义小说传统的延续，但启蒙主义的人道精神却在这部作品中深化。20世纪传统的俄苏文学史倾向把这部作品视为揭露沙俄专制社会中贵族对下层小人物的欺压的小说，刻意突出人物关系上的阶层冲突和对立。诚然，贵族上层对小人物的轻蔑和欺凌是作者关注和表现的一个重要方面，是批判现实主义的第一个里程碑。按作者的点睛之笔，驿站长维林老人"就是一个十四等级的受难者"，对主人公身份的如此表述，无疑彰显出受难者地位的卑微与处境的辛酸，表达了作者的深切同情，但作者的立意却远不停留于此。在整部作品中，除了叙事者外，重点刻画的三个中心人物，驿站长维林、贵族骠骑兵军官明斯基和站长之女冬妮娅中，冬妮娅的形象和意义更加独特，其实，依照笔者的意见，这个维系驿站长、贵族军官和叙事者的核心人物形象，才是作者普希金构思这部经典的初衷，她的生活与情感变迁蕴藏着更深的启蒙主义的道德劝诫。维林老人长期受贵族欺凌早已习以为常，好在他生活中有一份"唯一的欢乐"，它就是化解生活与事务中冲突纠纷的美丽聪明伶俐的女儿冬妮娅，

---

① в.м. жирмунский пушкин и западные литературы http://feb—web.ru/feb/pushkin/serial/v37/v372066—.htm.

可是，正是冬妮娅心甘情愿跟随贵族离去，在富贵生活和相依为命的亲情之间选择前者的结果，击倒了可怜的老驿站长。富有启蒙主义人道情怀的普希金正是用维林老人亲情的丧失及其悲惨结局拷问着读者的心灵：在物欲的诱惑下能否守住传统家庭美德的底线？因此，俄国启蒙文化时代古典主义和感伤主义重视传统人伦道德的劝诫的主题，由卡拉姆津式的贵族情爱纠葛通过普希金扩展至对普通劳动者悲凉生活的深切同情。这样的含泪劝诫和温馨提醒其实更体现了长久的超阶层的普遍的人文关怀和道德警醒，对于俄罗斯文学后世的道德题材创作产生了更久远和更深刻的影响。

在苏维埃时代，特别是 20 世纪 70 年代苏联"乡村小说流派"中早已没有阶层冲突，在阶层对立消失的新的生活语境中，更多的是家庭伦理道德的问题的揭示与诘问，例如拉斯普京、别洛夫和田德里亚科夫的作品。显而易见，它们依然延续的是普希金时代启蒙文学的根脉。难怪后苏联文学批评界有这样一种观点：苏联文学更像俄罗斯古典文学。

《叶甫盖尼·奥涅金》作为普希金最重要的思想艺术成就，启蒙思想的播扬是作者创作的主旨之一。在俄罗斯小说史上这部重要作品中，普希金对对保守农奴主的保守愚昧停滞思想的尖锐批评，俄罗斯语言学界刻板观念的嘲弄，对沙皇参政院假宪政的讽刺，都或明或暗地传达着俄罗斯启蒙主义思想界的平等思想和新一代知识分子对推广文化启蒙的诉求。

进入 19 世纪，俄罗斯的启蒙主义在当时也面临种种困境，甚至从 30 年代起，欧化的知识分子也遭遇传统知识界的质疑。普希金的《叶甫盖尼·奥涅金》在颂扬俄罗斯启蒙文化进程的同时，也对没有俄罗斯传统文化根基，缺少俄罗斯灵魂的知识分子漂泊者提出诘问。普希金的后继者陀思妥耶夫斯基在自己的创作中接续了这样的沉思和质疑。陀思妥耶夫斯基并不否认科学理性，但他像普希金一样，用俄罗斯的灵魂来对待西方的理性文化。在《作家日记》中把塔吉雅娜视为这部小说的真正的主人公和正面主人公。因为在陀思妥耶夫斯基看来，普希金笔下的塔吉雅娜的根脉在俄罗斯民间。正如普希金把她称为"灵魂上的俄罗斯人"。塔吉雅娜的形象在启蒙思想进程的阐释维度中的解读在新世纪又有了深化。当代俄罗斯普希金研究界也认为塔吉雅娜的形象是俄罗斯文化启蒙时代文化觉醒的重要象征。在这些学者看来，俄罗斯的民族觉醒和文化复兴不是抽象的，而是以俄罗斯妇女的知识化和个性解放为标志的。追求智性和个性独立是俄国启蒙时代青年知识分子们的生活行为准则。当然也就是普希金及其作品正面人物的精神特征。与塔吉雅娜近似的普希金的女性形象还有未完成作品《罗斯拉夫列夫》中的帕琳娜。

而中篇小说《上尉的女儿》则是可以读解普希金启蒙文化意识的又一个重要艺术文本。司各特的家庭历史小说在18世纪末19世纪初风靡俄罗斯，普希金深受英国启蒙时代艺术文化的深刻影响。无论是湖畔派的浪漫主义诗歌，还是司各特的历史家族小说。普希金这部小说的题记"爱惜名誉从小做起"就直接点明了这是一部培养俄罗斯青少年的教育小说，其古典主义影响的痕迹十分明显，忠君和怜悯意旨也极为鲜明。城防司令在动荡时刻的坚守在于宣扬为人要忠于自己的职责。男主人公青年士官格里涅夫虽然与起义的农民领袖普加乔夫有所交往，甚至接受普加乔夫的恩惠，却始终没有忘记自己作为军人的职责。尽管，小说的相当篇幅用于普加乔夫形象的塑造，但客观地讲，作为启蒙主义者的普希金并不赞同普加乔夫的暴动。作者基于启蒙主义的人道情怀最终还是倾向于暴动中落难的女主人公玛丽亚的家庭。

普希金的历史都市题材长诗《青铜骑士》所蕴含的深化了的启

蒙主题在于它独特的篇章构成中。长诗序诗和长诗主体形成了古典主义与人道主义及批判现实主义的思想对话。序诗以古典主义颂诗的深情讴歌了俄罗斯前启蒙时代的先驱者彼得大帝的历史功勋。"我爱彼得大帝的创造"一句赞美表达了对有为君王宏才大略的无比钦佩，但长诗主体的怜悯小人物的人道情怀和对残酷无情的象征——青铜巨像的抨击又体现了作为启蒙主义人文作家在人道主义情感上的平衡。

综上所述，普希金启蒙主义的文化功勋正在于广泛吸纳融合欧洲启蒙主义的进步成果，扬弃了贵族启蒙文化的陈旧因子，回应俄罗斯民族解放的时代精神，用俄罗斯人民的语言感召国民和启迪民智，播扬进步的人道主义温暖，为俄罗斯文化开启了近代新文学的先河，他的启蒙思想充满了对下层民众关爱的"人民性"，俄罗斯"为人生"的文学（鲁迅语）由此诞生。

俄罗斯文化的影响力是随着俄罗斯进步文学的发展而逐步提升的。

普希金的积极浪漫主义，果戈理和陀思妥耶夫斯基及列夫·托尔斯泰的批判现实主义，高尔基和马雅可夫斯基的社会主义文学，在很大的程度上提升了俄罗斯的文化的影响力。俄罗斯作为一个新兴大国的崛起，也带动俄罗斯文学在世界的传播。俄罗斯在18—19世纪两百年的时间内完成了从相对落后的文化国度上升到世界文化大国。其间的根本原因是外在的，也是内在的。

当然，普希金不是一天炼成的。别林斯基把普希金的前辈杰尔查文和茹可夫斯基等俄罗斯启蒙时代的诗人之作仅仅贬低为"牙牙学语"并不十分恰当，这种贬低相反会贬低普希金创作的意义。比如普希金的《纪念碑》几乎就是在杰尔查文这种古典主义颂诗模板上的思想升华。杰尔查文的《纪念碑》与普希金的《纪念碑》在主题和形式上都有极高的文学血缘的继承相似度。

杰尔查文作为宫廷诗人，和俄国古典主义的文学盟主遵从古典主义的清规戒律，把对君主的责任看得神圣是十分自然的事情。他谏言："我对沙皇们说出了真实与真相。"而普希金作为利哈乔夫所说的与人民对话的知识分子的杰出代表，当然会把民族解放运动视为自己的神圣责任。"人们之所以会记得我，是因为我在严酷的岁月里讴歌过自由。"普希金清醒地意识到了自己的诗人的责任。

高尔基在《普希金作品英译本序》中把普希金与莎士比亚、歌德这些巨人相提并论。他指出："就创作领域来说，普希金更接近于歌德，但要是把后者的科学兴趣和臆想撇开不谈，那么普希金的创作，要比这位奥林帕斯山的神的众多成就更为多样化，更为广泛。普希金的创作，是一条诗歌与散文的辽阔的光辉夺目的洪流。普希金像寒冷而又阴冷的国度的天空，燃起了一轮新的太阳，这轮太阳的光辉，立即使得整个国家变得肥沃富饶。可以这样说，在普希金以前，在俄国还未曾有过值得引起欧洲注意，并且就深度和多样性而言能和欧洲的创作的惊人成就相等的文学……对于文学史家，还没有一个题目能比普希金的生平和创作更为有意义和更像神话故事般有趣。"[1]我不是德国文学研究者，不能妄评歌德的文学成就。但有一点可以认同，普希金并不都是像西方评论界通常认定的普希金是俄罗斯的拜伦和司各特，认为他只是欧洲一个国家文学的追随者。[2]无独有偶，欧洲著名的文学史家勃兰兑斯（1842—1927）在《俄国印象记》中也把普希金与歌德相提并论，他写道："亚历山大·谢

---

[1] Летопись литературных событий в России конца XIX –началаXXв（1891—октябрь1917）ИМЛИ РАН 2009 c. 39.

[2]《高尔基论文学》（续集），戈宝权等译，人民文学出版社，1978年，第209—212页。

尔盖耶维奇·普希金使俄国诗歌开始成为一支独立的力量，一如歌德、欧伦施莱厄或雨果之于他们各自的国家那样。"①普希金"为近代俄国散文奠定了基础，大胆地把新的形式运用到文学中去，并将俄国的语言从法国和德国语言的影响下解放出来，也把文学从普希金的前辈们所热心的那种甜得腻人的感伤主义中解放出来。此外，他又是一个将浪漫主义和现实主义相结合的奠基人；这种结合，至今还是俄国文学的特色，它赋予俄国文学特有的色调和特有的面貌"②。

启蒙主义最核心的思想内涵是重视对国民的教育。而教谕理念又是 18 世纪以来，特别是普希金以来俄罗斯文艺思想的核心意涵与重要传统。文学教谕观之再认识俄国著名文学作家柯罗连科曾经引用莱辛的话："假如上帝用一只手递给我的是绝对的知识，而用另一只手给我的只是对真理的追求，并且说，你挑选吧！那我马上就会回答说：'主啊，不！绝对的知识，万古不变的知识，你自己留下吧，请把神圣的求知欲和永不停息的、热诚的追求赐给我吧。'"而列夫·托尔斯泰就是这种永恒追求的光辉代表，而且是不安的、无私的、不倦的感人的追求者。大作家在文学的平台上追求知识传播道义。作家求知欲与读者的求知欲在文学创作和欣赏中自然融为一体，于是产生了文学的教谕作用、教谕功用。千百年来，文学的这个功用在社会一直延续至今。

韦勒克把"整个美学史概括为一部辩证法"③，"其中正题和反题就是贺拉斯所说的'甜美'和'有用'，即：诗歌是甜美而有用的"。

---

① 《普希金评论集》，冯春编选，上海译文出版社，1993 年，第 762 页。

② 《高尔基论文学》（续集），戈宝权等译，人民文学出版社，1978 年，第 209 页。

③ ［美］雷·韦勒克、奥·沃伦：《文学理论》，刘象愚等译，三联书店，1984 年，第 19 页。

他反对将古罗马哲人对诗歌这两种功用的任何一个极端化。因为，"单独采用其中任何一个，就诗歌的作用而言，都代表一种趋向极端的错误观念"。他赞同将文学的甜美与有用联系起来。这的确是一种辩证的态度。从亚里士多德发出了诗歌比历史更富哲理性的论断提出后，文论家们逐步加重了文学的认识功能的推崇。文学的教谕功用不在于是否应该起到教导的责任，而在于教导什么和怎样教导。因此，正确地估价文学的教谕功用就十分必要了。恰如韦勒克所言："文学的有用性——严肃性和教育意义——则是令人愉悦的严肃性，而不是那种必须履行职责或必须记取教训的严肃性；我们也可以把那种给人快感的严肃性称为审美严肃性，即知觉的严肃性……而教育主义者则会弄错一首伟大的诗歌或一部伟大的小说的严肃性所在，以为作品所提供的历史性知识或有益的道德教训就是严肃性。"不过，把诗歌或者说文学的严肃性绝对地区分为审美的和道德伦理的，认为两者之间没有融合的余地，又背离了韦勒克自己希望秉持的辩证的态度。应该说作品所包含的历史性知识如果不是虚假的，作家宣扬的道德不是伪道德的话，它们理所当然应该成为作品教谕严肃性的重要构成。当这些教谕内涵与作品的审美意识完美融合时，审美严肃性才会更好地起到自己应有的文学教育作用。

别林斯基对文学的教谕追求重点在自然而高贵的人道主义情怀的培养，而他所推崇的典范就是自己民族的杰出抒情诗人普希金。在《亚历山大·普希金的作品〈第五篇〉》中，别林斯基强调："普希金的诗歌总的色彩，尤其是他的抒情诗，就是人的内在的美以及使得灵魂感到欢欣的人道精神……人的一切情感就其本质来说，因为它是人的感情，从而是美的，那么在普希金的笔下，一切感情因为都是高雅的，从而就更加美。我们这里指的可不是诗的形式，在普希金的作品里，它总是高度的美；不，在他的每一首诗的基础里所包含的每一种感情，本身都是高雅的、和谐的与技能高超的：这不是一般人的感情，而是作为艺术家的人的感情，作为演员的人的感情。在普希金的任何感情中总有一种特别高贵的、亲切的、温柔的、芳香的与和谐的东西。在这一方面，人在阅读他的作品时，可能以最好的方式让自己受到人的教育，这对于青年人来说，不论男女，都是特别有益的。俄国的诗人中没有一个人像普希金这样成为青年人的教育者，成为青年人感情的培养者。"① 因为在普希金的作品中，特别是抒情作品"同一切胡思乱想的，梦幻的，虚妄的，空灵而观念的东西大相径庭；他的诗歌从头到尾都渗透着现实精神；他绝不在生活的脸上涂抹上白色或者红色，而是显示它的自然而又真实的颜色"。别林斯基把普希金的情感教谕归纳为"优美的人道情感与优美的典雅形式的结合"。而可以用来培养教谕读者，特别是青年读者的普希金的人道品质，用利哈乔夫院士的概括就是"善良和天才、勇敢和淳朴、民主性和对生活的热爱，对面友谊的忠实和无限的爱对劳动和劳动者的尊重"，"最后他就是一个健康的、正常的、快乐的勇敢的和有力的人"②。

但怎样认识和用好文学的教谕功用不仅是作家的事情，也是教育者，特别是文学教育者的重要职责。用优秀的作品鼓舞人。这就要求文学的教谕应该从经典出发。

巴赫金在《中学俄语课上的修辞问题》中指出："学习语法形式必须时刻不忘这些形式的修辞意义。语法一旦脱离了言语的意义方面和修辞方面，就必然会变成烦琐哲学。这个道理，泛泛讲起来

---

① ［俄］别林斯基：《别林斯基选集》（第四卷），上海译文出版社，1991年，第376页。

② ［俄］利哈乔夫：《解读俄罗斯》，吴晓都等译，北京大学出版社，2003年，第302页。

现在已是尽人皆知的常识了。然而，具体到教学实践，情况就远不能尽如人意。在苏联当时的实际教学中，教师很少从修辞角度讲语法形式，也很少有人善于做这种讲解。文学选读课上教师到还讲修辞（顺便提一句，讲的也不多，也不深入），而在俄语课上，就只限于讲纯语法。"[1] 他认为："文学修辞应该在语法课上占有一个重要地位，这不仅是俄罗斯文学中心主义的传统使然，而且也是坚守了欧洲文学思想、文艺思想的传统。要让学生领会所学句子的文学修辞价值。"巴赫金根据自己的观察和经验，建议了一种学习无连接词主从复合句特点的教学方法，即通过对经典的无连接词主从复合句的特点和妙处进行细致的修辞分析，使得学生赏识这种句型，从而喜爱这一能够增强表现力的极佳的语言手段。使得文学教育与语言教育互相联动，互相补充，互相融合融通。他举的经典句子就是普希金与果戈理的几个文学句子：普希金的"我郁郁寡欢，相伴无朋"，"他一笑起来，大家就哈哈大笑"；果戈理的"醒来一看，五个驿站已经奔向后面"[2]。巴赫金建议首先朗读这些句子，朗读的语调要极富表情，甚至要稍稍夸张地展示语调的结构，同时还要用面部表情和手势来增强句子中蕴含的戏剧因素，因为让学生听到并玩味出当那些无连接词结构转换为平淡的带连接词主从复合句时便将消失的表现力因素（首先是表情感因素），这是至关重要的。要让学生感受到这类句子中语调的主导作用，要让他们感到并看到，朗读普希金的这一诗句时，语调与手势的结合是一种内在的必需。只有这样，学生听到了这个句子，对句子的情味有了真切的感受，在这之后，才可以着手分析造成艺术效果并产生出表现力的那些具体手段。

---

①② ［苏联］巴赫金：《文本对话与人文》，河北教育出版社，1998年，第110页。

重视文学的教谕功用不仅是启蒙时代以来的文化立场，而且是始自古希腊罗马时代西方古典文论的思想精髓之一，西塞罗高扬"文学能教育青年"的主张，别林斯基把普希金的抒情诗视为培养青年最好的教科书；从雨果"作品建构读者的灵魂"到高尔基的"作家是人类灵魂的工程师"，近代以来，文学大师更进一步强化了文学社会教育意义，注重文学对于国民，特别是对青年的教谕责任与功用。"左"倾教条主义的文艺观和形式主义的文论观一度僵化或淡化了传统的文学教谕功用观念，庸俗社会学文艺理论粗俗地消解了文学教谕过程中本应包含的寓教于乐的审美愉悦内涵，形式主义的所谓纯文学内部研究又傲慢地排挤了文学本应教会读者洞察社会的人生经验与启迪，但这并不意味着"文学是生活的教科书"（车尔尼雪夫斯基语）这个正能量的文学教谕理念本身经典意义的失效。如何在经济全球化时代激活世界文学经典的心灵感化功用，重振文学的教谕功能，通过文学教育重新找回文学艺术"给我们压缩了的逝去的生活经验"（普希金语），形象而深度地认识我们民族的历史与当代生活的意义，对于文学教育工作者依然十分重要。

普希金与俄国近现代文论

　　俄罗斯是一个世界公认的文学大国、艺术大国，从 19 世纪初以来不仅涌现了普希金、果戈理、莱蒙托夫、赫尔岑、冈察洛夫、屠格涅夫、陀思妥耶夫斯基、列夫·托尔斯泰、契诃夫、高尔基、布宁、阿赫玛托娃、帕斯捷尔纳克、马雅可夫斯基、法捷耶夫和肖洛霍夫这样灿若星辰的文学大师，而且在文学观念和文学理论方面对世界文化也多有重要建树。别林斯基、车尔尼雪夫斯基、维谢洛夫斯基、杜勃罗留波夫、什克洛夫斯基、雅各布森、艾亨鲍姆、卢那察尔斯基、巴赫金、赫拉普钦科和洛特曼等文艺理论大家对近现代文艺理论和批评的发展做出了自己的贡献。了解俄国文学观念有助于我们阅读和欣赏俄罗斯文学作品与流派，深入解析这些作品的特点与意义。

　　现代文论界的一个共识是，俄国（俄罗斯）是近现代世界文艺理论创新的一个"策源地"之一。[①] 从文学理论到艺术理论再到文化

---

① ［英］加林·吉哈诺夫：《为什么现代文学理论产生在中欧和东欧》（载于俄罗斯《新文学评论》2002 年第 53 期）文中谈道：现代文论大多产生在两次大战期间的中东欧，奥匈帝国或俄罗斯帝国崩溃使有共同文化历史背景的中东欧国家迎来民族文化的解放，民族文化意识高涨。激发了文论创新意识。新文学流派对文论的要求俄罗斯未来主义催生了形式文论。文论家的迁徙，以雅各布森为例。捷克斯洛伐克处在几种文化交界点。符合文化产生在边缘的巴赫金观点。

诗学,俄罗斯作为后起的文化大国向世界文论领域先后贡献了以"别、车、杜"为代表的俄国革命民主主义现实主义文论,以什克洛夫斯基和雅各布森为"论宗"的形式学派文论、以爱森斯坦为代表的蒙太奇电影诗学理论和以巴赫金为代表的对话主义诗学理论,这些文论建树丰富了世界近现代文艺理论的宝库。诚如利哈乔夫院士所说:"与俄罗斯其他任何作家相比,普希金同俄罗斯文化的联系更加紧密。没有普希金就没有俄罗斯的长篇小说的基本主题,就没有俄罗斯主要的歌剧,就没有俄罗斯抒情音乐的主要形式的俄罗斯浪漫曲。普希金的确是我们的一切。"(原为阿波罗·格利高里耶夫语)[①]为此,我还要补充一句:没有普希金,就没有俄罗斯近现代文论。

普希金的经典对俄国文学和世界文艺及文论的影响有显性的和隐性的两个层面:在显性层面上,我们可以从俄罗斯文学的主题、风格和题材上明显感觉到,果戈理、莱蒙托夫、屠格涅夫、陀思妥耶夫斯基和列夫·托尔斯泰都公开承认是普希金的传人。托尔斯泰说"普希金是他创作之父"。陀思妥耶夫斯基把普希金的道路看作是克服西欧派和斯拉夫派严重分歧的俄罗斯文学未来的必由之路。他们的创作从某种意义上说都是普希金创作的延续和变体。普希金以宽容博大的心胸接受了世界文化,在他的经典中处处体现着文学的民族性和世界性的完美融合,他被俄国人称作"俄国的拜伦"和"俄罗斯的司各特",又被丹麦文学批评家勃兰兑斯视为俄罗斯民族文学最优秀的代言人,而且深刻影响过法国作家梅里美的创作。在《俄国印象记》中勃兰兑斯提到普希金的《茨冈人》对梅里美《卡门》的启发。在隐性层面,普希金通过柴可夫斯基、爱森斯坦和什克洛夫斯基对世界音乐、世界电影和世界文论产生了积极而深远的影响。

---

① [俄]利哈乔夫:《解读俄罗斯》,吴晓都等译,北京大学出版社,2003年,第285页。

普希金经典的世界意义是无可置疑的。托马舍夫斯基正确地指出：19世纪和20世纪俄罗斯的文艺理论和文艺思想的主流——现实主义来自普希金。而普希金开创的现实主义的基础就是：人民性、历史主义和人道主义原则。[①] 俄罗斯作家和文艺思想家总是自觉地或不自觉地回到普希金那里，并将"这种回归"看成是一种"革命性的本能。没有继承性什么也不会产生。而十月革命后苏联文学的继承性就是普希金"[②]。作家阿·托尔斯泰如是说。一个最典型的例子就是形式学派文论家什克洛夫斯基就从先锋文论回到了普希金的诗歌研究中，并按照普希金的文艺思想纠正了自己的文论偏颇。

俄国文论在19世纪和20世纪的异军突起和高度繁荣是和一个伟大诗人的出现密切相关的，这个伟大诗人就是俄罗斯诗歌的太阳普希金。普希金早年激情昂扬的浪漫诗歌创作使俄罗斯文艺理论界对来自西欧的浪漫主义增添了积极而光明的诠释；他深沉的"百科全书"式的社会审视催生了俄罗斯批判现实主义的文艺理论；磨砺了文艺思想的社会批判的锋芒；他多彩多姿的艺术形象和文学思维不仅启发了现代艺术思维创新，也教导现代文论家尊崇文艺固有的规律，电影"蒙太奇"诗学的建立和形式学派"论宗"对艺术形象思维理论的重新认同，都体现着普希金文艺思想深度与广度的久远影响。普希金对俄罗斯现当代文论恒久影响和长期滋养彰显了俄国经典文学对文论创新的资源意义，这雄辩地证明：文艺观念与方法的创新，诗学的建构与发现只能依托一个文化的"长远的时间"（巴赫金语）而生成，文艺理论创新必须紧密依托社会实践和文艺实践，

---

① ［苏联］托马舍夫斯基：《诗歌与语言》，莫斯科，国家文学出版社，1959年，第457页。

② 《阿·托尔斯泰全集》，莫斯科，国家文学出版社，1949年，第291页。

尤其需要深究经典形成的民族历史文化生活的深层内因和条件，以文化发展历程及其优秀成果为根本，在文艺创作和社会生活的文化审视中前瞻，从而得出合乎文艺自身规律的新颖的诗学论断。

普希金与别林斯基创立的俄国现实主义文学观念

2011 年，是俄罗斯伟大的批评家别林斯基 200 周年诞辰，2012 年是影响了中国现代文学的俄国革命民主主义文学家和政论家赫尔岑诞生 200 周年。经过解体 20 多年的动荡，俄罗斯文化界重新认识了俄罗斯文学史上这些伟大的思想先驱的文化建构意义。俄罗斯各地文学界和文化界都隆重纪念了这位思想犀利的文学批评家和作家，俄罗斯现实主义文学和民族文化复兴的早期宣传家。中国文学批评界和理论界在 20 世纪对别林斯基十分敬重，对他的现实主义文论有所译介和研究，但由于时代的局限，文学批评界和理论界对他们思想的认识其实是不全面的，也远不完整，往往把他的文学思想与刻板的机械的文学模仿说或再现说等同一体，以为他的文学理论和批评观念就是一味地"斗争"，机械地复制现实，缺少审美的建构价值，不过是文学的"外部研究"，仿佛别林斯基就是苏联后来"庸俗社会学"文艺学的老祖宗。持如此成见的学者或者没有认真阅读他的全部著作，或者没有条件认识他的思想全面面目。然而，即使在 20 世纪 50—60 年代也有学识广博治学严谨的文论名家对别林斯基和赫尔岑的思想还是有客观和公允的评价，深知他的文学思想的重要价值。例如，为国内外国文学研究界普遍尊敬的美学家朱光潜先生对别林斯基的思想就有高度的评价："别林斯基的思想不是单线发展的，是深广的，朝各个方面探险的，因而是充满矛盾的，带有很大的发展前途。"①巴金老人的人道主义思想和文学创作理念都深受赫尔岑的影响，甚至他晚年的重要随笔著作《随想录》都不难看出《往事与随想》的精神影子。的确，别林斯基和赫尔岑的文学艺术观念和批评方法论仍有许多重要的却未被重视或足够重视的合理的部分。别林斯基的关于"艺术是在与大自然竞争"的思想揭示了创作主体能动性，就显示他非常重视审美主体的独创性，重视文学创作的主体意识。可见，不能偏颇地认为别林斯基的现实主义理论就是机械"复制论"或刻板"模仿说"。

新时期以来，文艺思想界和研究界重新重视了艺术的审美本质和诗学特点的研究，重视文学的内部研究。其实别林斯基和后来的俄罗斯形式文论家一样，同样重视果戈理的小说创作。别林斯基不仅重视果戈理的批判立场，而且也特别重视果戈理的艺术才能。尤其是果戈理化"平常"为"陌生和独特"的那种独特的天才。俄罗斯批评界感到，果戈理的每一部小说都会让人称奇并发出惊叹。正像别林斯基本人指出的那样：在果戈理的小说中"所有这一切都那么平凡、自然、正确，但同时却又那么独特的新颖"②。请注意，别林斯基所使用的"独特的新颖"，其实不就几乎是新奇（后来的"陌生化"）的同义词吗？吸引读者注意力的小说的内容"越是平常、粗俗，作者的才华就越大"，"越是平凡，把作品内容变得独特和新颖的必要性就越无可置疑"。苏联美学家A.拉夫列茨基在谈到别林斯基的这个艺术规律总结时说："我们熟悉的东西越是新颖，艺术就越高，换言之，艺术揭露我们周围世界越多，艺术就越高。"③其实，别林斯基不仅

---

① 参见朱光潜：《西方美学史》，人民文学出版社，1963年。

② 《别林斯基全集》（第一卷），苏联科学院出版社，1953年，第288页。

③ ［苏联］拉夫列茨基：《别林斯基的美学》，苏联科学院出版社，1959年，第68页。

是回答了现实主义这一种文学流派的问题，而且也回答了整个诗学的问题。钱锺书曾经在《谈艺录》里讲到形式文论提到了我国宋代梅尧臣发现的一个出奇制胜的作诗诀窍，梅圣俞曾经有"使文者野，使熟者生"的作诗法则。俄罗斯形式文论是用"陌生化"来表述。中国古典文论没有这种术语，虽然也总结了这个创作法则。实事求是地讲，如果按照钱锺书的回顾，中国诗歌在陌生化理论的认识上是"宿悟先觉"，那么，相比后来的什克洛夫斯基、雅各布森等俄国形式主义文论家，在俄罗斯文艺理论史上，甚至在西方文艺理论史上，则是别林斯基"宿悟先觉"，更早地注意到了"使熟者生"这一创作规律和诗学法则。别林斯基写道："有才华的人在描写可能有的事物和现象，即那些在平常生活中日常生活中的常有的现象，但是他们是这样描写，这些现象出自他们的笔下仿佛显得有些与众不同，要高于日常琐碎的事件。"[①]也就是在他们的笔下熟者变得生疏和新颖了，使熟者生了。

　　虽然，别林斯基也十分看重艺术反映和表现新颖的一面，独特的一面，也可以说是新奇的、奇特和陌生的一面，但是。他却从来没有忘却艺术创作需要"熟悉的"一面。没有新奇，重复前人，手法陈旧，缺乏新奇感，就无法吸引艺术接受者，没有艺术进步，从这个意义上讲，"陌生化"是需要的，必需的，在某种意义上来说，还是不可或缺的。但是，文学创作仅有陌生化，就绝对能够百战百胜吗？我们可以以王安石的诗歌创作成功的范例来说明别林斯基文学创作理论中"熟悉与陌生并重"的意义。还是钱锺书先生，他在《宋诗选注》里发现了一个有趣的诗学问题。在钱先生看来，王安石的《泊船瓜洲》的"诗眼"并不新颖，即王安石的"春风又绿江南岸"的修辞用法并非首创，因为，在他之前李白就已经写下了"东风已绿瀛洲草，紫

① 《别林斯基全集》（第六卷），苏联科学院出版社，1953年，第492页。

殿红楼觉春好",丘为也有"东风合时至,已绿湖上山",常建也有"东风变萌芽,主人山门绿"。[1] 钱先生追问道:"于是发生了一连串的问题,王安石的反复修改是忘记了唐人的诗句而白费心力呢,还是明知道这些诗句而有心立异呢?他选定的'绿'字是跟唐人暗合呢?是最后想起了唐人的诗句而欣然沿用呢,还是自觉不能出奇制胜,终于向唐人认输呢?"钱锺书不愧为钱锺书,博览群书,见多识广,他一连向王安石提出了连珠炮似的五个问题。却没有给读者一个答案。笔者认为,钱锺书似乎还应该提出第六个问题,那就是,既然王安石在这首诗歌中并无创新,可为什么他的诗仍是千古名句呢?还可以有第六个问题,李白的"已绿瀛洲草"的新颖用法为什么没有流传?后两个的问题实际上涉及陌生化和熟悉化的双重诗学问题。我们倒是可以从别林斯基的诗学中找寻答案。瀛洲是古代的紫禁城,"瀛洲草",皇宫里的奇异花草有几人见过了?对于普通读者而言,它不仅是陌生的,而且是太陌生了,诗的意境也小;"湖上山",也很一般,而王安石用普通读者,即一般未能博览群书的普通读者所未见的"绿"字做动词用的手法形容春天,在读者面前产生了陌生新奇的感觉,又用大多数人熟悉的"江南"代替"瀛洲"草,便能产生普遍的共鸣艺术效果。谁不知道江南春光好。恰如白居易赞美,"江南好,风景旧曾谙",谙者,熟悉也。熟悉的江南必定会引起普遍的审美共鸣,这就是别林斯基看重的"熟悉化"在起作用了。而一般的读者并不熟悉文学史上"绿"字"动"用的修辞方法,陌生化的艺术功效还是在起作用的,所以,王安石用"陌生化"加"熟悉化",他就成功了,"春风又绿江南岸"成为千古传诵的诗歌名句。而"熟悉的陌生"这一文艺创作法则不正是别林

---

① 钱锺书:《宋诗选注》,人民文学出版社,1963 年,第 57 页。

斯基的对艺术创作规律的发现吗？不正是这位杰出文学批评家的独有的文论贡献吗？如果说，别林斯基在俄罗斯社会变革观念上是一个"激进主义者"，那么在对艺术创作实践和规律的认识与把握上，他却冷静得多，辩证得多，他的思索和判断更加全面，而没有陷入现代派文艺思想的那种形而上学的"片面的深刻"（袁可嘉语）。由此可见，俄罗斯形式主义文论学派的先辈别林斯基也是十分关注果戈理是如何制作小说这一文学创作的"技巧问题的"，换句时尚的话讲，也很注意文学的"内部研究"。别林斯基当年也关注小说制作的技巧并且更早地注意到："使熟者生"是吸引读者艺术注意力的一个创作法宝，制作法宝，是加重感知难度的每每奏效的一种写作方式。用别林斯基的话讲，越能"使熟者生"，其艺术性就越高。由此可知，在别林斯基的艺术词典里，能否"使熟者生"俨然成为艺术高下的一个评定标准。但是，必须看到，这只是问题的一个方面，另一个方面，别林斯基并不仅仅把诗学的目光放在手法是否"新颖和独特"一个技术性的问题上。他是一个伟大的思想家。他在强调新奇独特的同时始终也没有忘记艺术中"熟悉"这个方面，艺术制作的结果，不能是绝对的、纯粹的"陌生"，而只能是"熟悉的陌生"，或"陌生的熟悉"，用他的典型化术语讲，就塑造人物形象、人物典型而言，就是"熟悉的陌生人"。因为，没有熟悉、没有熟知的共性，就没有共鸣，同样也没有艺术。没有新颖和独特，就用形式学派的话语来讲，没有陌生化，就没有震撼与惊醒，没有共鸣，也就没有艺术的普遍的感染力。所以，我认为，别林斯基研究总结的"熟悉的陌生"的艺术法则远比形式文论的所谓的片面的"陌生化"法则要符合文艺创作实际，更接近世界文艺几千年来发展的创作规律。

俄罗斯文化学家、文学史大家利哈乔夫院士十分熟悉俄罗斯千年的文学创作。他理解形式文论的在诗学探索上的用心和苦心，但却不恭维他们当年年轻气盛的"术语独创"。利哈乔夫认为，"陌生化"这个文论术语的发明在词汇学上是不成功的，是失败的！① 在构词上，还没有学好俄语的构词法，遗忘了一个字母。使这个 остранение 显得不伦不类。这是从构词上讲，形式文论的失败。从文学史和文学创作实践上来说，利哈乔夫认为，形式文论仅仅是从当时的先锋主义，即现代主义文学，主要是未来派的诗歌创作实践和经验中得出的一些结论和规律，但从整个俄罗斯千年文学创作来看，并不是陌生化法则主宰了全部文学创作。他特别提及，在俄罗斯的中世纪的一个时期，俄罗斯作家不仅拒绝创作的陌生化，而且以陌生化称作为羞耻。当时的作家以世俗化，就是人人可懂的文体和语言创作为荣，以"新创文体为愧"②。在这个问题上利哈乔夫与前辈别林斯基是一致的。

的确，别林斯基在社会改革理念上有些极端的倾向，但在对文学艺术规律的认知方面却是冷静和客观的，他的文艺观念，如"激情说""典型说"，特别是"熟悉的陌生"的艺术法则了充满艺术辩证法。别林斯基更懂得艺术与生活的辩证的密切关系。俄罗斯形式文论的偏颇恰恰是忘记了艺术与生活的密切的联系。他们声称，只关心艺术的内部研究，不关注生活和社会，结果不能不导致对艺术整体和规律理解的偏差。因此，俄罗斯文论界至今对别林斯基《诗歌的分类和分科》一文评价甚高，俄罗斯文论家哈里捷夫认为，由别林斯基再阐释的黑格尔的艺术理念奠定了俄罗斯文艺学的诗歌理论基础③。

从"俄罗斯诗歌的太阳"普希金时代开始到被称为欧洲现实主

---

① ［俄］利哈乔夫：《解读俄罗斯》，吴晓都等译，北京大学出版社，2003 年，第 312 页。

② 同上书，第 313 页。

③ ［俄］哈里捷夫：《文学理论》，莫斯科，学术出版社，1999 年，第 295 页。

义小说艺术高峰的列夫·托尔斯泰时代，也就是大约 19 世纪的 30 年代到 19 世纪末这段时期，被文学史家称作俄国文学的"黄金时期"或"黄金时代"。普希金的长篇诗歌体小说《叶甫盖尼·奥涅金》和短篇小说《驿站长》的问世，揭开了俄国现实主义文学的序幕。正如杜勃罗留波夫所说：普希金打开了"俄罗斯真实的世界"，"普希金回应了俄罗斯生活中表现出的一切，观察了俄罗斯生活"。[①] 普希金的学生和亲密友人果戈理秉承现实主义精神，创作了长篇小说《死魂灵》和讽刺喜剧《钦差大臣》更开创了俄国现实主义文学的民族流派"自然派"。在这两位文学先师的影响下，俄国批判现实主义的文学力作如雨后春笋，大量涌现，形成了蔚为壮观的文学潮流。赫尔岑的小说《谁之罪》、冈察洛夫的小说《奥勃洛莫夫》、屠格涅夫的小说《罗亭》《前夜》《父与子》、陀思妥耶夫斯基的小说《罪与罚》《卡拉马佐夫兄弟》、托尔斯泰的小说《复活》《安娜·卡列尼娜》和契诃夫系列短篇小说为读者描绘了 19 世纪俄国社会复杂多面的社会现实画卷。在俄国现实主义文学的形成过程中除了文学大家的天才和辛勤创作劳动外，文学理论家和批评家也功不可没，也可以这样说，没有像别林斯基这样思想敏锐深刻的文学批评大师的洞察和倾力推介，俄国现实主义文学也难以达到后来这样深广的影响力。在文艺的发展史上，文艺创作和文艺批评历来是互相促进的两种力量，文学创作实践是文学理论的基础，文学理论和文学观念是文学创作的概括和总结，同时也引导着、影响着文学新人的创作，并为文学流派和文学思潮的发展推波助澜。在俄国文学黄金时代初期，别林斯基就是普希金和果戈理现实主义文学创作最重要的宣传者和支持者，是俄国现实主义文学观念的先驱。

① 《杜勃罗留波夫全集》（俄文版），国家政治书籍出版社，1964 年，第 114—115 页。

别林斯基是俄国 19 世纪上半叶最著名的文学批评家，革命思想家和政论作家。他于 1811 年出生在沙俄外省的一个军医的家庭，在当时属于下层平民。因此，少年别林斯基有机会接触下层普通劳动民众，熟悉他们在农奴制俄国的悲惨生活，很早就对民众产生了同情心。大约 18 岁时进入了俄国著名的莫斯科大学，主攻俄罗斯语言文学，同时开始了自己的文学创作活动。在大学读书期间他醉心于黑格尔和谢林的唯心主义哲学思想体系，对法国启蒙主义也较为膜拜，但同时关注本国的社会现实，这成为他接受革命意识的重要基础。他19 岁时就写出了具有进步意义的剧作。由于他进步的思想意识和文学活动触犯了沙俄专制制度，在他读大三时，校方找了借口将他除名。从莫斯科大学肄业后，他继续进步的文学批评事业，先后为进步刊物《望远镜》《莫斯科观察家》《祖国记事》和《现代人》撰稿和主持评论专栏，在此期间，他与以赫尔岑为代表的俄国进步思想界有过交往并受到影响。随着对社会真实状况的深入了解和观察，别林斯基逐渐摆脱了黑格尔唯心主义思想体系的束缚，开始更加直接地面对现实，从真实的现实生活中寻找俄国社会的问题和解决途径，由此，他开始了从当初幼稚的唯心主义思想境界转向唯物主义阵地的立场转换。别林斯基最早洞察了 19 世纪俄国现实主义文学的发展大趋势，撰写了大量观点精辟饱含激情的文学评论和政论，鼓吹进步文学，为此也常常受到沙皇当局的迫害，终因贫病和劳累，英年早逝。与普希金一样，别林斯基享年仅 37 岁。1848 年 6 月在旧俄国的首都圣彼得堡，俄国进步文学界又痛失了一位青年才俊，现实主义的文论的一面旗帜。

1834 年对于这位年轻的批评家和俄国文学批评史来说是重要的一年，年仅 24 岁的别林斯基写出才情横溢的文学论文《文学的遐想》，开始提出了俄国现实主义的文学观念，他结合对文学创作中民族特性的刻画的问题，深刻指出了正确反映和表现俄罗斯民族特性的正确途径，而这个途径不是别的，正是现实主义的文学创作精神和方法。而普希金正是俄罗斯文学史上第一个伟大的现实主义作家。无论是诗歌《乡村》中对农奴制悲惨现实的揭露，在《驿站长》对下层小人物苦闷的描写，还是在《奥涅金》中对俄罗斯城市与乡村青年困境的展示，都体现了一个深切关注俄罗斯现实社会的作家的敏锐和激情。甚至连早年的形式学派论宗什克洛夫斯基都承认，"普希金的世界是现实的"。因此，别林斯基把普希金的《奥涅金》等作品中体现的现实主义精神和方法称作俄罗斯近代文学主要是全部现实主义文学的基石①。别林斯基号召向普希金学习，提出要忠实地描绘俄国社会的当代生活情境。在1835年，别林斯基深化了他现实主义文学观念，发表了著名文学评论《论俄国的中篇小说和果戈理先生的中篇小说》。他在这篇文章中结合对诗歌的分类阐释了他对现实主义文学创作的理解。在他看来，诗歌分为"现实的"和"理想的"两大类型，所谓"现实的诗歌"，其最显著的特点就是对现实的忠实。这种诗歌从不再造生活，而是复制生活。由此可见，我们也可以把别林斯基的现实主义文学观念概括为"复制现实说"。他的现实主义文学观念的内涵首先包括"描绘的忠实性"，即文学对社会生活反映的真实性。其次，要体现现实主义的"当代性"，即作家对当代社会生活的忠实描绘。再次，现实主义不仅仅是对民族生活外部特征的直观描绘，而是要注重刻画民族特有的情感与思想方式。别林斯基这个文学观念直接受益于现实主义文学大师果戈理。果戈理曾经说过，描写俄国的生活，不能仅仅停留在描绘俄罗斯民族的无袖长衫，还必须写出俄罗斯人的内在精神面貌。最后，现实主义的文学必须创造出具有高度生活意义的典型，这就是著名的"典型说"。

① ［苏联］别赫捷列夫：《别林斯基——俄罗斯文学史家》，莫斯科，教材出版社，1961年，第234页。

别林斯基对现实主义的文学典型有一个极为形象的定义：这种典型就是"熟悉的陌生人"。之所以说熟悉，是因为这些文学人物都是读者在当时的现实生活中司空见惯的，如普希金笔下的"奥涅金"这种俄国社会中的"多余人"、果戈理笔下的"吝啬鬼"泼留希金、莱蒙托夫笔下的"当代英雄"毕乔林、冈察洛夫笔下的"超级懒汉"奥勃洛莫夫、屠格涅夫笔下的"虚无主义者"巴扎洛夫，几乎都是当时农奴制社会中常见的病态人格；而之所以陌生，是因为这些鲜活的独特的人物形象在每一部现实主义文学作品中是首次这样突出地放大地亮相。别林斯基根据普希金特别是果戈理及其流派"自然派"创作的深刻分析，概括并预见了俄国 19 世纪文学发展的主潮是批判现实主义。当俄国贵族文学界诋毁果戈理现实主义尖锐无情的讽刺杰作时，这位批评大师在文坛大声疾呼：俄国需要的正是果戈理这种"毫不留情的直率"，需要这种撼人心魄的真实，因为在果戈理为代表的"自然派"的创作中展现了俄国社会痛苦却完全真实的面貌，代表俄国文学走上了一条真实和真正的道路，正是这个现实主义流派的作家把文学变成了俄国社会的展现和镜子，它符合俄国时代的精神需求。连什克洛夫斯也强调："果戈理的世界只有在与普希金的乌克兰的世界共存时才能实现。"后世的文豪列夫·托尔斯泰被俄国革命导师列宁赞誉为俄国革命的一面镜子，这位长篇小说泰斗的文学观念完全来源于他的文学先驱别林斯基。别林斯基在其后来的重要论著《诗歌的分类和分科》《乞乞科夫的经历或死魂灵》《关于批评的讲话》《1847 年俄国文学概评》《1847 年俄国文学概评》和《致果戈理一封信》中进一步完善了他的现实主义文学观念。正是别林斯基通过他一系列评论普希金及其学生果戈理的文学创作的文章和政论，从观念和理论上为俄国 19 世纪文学奠定了坚实的现实主义文学理论基础。别林斯基的文论实际上就是对普希金和果戈理现实主义创作经验和成就的理论总结。

普希金文学思想对俄国现代文论谬误的匡正

俄国文学"黄金时代"之后，又出现了一个新的文学繁荣时期，这就是苏联解体后的新俄国文学界十分推崇"白银时代"。"白银时代"的历史阶段大致在 19 世纪最后十年到 20 世纪 20 年代中后期。这一时期，俄国文化处于从古典到现代的转型时期，文学思想比较活跃，新作迭出，流派纷呈。受西欧现代主义文学的影响，俄国也出现了自己的现代派文学思潮和流派，诸如象征主义流派、未来主义流派和阿克梅主义流派等等。其中，未来主义文学运动在俄国文坛来势强盛，其影响早已超越了文学创作自身领域，不仅深刻影响了文艺理论领域、语言学领域，而且还影响了 20 世纪初文艺创作的新宠——新生的电影艺术，导致了电影创作经典理论——"蒙太奇"理论的诞生。蒙太奇理论和形式主义的陌生化理论都是追求艺术创新出奇的理论。特别是未来主义文学运动对俄国文学观念和文学理论的影响更加直接，我们这里要讨论的就是俄国什克洛夫斯基在普希金经典的影响下对自己理论谬误的承认，对形象思维论的重新认同，形式论宗的这种自我理论修复就充分显示了普希金对 20 世纪俄罗斯文艺思想的巨大影响和传统文艺观念的强大惯性。

什克洛夫斯基（1893—1984）不仅是一个现代文论家，而且也是著名的普希金学专家。俄罗斯文艺学家、电影艺术家，俄国形式主义文学理论的创始人。青年时代曾在圣彼得堡大学语文系学习过一个时期。1914—1917 年在莫斯科和彼得格勒参与创建"诗歌语言研究会"即"奥波雅兹"。他的文艺学生涯是从文学的形式研究开始的《散文理论》（1928 年）。《艺术即手法》是他形式文论的代表作。其中提出了著名的"陌生化"原理。什克洛夫斯基早年否定形象思维理论。在他看来，"形象思维至少不是一切种类的艺术，或者甚至也不是一切种类语言艺术的共同特点"。艺术手法就是将事物"陌生化"的手法，是把形式艰深化，从而增加艺术欣赏者的感知难度和时间的长度。他认为，文学语言与日常生活语言的差异就在于前者是一种具有特殊构造能够唤起读者全新感觉的语言。但是他的这种文学艺术新观念存在忽视作品固有的社会历史内涵的缺陷，不利于全面揭示艺术的本质问题。形式主义文学理论在苏联遭遇批判和冷落以后，什克洛夫斯基在文艺学领域一度沉寂，转入俄罗斯文学和苏联文学研究，同时也从事电影艺术事业和理论探索，在电影理论方面卓有成就。

有意思的是什克洛夫斯基的"陌生化"诗学理论的创作经验的例证恰是普希金的迥异于杰尔查文和罗蒙诺索夫等18世纪时兴而熟悉的崇高体诗歌语言。"陌生感"由此产生。什克洛夫斯基在《散文理论》中就谈到普希金这样的艺术手法给他理论创新的重要启迪。

他在1929年的《散文理论》中指出："诗歌语言是一种困难的、艰深化的障碍重重的语言。有时诗歌语言与散文语言相近，普希金写道：'她的名字叫塔吉雅娜……我们第一次用这样的名字，让充满柔情的篇章生辉，这样做真有几分放肆。'普希金的同时代人习惯于杰尔查文那种文体高昂的诗歌语言，而普希金那种（在当时看来）低俗的问题倒是显得出人意料得难以理解。我们都记得，普希金的同时代人当初都因他用语粗俗而大惊失色。普希金把使用民间俗语作为引起注意的特殊手段。"①钱锺书先生看见什克洛夫斯基的这些论述后，在《谈艺录》称赞他"诚哉斯言"，又结合中国宋代诗歌创作概括为"使文者野，使熟者生"，是文艺创作出奇制胜之诗学

---

① ［苏联］什克洛夫斯基：《散文理论》，刘宗次译，百花洲文艺出版社，1994年，第21页。

法宝。"陌生化"与"熟悉化"是互为转化的。就像什克洛夫斯基注意到的那样，当 20 世纪初俄罗斯社会都用标准语交流的时候，作家却开始大量使用方言或外省语言创作。在 1982 年的《散文理论》中什克洛夫斯基再次使用了普希金在《奥涅金》中别出心裁地利用俗语和俗名的例子。这一次是结合对塔尔图学派的评论解释什么是文学中或艺术中的"形式"。"把'塔吉雅娜'这个名字引进来，此事本身就有许多含义，有多意性。'塔吉雅娜'这个朴素的名字首先以其朴素而使文本本身的一切意义都裹上了一层素装，并形成意义之间的相互关系，我们这样想的时候，我们知道，这是在谈形式。"① 用俗语或俗名，有创作上形式的考虑，但也有普希金对民众亲近的情感意义，所以这也关系到文本的内容。

更加难能可贵的是，走过形式主义极端化弯路的这个文论家在晚年还是在普希金创作经典的教导下，结合对普希金经典创作《奥涅金》等作品的重新研究，更改了自己以往的理论偏颇，最后回归了俄罗斯文论的主流，承认了"形象思维理论"的合理性。在分析《奥涅金》中乡村冬天景象时，他直接引用富于图画特点的生动场景：

> 孩子们兴高采烈地结伙，
> 冰鞋响亮地把冰划破；
> 一只体态臃肿的笨鹅，
> 想去水的怀抱里遨游，
> 小心翼翼地踩着红脚掌，
> 刚踏上去就滑倒在冰上。
>
> （智量译）

---

① ［苏联］什克洛夫斯基：《散文理论》，刘宗次译，百花洲文艺出版社，1994 年，第 92—93 页。

什克洛夫斯基强调，"普希金的诗句全都可以拿来做这样的例子。发生了什么事？这是记录，录下感受到的图景。这对我们大家意味着什么？请看：人们说到用形象思维。现在可以看清楚，此说大体不差"①。什克洛夫斯基回归俄罗斯传统的形象思维理论，回归别林斯基的反映论和认识论的文艺理论，这不仅仅是别林斯基们的胜利，更是在他们背后永恒的普希金的胜利！

他后来与罗曼·雅各布森这位结构主义语言学家分道扬镳了。什克洛夫斯基精辟地指出："结构主义者们的错误——是研究语法而不是研究文学的人的错误。"②文学离不开语言结构，但文学远远不只于语言结构或语音结构。正如苏联文艺心理学家维果茨基在其《艺术心理学》中对普希金的名著《巴赫奇萨拉伊的泪泉》的分析中指出的那样，普希金在诗歌中多次选用"拉伊"这个音节，其实饱含着诗人对曾经热恋对象拉耶夫斯卡雅的款款深情。因此，语言结构或语音结构不只是语言形式问题，也是内容问题。所以，什克洛夫斯也深刻领悟到：没有无内容的形式。

从他在 1929 年和 1982 年出版的两种《散文理论》中，我们发现，支撑他理论思维最多的作家就是普希金。这绝不是偶然的。巴赫金对形象思维理论也持积极的赞同态度。他认为杜勃罗留波夫在《尼基京的诗歌》一文中关于"需要用艺术形象描绘生活力量"的论断极为精彩③。

---

① ［苏联］什克洛夫斯基：《散文理论》，刘宗次译，百花洲文艺出版社，1994 年，第 401 页。

② 同上书，第 148 页。

③ ［苏联］巴赫金：《拉伯雷小说中的民间节日和形象》，《巴赫金文论选》，中国社会科学出版社，1996 年，第 248 页。

什克洛夫斯基敏锐地感到了"读图时代"的来临。当时还没有网络，电视虽然也不像当今这样普及，但他感到"文字遇到了一个对手，图像"。"电影排挤了书籍，电视排挤了电影，正在排挤报纸。现在的图像艺术确实能量极大，它自己能提出问题，自己也能解决问题。"①形式学派文学理论对苏联电影艺术观念创新具有重大影响。"蒙太奇"电影美学与什克洛夫斯基有关艺术即手法的观念有内在深刻的诗学"亲缘关系"。同时以爱森斯坦为代表的苏联电影艺术的生动实践和创新活力也影响他的文艺学探索。对"陌生化"的诠释超越了"形式"或"手法"的狭小局限，而以生活的丰厚来充实文学特征论。与一般的西方文艺学家不同，什克洛夫斯基比较关注东方文学观念，特别是中国的文学艺术。他专门研究过中国叙述学，探究民间传说对中国古典小说起源的意义。他呼吁西方文艺学界更多地了解中国文化，"中国应该被发现，正如当年美洲被哥伦布发现一样，发现的不仅仅是土地，还有文化、风景"。他追求文学理论建构上的东西方文化的平衡。主要理论著作有：《关于散文理论》（1925 年）、《散文理论》（1983 年）、《40 年间·沉思与分析》（1960 年）、《列夫·托尔斯泰的小说〈战争与和平〉》，等等。

　　托马舍夫斯基在"主题"研究中，经常用普希金的创作阐明传统文学在"情节编制"上的主导作用。这方面的典型文本例子有《高加索的俘虏》《茨冈人》《村姑小姐》《暴风雪》和《棺材匠》。他认为普希金在其作品中引入"自由细节"方面的文学传统问题。②普希金论及 1830 年代作家描写服装是当时传统的"自由细节"。在分析"静态细节"和"动态细节"时，托马舍夫斯基也以普希金的

---

①　［苏联］什克洛夫斯基：《散文理论》，刘宗次译，百花洲文艺出版社，1994 年，第 288 页。

②　《俄苏形式主义文论选》，三联书店，方珊等译，1989 年，第 115—117 页。

短篇小说中的两类情节做例证。之所以用普希金的作品为例，不仅是因为普希金的创作俄国读者熟悉，而也恰好是体现文学规律的典型范例。普希金的浪漫叙事诗歌至今（20世纪初期）仍然对诗歌形式发生着影响。[①]

其实，巴赫金最为看中的一个文学创作特点"未完成性"也是普希金创作中的一个特征。什克洛夫斯基提问，"未完成性"是生活的现象，还是结构的现象？普希金的《奥涅金》就是一个最典型的未完成作品，什克洛夫斯基也注意到这部经典像普希金本人一样"戛然而止"的特点。普希金本人也可以说是"未完成的"伟大的创作之谜，天才之谜！什克洛夫斯基称普希金是伟大的思想家，也是不无根据的。

普罗普的《民间故事形态学》也受到普希金童话创作的启发。普希金在给弟弟的一封家书中写道："晚上，我听民间故事，这些故事多么美啊！每一个都是一首史诗！"普罗普在《俄罗斯的故事》中称"普希金是俄罗斯艺术文化史上的第一人，因为他从一个普通农妇那里开始记录民间故事的所有的美，并完全理解这种美"。[②]他认为，虽然普希金利用了俄罗斯民间童话的素材，但是他所创造的童话比原来的故事更加丰富和匀称。[③]在普罗普看来：对普希金而言，民族文化是最原始的文化它们与民族的历史、风俗及传统相联系，表达着一个民族迥异与其他民族的性格。

电影艺术大师爱森斯坦在创立蒙太奇艺术手法和理论时就常常到普希金的创作中去寻找诗学资源和理论思维的灵感。

后现代主义和新历史主义文论家也从普希金的作品中寻求理论

---

① 《俄苏形式主义文论选》，方珊等译，三联书店，1989年，第208页。

② ［苏联］普罗普：《俄罗斯故事》，莫斯科，迷宫出版社，2000年，第63页。

③ 同上书，第64页。

阐释的资源。如库里岑和利波维茨基就认为，后现代主义并不仅仅是 20 世纪的文化现象，而是一种周期性的文化发展规律性的现象与表现。例如作者在作品中刻意出场，叙事故意中断，解构和消解传统的文化理念。普希金在《奥涅金》中经常运用类似的写作手法。否定"科学院语法词典"、时尚的诗歌韵律等等。

"俄苏文艺"或"俄苏文学"对于 20 世纪的俄罗斯文学研究和教学而言是一个整体的文学史概念。苏维埃文学继承了俄罗斯文学的优良传统，俄罗斯文学又在苏维埃文学中发扬光大。"俄苏文艺"和"俄苏文学"是 20 世纪几代人的难以磨灭的文化的历史的生命记忆。

在今天的俄罗斯文学史的研究和教学中，之所以提出重新审视普希金以来的俄苏文艺思想的这一点，并非无的放矢。苏联解体后的某些俄罗斯文学史的著述或教科书有意无意淡化了"苏联文学"的概念，或多或少地忽略了"苏联文学"作为一种对于 19 世纪俄罗斯文学的"创新型存在"的这个文学史实，是缺乏历史主义态度的表现。因此，应该把 20 世纪那近 80 年的俄罗斯文学与苏联文学（1917—1991）作为一个整体来看待，而且不忽略其文化的"苏维埃性质"。它们不仅在时空上是统一的，更重要的是在内涵上，文学创新与传统继承有着难以割裂的血脉联系，即便是被贴上所谓"白银时代"荣誉标签的某些重要作家如勃留索夫、勃洛克、马雅可夫斯基等，在俄罗斯当年火红的激情岁月也都特别积极参与了苏维埃型文学的建构，这就是为什么在十月革命后到苏联解体前出版的那些文学史和文学百科的词条的写作上会专门划出"俄罗斯苏维埃文学"的专题学理缘由 [①]。尽管当代没有必要再单独开设"苏联文学"

---

① "俄苏文学"在国内的研究和教学界其实有两种含义：一是对古代和近现代的俄罗斯文学和苏维埃文学的概念简称；另一个是专门指"俄罗斯的苏维埃文学"（见《中国大百科全书》外国文学卷，1982 年版）。

的课程，把"苏联文学"作为俄罗斯文学发展史上的苏联时期和阶段来接受也是文学史研究与教学的新时代的通行方式，但是，俄苏文学作为一个独特的审美文化概念是不应随俄罗斯国体的变迁而被漠视。时代在前进，正像自然科学随着时代发展一样，人文学科和社会科学也是随时代的进步而前进的。新的时代，新的世纪，社会发展需要新的文化、先进的文化，学术研究也需要不断向前发展，这是问题的一个方面；而另一方面，人文科学、社会科学又有自己的发展规律和自身固有特点。社会科学、人文学科在向前发展的同时，又总是周期性地有意识有侧重地审视自己。在这个意义上，20世纪俄罗斯著名的文学史家和文化学家德米特里·利哈乔夫院士关于"文化有时是向后看的"文化研究观念的确又有他的道理。"向后看"，不是"回归故纸堆"。对于利哈乔夫的这个文化理念，我理解有两层含义：一是重视文化传统，重视历史继承性和完整性，重视文化遗产，注重从文化遗产和传统中寻求发展的资源和力量；而是要注重对现有的，特别是所谓"时尚的"文化评价的再评价，即经常不断地重新审视当今的文化观念和文化研究得结论，找出不足，修正错谬，弥补漏洞，特别是还要不断地发掘尚未发掘的文化价值，重估尚未足够评价的传统文化论著的学术价值和意义。因此，文化经常重新审视自身，这是人类文化发展固有的内在规律之一。人文科学周期性地重新审视自身，也是文化进步的一种内在体现，是文化自觉的一种特殊体现，是历史辩证思维的必然要求。

苏联，作为一个横跨欧亚的超级大国，解体虽然已经二十多年了，但包括这个曾经的文化大国的文艺思想在内的俄苏文化中有价值的思想遗产却不会因岁月的流逝而埋没，这其中要特别提到苏联文艺界长期重视评价和运用的19世纪到20世纪初的俄罗斯进步文学思想，特别是别林斯基、赫尔岑、车尔尼雪夫斯基、杜勃罗留波夫的文艺批评思想以及卢那察尔斯基等文艺思想家的文化观念和文学观念的重要意义。鲁迅先生称俄国文学是中国现代文学之师，当代中国也有一些著名作家认为，俄苏文学的中译本其实也可以看作是中国现代文学的"一个组成部分"，钱锺书先生在俄苏文论中发现了与中国宋代诗论的深度契合，这些足见这份珍贵的文化遗产一个多世纪以来对中国文学界和文艺思想界深广久远的影响，值得我们重新审视和深入研究，俄罗斯和苏联文艺思想是当代比较文学和比较诗学建构重要的诗意资源。

尽管如此，国内的文学研究界和教学界在对传统俄苏文艺思想的认识上依然存在着诸多误解、偏见和错谬，包括忽视别林斯基和赫尔岑等革命民主主义的诗学建树，或淡化苏联文学的成就。在教学和研究界，无论是对俄苏的创作观念，还是对其理论流派的解读与俄苏文艺思想的原本复杂多样的面目有相当一些错位，一个时期以来某些流行的评说无法呈现传统意义上经典作家和批评家的完整面貌。近二十年来，随着苏联的解体和俄苏文化影响力的降低，在盲目膜拜西方文论的气氛下，在以形式文论为代表所谓"科学主义"的文学研究格局中，在对苏联"庸俗社会学"文艺学批判的同时，毋庸讳言，也有片面地理解或忽视了俄苏传统社会历史文艺学的合理内核的现象。笔者以为，学术研究上的这些误区与偏差阻碍着辩证地和历史地认知俄苏文艺思想完整面貌及精华。

就学科现状而言，俄苏传统文艺思想的精华远没有被完全揭示和阐明，更没有在其合理的基础上结合文艺创作和理论研究的进程深化发展。20世纪后期，新一轮的"西学东渐"以来，由于观念上的误解和评价偏颇，导致了外国文学学科建设中俄苏传统文艺思想资源在某种程度上的闲置，在研究课题的选择规划上盲目"追新"

和"追西"，唯"新"是瞻，唯"西"是瞻。殊不知，许多看似新颖的观念，看似西化的"新"观念，其实，在俄苏传统文艺思想资源中早有涉猎，且更加辩证理性；或者某些被打上"苏联"印记而被嘲弄的有价值的文艺思想其实并不完全属于苏联文艺的独创。实际上，那些几乎被遗忘或未能引起学界足够重视的有价值的传统文艺思想非常值得当代研究者重新回溯和深究。我们应该充分注意到，俄苏文化是一个历史的、完整的、多样变化的文化构成。

首先，是它的历史性。俄苏文化是19世纪末到20世纪末一段不断演化的俄罗斯—苏联丰富的文化遗产，是那一段独特历史的产物。实事求是地讲，俄罗斯文化的苏联时期是俄罗斯千年文化历史上最辉煌的时期之一。就世界地缘政治方面来说，能够与英、美、法、德等世界传统大国并驾齐驱的只有在卫国战争到70年代这一时期的苏联，其科技和文化发展相应也达到了世界公认的最高水平，苏联率先开辟了人类的太空时代，就是苏联文化最具代表意义和象征意义的成就。在艺术文化上涌现了高尔基、马雅可夫斯基、勃洛克、叶赛宁、肖洛霍夫、爱森斯坦、普罗科菲耶夫、乌兰诺娃等一大批璀璨的明星。相应地在文学思想、美术观念、电影理论、音乐和舞蹈理论诸多方面，也多有重要的建树和贡献。毋庸讳言，在此期间，苏联在文化建设上有失误、有挫折，但也有举世瞩目的重要贡献，是历史事实。

其次，是它的完整性。历史内涵的不是抽象的而是具体丰富的，更是完整的。需要完整的20世纪的俄苏文艺学的全貌。过去一提传统俄苏文论就是现实主义文艺思想和文论，而新时期以来，传统俄苏文论更退居研究的边缘，回归文学、侨民文学、白银时代文学、新俄罗斯文学都在当今俄罗斯文学研究的学术视野中心。19世纪的以别车杜为代表的社会历史批评和苏联马克思主义文学批评的珍贵文论遗产没有得到足够重视。就俄苏文论的完整性而言，上述传统的文艺思想其实还有许多有价值的资源可以挖掘。

再次，还要注重俄苏文艺思想流派的变化。其实，无论是俄苏现实主义文论，还是包括形式主义流派的现代文论，都不是僵化的、固定不变的模式。它们都是在不断反省和演变的，在同一流派不同的人身上也都有不同的特点和流向。

因此，在普希金文艺思想的语境中继续开掘包括其文艺思想在内的俄苏文化价值对于当下外国文学研究仍然具有积极的学科建设意义，不应忽视这个重要的俄罗斯古典文艺思想的宝贵资源。

谈及俄罗斯传统文艺思想的价值，我们自然会想到陀思妥耶夫斯基。陀思妥耶夫斯基不仅对 19 世纪欧洲的文艺思想影响巨大，而且他当年洞察和批判过的社会历史现象至今也还时隐时现地存在，因而，他的文艺思想时至今天也不失其理性的锋芒。他的文艺思想也值得研究界多方面的认知。这里是要略谈陀思妥耶夫斯基对资产阶级"人道主义"与"和平"有着清醒的认识。陀思妥耶夫斯基在一篇日记中写道："交易所的经纪人……现在极其喜欢谈论人道，现在谈论人道的许多人，实质只是拿人道做交易。"①陀氏清醒地预见到，1871 年以后欧洲资本主义世界的和平发展年代正酝酿着新的战争。他一针见血地指出，归根结底，长时间的资产阶级和平本身几乎是一直在萌生战争的需要，这是它自身导致的后果。不过，它已经不是出于伟大民族当之无愧的正义的目的，而是为了某种可鄙的交易利益，为了剥削者所需要的新市场，为了财富的拥有者获得所必需的新奴隶——总之，这是出于一些已经不能用自卫的需要来

---

① 参见《陀思妥耶夫斯基论艺术》，冯增义、徐振亚译，上海书店出版社，2009 年。

辩护的原因，这些原因恰恰证明国家机体正处于变化无常的病态之中，"俄罗斯作家在 19 世纪对资本主义和霸权主义入木三分的揭露和警示今天听来仍然发人深省"。读罢陀思妥耶夫斯基的上述论断，我们不禁想起了列宁有关"帝国主义就是战争"的警示恒言。一个真正的艺术大师的确能够真实地洞察出现实社会的本质方面，向世人揭示它的本来面目。至今为学界经常引用的意大利哲学家克罗齐"一切历史都是当代史"的名言，其实在陀思妥耶夫斯基那里早有类似的表述，"真正的艺术的标志就在于它总是现代的"[①]，陀思妥耶夫斯基如是说。

俄罗斯文论对话主义的人文意涵

对话主义是 19 世纪以来俄罗斯人文精神的重要内涵，体现着俄罗斯人文学者对世界人文学科的重大贡献。陀思妥耶夫斯基的文学创作为巴赫金的语言哲学探索提供了丰厚的文学基础。陀思妥耶夫斯基显然借用拉斯柯尔尼科夫之口表达了对话主义的原创思想："自从开天辟地以来，世界上就涌现出各式各样互相冲突的思想和理论，而我的思想就那一点来说，又哪儿比别的思想和理论更加愚蠢呢？人们只消用完全独立的、开阔的眼界去看待事情，不为庸俗的影响所左右，那么我的思想当然也就根本不会显得那么……奇怪了。否定者和微不足道的哲人们，你们为什么要半途而废呢？"（《罪与罚》）正是这种平等的开放式的人文精神帮助陀思妥耶夫斯基对长篇小说的体裁进行了卓有成效的探索并对世界小说艺术的发展做出了自己独特的贡献。

① 参见《陀思妥耶夫斯基论艺术》，冯增义、徐振亚译，上海书店出版社，2009 年，第 55 页。

巴赫金由此发现了对话思想的生动形态，继而深入研究，最终归纳提炼成具有现代哲学和诗学意义和价值的对话主义方法论。巴赫金精辟地指出："陀思妥耶夫斯基作为艺术家，他创立自己的思想，与哲学家或科学家的方法不同。他创立的是思想的生动形象，而这些思想是他在现实生活当中发现的、听到的，有时是猜测到的；也就是说这是已经存在或正在进入生活的富于力量的思想。陀思妥耶夫斯基具有一种天赋的才能，可以听到自己时代的对话，或者说得确切些，是听到作为一种伟大对话的自己的时代，并在这个时代里不仅把握住个别的声音，而且首先要把握住不同声音之间的对话关系、它们之间通过对话的相互作用。"① 对话意识特别深刻地体现了陀思妥耶夫斯基作为一个真诚的人文主义者对精神个性的热情呵护。它是这位杰出的俄国文学大师对俄罗斯人文精神最可贵的贡献之一。它意在表明，大到每一个民族或国家，小到每一个精神个体都拥有自己神圣的思想权利，拥有表达自己的话语的权利。文明的世界就是可以平等地开展对话的世界。只有不同声音之间的平等对话，文化才能获得丰富的发展，人文精神才能获得勃勃生机。

　　谈到对话思想，就不能不深入审视新时期以来学界热情关注巴赫金的对话主义文学观，深入研究俄罗斯对话主义思想发展的历史过程，因为，按照历史唯物主义的观点，任何一种思想方法都不是在某一历史时刻突然出现或产生的，都有一个萌芽、发展和逐渐成熟的过程。对话主义也不会例外。例如，在赫尔岑的文学思想和政论思想中就鲜明体现着对话主义的精神（在赫尔岑那里叫作"争鸣""争论"）。赫尔岑的"对话意识"在整个俄罗斯对话主义思想形成过程中特别值得重视，过去却是被忽视了的。正如赫尔岑本

---

　　① ［苏联］巴赫金：《陀思妥耶夫斯基诗学问题》，白春仁、顾亚玲译，三联书店，1989 年，第 135 页。

人所强调的那样："没有争鸣，我的思维会生锈，再也没有比独白更加枯燥的事情了。"[1]正如有俄罗斯赫尔岑研究专家指出："赫尔岑没有对话和政论就无法理解生活，他乐见于任何一个称职的战士和有力的对手战斗的可能性，即使这样的人物不在现场，他也会建构一个想象的对话者形象，用他的问题和对白打断文章的独白流。"[2]赫尔岑的对话意识在俄罗斯作家中绝不是孤立的，苏联著名文艺理论家赫拉普钦科也论及过列夫·托尔斯泰长篇小说的复调意识，也即对话意识："托尔斯泰作品的'复调性'并不比陀思妥耶夫斯基小说少，不过这种'复调性'，在他那里具有完全另外一种性质。这种'复调性'表现在那些构成一股洪流的各种不同的生活流的描写当中。人们整个丰富的和独立发展的精神世界，同时也是微观世界不可分割的一部分，而人们的精神世界同这个微观世界处在经常的、复杂的相互影响之中。"[3] 赫尔岑的这种思想和意识也得到了他的亲密战友奥加辽夫的支持，奥加辽夫也认为戏剧文学、戏剧对白特别有益于思想的展开，舞台就是思想对话的最佳场所。可见，俄罗斯文学艺术家的对话思想和对话意识虽然呈现着不同的表现形式和状态，虽然没有直接用"对话"（диалог）的字面形式，但是对话精神是比较早地普遍地存在着的。

俄苏文学思想的一个特别主要的方面是重视文学的"人民性"。赫尔岑在俄罗斯文学"人民性"思想的发展中也起到了里程碑的作用。他在《往事与随想》中指出："诗人和艺术家在自己真正的作品中总是'人民性'的。无论他做什么，在自己的作品中具有什么目的和思想，他都自觉或不自觉地表达了人民性格某种自然力，而

---

①② История русской литературы наука ленинградское отделение 1982 стр. 236.

③ ［苏联］赫拉普钦科：《艺术家托尔斯泰》，张捷等译，上海译文出版社，1987 年，第 567 页。

且比人民历史本身表达得更加深刻和清楚。"① 他把文学看作是俄罗斯人民表达自己思想、意愿和自由心声唯一的讲台。当代俄罗斯社会，特别是文化界对普希金的尊崇一如既往的坚定，可是不要忘了，赫尔岑与别林斯基一样是普希金传统的坚定传人。正如俄罗斯文学史专家所说的："赫尔岑作为艺术家与普希金传统有着有机的联系，作为俄罗斯自由出版界的代表具有放声谈论普希金革命诗歌的可能性，还在 50 年代初就对最伟大的俄罗斯诗人的历史作用给予了深刻的评价。"② 也就是说，赫尔岑不仅在文学艺术创作上，而且与别林斯基一起，在普希金于俄罗斯文学史地位的确立上，在俄罗斯文学"人民性"传统的传承上都发挥着极为重要的作用。同样，赫尔岑对于俄罗斯文学和诗学中"笑"文化传统的确立也有积极的贡献。他在《警钟》上撰文指出："笑是反对一切腐朽事物的有力的手段之一。"他从笑中不仅看到了俄罗斯文学讽刺嘲弄的强大力量，而且把果戈理为代表的现实主义力作中这种笑理解为与法国启蒙时代经典一样的人民智慧的狂欢式的胜利。"伟大的散文体长诗《死魂灵》在俄罗斯激动着人民的理智，类似《费加罗的婚礼》在法国一样。"③

众所周知，苏联文学的一个突出特点是"文学的光明梦"，准确的学术表达就是文学创作的理想主义色彩，对未来理想社会或理想生活的梦寐追求，其实苏联文学的这个特点和传统不是无产阶级文学的原创，它来自普希金开创的俄罗斯积极浪漫主义传统，即使

---

① А. Герцен Былое и думы Русские писатели о литературном труде Советский писатель Ленинград 1955 стр. 27.

② Я. Эльсберг Основные этапы русского реализма государственное издательство художестнной литературы 1961 стр. 124.

③ А. Герцен 《О романе из русской народной жизни》 Русские писатели о литературном труде Советский писатель Ленинград 1955 стр. 59.

被别尔加耶夫划分为与普希金光明文学不同的另一类型陀思妥耶夫斯基文学流向，也还是能发现俄罗斯文学光明梦的痕迹的存在。因为，陀思妥耶夫斯基本人就不满意他同时代的作家怯于在作品中描写理想。他鼓励作家大胆地描写理想，虽然他的理想是俄罗斯东正教的理想。但这足以说明经由契诃夫和高尔基传承到苏联文学的俄罗斯文学的普希金式的光明梦，是俄罗斯文学的一个久远的特色和传统。研究苏联文艺思想，不能忽视和割裂文学传统的血脉联系。

苏联解体以来，国内文艺理论界对西方文论多有追捧，甚至连俄罗斯和苏联有价值的文论思想也是从西方文论界那里"转口引进"的。即西方热捧或重视的，这些译介者才去了解或跟着研究。巴赫金的文论热就是典型的一例。

毋庸置疑，巴赫金的文艺思想对 20 世纪的俄罗斯和苏联文论的发展有过重要的贡献，在世界文论界、在 20 世纪下半期也产生了重要影响。但是对巴赫金的发现却并不是西方文论界的独具慧眼。须知，苏联文论家卢那察尔斯基早在 20 世纪 20 年代就发现了巴赫金对陀思妥耶夫斯基长篇小说研究的特殊价值与意义。

卢那察尔斯基对巴赫金的洞察与有预见评价的超前与深刻正是后来的西方文论界所无法比拟的。卢那察尔斯基不仅比他同时代的苏俄文学批评家，而且也比西方文艺学界更加早地认识了巴赫金在文化研究上的理论价值。俄罗斯当代文学批评家、文论研究家 A. 卡扎尔金在《俄罗斯 20 世纪文学批评》这部专著（2004）中就强调不能忘记苏维埃马克思主义批评家的历史功绩。他特别提到普列汉诺夫、卢那察尔斯基、沃隆斯基和高尔基等苏联文艺思想的杰出建构者。"卢那察尔斯基关于巴赫金'论陀思妥耶夫斯基多声部性'的著作的评论要深刻得多和更加具有超前意识。当时不是所有的马克思主义的批评家都能理解巴赫金的《陀思妥耶夫斯基的创作问题》的。

而卢那察尔斯基是其中之一。"①卢那察尔斯基认为:"巴赫金在塑造自己的小说人物的时候,绝没有想把他们变成自己的'我'的面具,并且将他们安排在已知的相互关系的体系中,这种体系归根结底会导致作者早已编好的模式。他的人物是自由的,作者一点也没有强迫他的人物。"在卡扎尔金看来,正是卢那察尔斯基的这个评论不仅决定了巴赫金在俄罗斯文艺学中的命运,而且也决定了巴赫金本人的命运。

因此,更加全面地、深入地重新审视俄苏文艺思想遗产,对于俄苏文艺"思想形象"的重构、俄苏文学思想史研究的深化和俄苏文学学科建设的整体推进,有重要的、积极的学科建设意义。

高度重视列宁的文艺思想在俄罗斯 文艺思想中的地位

列宁是俄罗斯近现代进步文艺思想的杰出继承者。列宁谙熟俄罗斯的文学经典,在他的许多著作中都闪现着俄罗斯文学经典的语言光辉。他喜欢普希金和托尔斯泰,为托尔斯泰专门写下了7篇评论。尽管他没有为普希金专门写文学述评,但普希金的诗句也时常出现在他的重要论著中,比如纪念欧仁·鲍狄埃的文章中,列宁就用了普希金抒情诗《10月19日》著名诗句"无论命运把他抛向何方"来证明觉悟的工人可以凭借《国际歌》的熟悉旋律为自己找到同志和战友。这充分显示了,列宁不仅是伟大的马克思主义理论家,国际共产主义运动的实践家,而且更是对俄罗斯经典具有深刻理解与灵活恰当的运用。列宁关于社会主义文艺的主题思想之核心是文艺

---

① 〔俄〕卡扎尔金:《俄罗斯20世纪文学批评》,托姆斯基大学出版社,2004年,第148—149页。

为人民服务。列宁提出了"艺术属于人民"的经典文艺论断，重在阐明，社会主义文艺建设的根本目的在于为最广大的人民大众服务，满足工农和其他阶层人民群众日益增长的文化需求，他继承了俄罗斯民族文学"人民性"的优秀思想传统并用唯物辩证法加以发扬光大。正因为贯彻了列宁的文艺思想和方略，布尔什维克的文艺政策拥有了最广泛的民众基础，从而为繁荣苏维埃俄国文艺开辟了广阔的前景。列宁的文艺思想和苏俄早期富有成效的文化建设历程，可以看出，文化的"先进性"的一个极为重要因素是它人民大众的性质。

十月革命为俄国劳动大众提供了掌握和享有文化的权利。但是，在如何进行文化建设的问题上，在文化事业的参与者中存在两种迷误。一方面，由于旧时代的影响，所谓的"精英文化"意识在苏俄早期仍然有顽固的自我表现。某些旧俄的知识分子还竭力鼓吹"为艺术而艺术的观念"和"纯艺术"的理念；形式主义艺术家和理论家并不关心普通劳动者的文化发展和提高的问题。另一方面，某些自命不凡的"无产阶级文化理论家"要彻底抛弃旧文化，建立所谓纯而又纯的新的"无产阶级文化"。那些头脑发热发昏的人甚至要将普希金和托尔斯泰这样世界公认的艺术大师排斥在新兴的苏俄文化之外。列宁对这两种错误观念都及时进行了批判。他指出：艺术属于人民。当劳动大众连面包还吃不上时，怎么还能将精致的甜饼干送给少数贵族。列宁认为，布尔什维克党和苏维埃政府迫切而光荣的使命是尽快提高苏俄工农大众的文化水准。因此，在苏俄建国初期物资匮乏的情况下，苏维埃政权限制只有少数艺术精英才欣赏的"现代派"作品的发行，而将当时有限的文化发展资金和条件用于劳动大众的文化教育普及。苏俄文艺创作者应当采用普通读者熟悉和喜爱的现实主义创作方法，而不是少数知识精英偏爱的现代派手法。由此可见，列宁和他领导的布尔什维克党的确是苏维埃俄国最广大人民文化利益的忠实代表。他们的文化政策制定的出发点是广大的人民群众的文化利益。

针对"无产阶级文化派"对待古典文化遗产的虚无主义和极左的态度。列宁又提出，只有用人类社会创造的全部优秀成果来丰富自己的头脑，才能建设社会主义的文化。正是列宁在其著名的《共青团的任务》中指出了文化的先进性与文化的继承性之间的内在辩证的联系。文化的发展与进步绝不可能从天而降，也不可能凭空产生，而只能是在前人奠定的坚实基础上向前演进。其实，列宁在这里强调了文化自身发展的一个重要规律。文化的先进性离不开对优秀传统的合理继承。

在工人和农民中间大力普及科学文化知识，培养社会主义新的知识分子，团结最广大的文化人士和旧时代的知识分子，是布尔什维克党在建国初期的基本的文化建设方针。列宁在与德国革命家蔡特金的谈话中提出了"艺术属于人民"的经典论断，意在指出，文化的建设的根本目的在于为最广大的人民大众服务，满足工农和其他阶层的人民群众的文化需求，努力提高劳动者的文化品位，促进最广大民众文化的发展。正因为贯彻了列宁的文化思想和方略，布尔什维克的文化政策拥有了最广泛的民众基础，从而为繁荣苏维埃文化开辟了广阔的前景。布尔什维克党在苏维埃政权初期按照列宁的文化思想和文化方略制定了适合当时国情的文化政策，例如，1925 年，联共（布）中央做出了《关于党在文学方面的政策》，其主旨是：优待农民作家并且无条件支持他们；宽待"同路人"作家。历史证明，联共（布）的这些文化政策的确收到良好效果。苏联建国仅仅十余年就涌现了包括后来的诺贝尔文学奖获得者肖洛霍夫和社会主义文学经典作家奥斯特洛夫斯基在内的工农出身的几十位文学巨匠；旧俄音乐家亚历山德罗夫、普洛科菲耶夫等也都积极投身苏联社会主义文化事业。得益于这些正确的文化政策，苏联文学艺术在20世纪30年代就获得了空前的繁荣。可见，作为执政党的布尔什维克党理性的文化政策赢得了苏联人民的衷心拥护。通过回顾列宁的文化思想和苏俄早期的正确的文化建设历程，可以看出，文化的先进性的一个重要因素是它人民大众的性质。易言之，文化的先进性与文化的人民性是密不可分的。离开了最广大的人民大众去谈文化的先进性是不可想象。所以，社会主义国家执政党的文化政策必须坚持文化为人民服务、文化为社会主义服务这个根本宗旨。社会主义文化必须反映最广大人民群众的根本利益。

对人民艺术趣味的态度重在"理解和提高"

民众的审美趣味和文化品位是一个有机的文化建构统一体。必须铭记，在理解民众审美趣味的同时，社会主义文艺还要努力提高劳动者的审美趣味和文化品位，推进民族的和时代的文化向更高的目标发展。要辩证地理解列宁文艺的人民性思想，"理解和提高"民众的审美趣味和文化品位是一个有机的文化建构统一体。其实，苏联文艺的关于"作家是人类灵魂的工程师"的思想是西欧进步文艺思想的一个合理总结，古希腊文论家强调文艺作品，特别是悲剧要起到净化人类灵魂的作用，即"卡塔西斯"的审美净化效用，古罗马文艺思想中"艺术寓教于乐"的教训也是如此，直至19世纪伟大的浪漫主义和人道主义作家维克多·雨果提出了作品是"建构人的灵魂"的积极的文艺教益思想，所有这些都是列宁文艺思想的深厚思想基础，是苏联进步文艺思想的先驱，这些优秀的文艺思想传统值得今天文艺创作和文化建设传承和延续。

在民族文化的基石上发展社会主义文化，也是列宁文艺思想的一个重要内涵。列宁特别重视对民族文化优秀遗产的传承。社会主义文艺是继承世界一切优秀传统文化成果的合乎逻辑的发展。

列宁指出，"没有民族特点的人……是没有的"，"不同的民族走着同样的历史道路，但走的各种各样的曲折小径"[①]。列宁在谈到国际共运的基本原则时也强调了各民族在运用中的"细节"的不同。他的这些思想也反映在他的文艺思想中，也是强调民族文化特点对于发展和繁荣民族文艺的重要意义和作用。正如苏联的一位著名文论家指出的那样："艺术家所拥有的民族历史经验成了创作的基础，艺术和思想的过程不可能在民族历史环境所提示的艺术环境之外来表现。"[②]弘扬本民族文化的优秀传统，同时又积极地用各民族的文化成就来丰富自己，这就是列宁关于多民族国家文艺共同繁荣发展的重要思想内涵。

在马克思主义的伟大先驱中，列宁是20世纪初与时俱进的革命理论家和政治家的典范。更重要的是，作为执政党的领袖，列宁的文化理论和实践对于执政的无产阶级政党来说，具有科学而深远的指导意义。

苏维埃俄国是人类历史上第一个无产阶级的国家。苏维埃国家不仅是人类社会制度史上的空前未有的创新，也为人类文明发展提出崭新而艰巨的课题。布尔什维克党在取得全国政权以后，除了面临完成恢复国民经济的迫切任务外，如何从文化上建国，也是一个丝毫不亚于经济建设和国防问题的重大任务。树立怎样的国家文化形象，进行怎样的文化建设，首先关系到苏维埃国家的建设者队伍

---

① 《列宁全集》（俄文版）（第二十九卷），莫斯科，苏联国家政治文献出版社，1959年。第168页。

② 《列宁文艺思想论集》，董立武、张耳选编，中国社会科学出版社，1986年，第488页。

素质的问题。马克思主义认为，没有文化的军队是愚蠢的军队。同样，列宁和刚刚执政的布尔什维克党也清醒地认识到，没有文化的建设者，特别是没有先进文化建设者，也就担负不起新兴社会主义国家的经济和文化建设重大使命。但是，对于人类历史上的这个崭新的国度和公民而言，文化的取向和构建问题，在当时的苏俄文化界引起了激烈的争论。在苏维埃国家文化的定位抉择中，执政党领袖列宁的思路、决断及其成效值得后来的社会主义国家的执政者与建设者回溯和深思。

现代文化的先进性标志之一在于其先进的载体

我们都还记得列宁有关共产主义的一个著名公式：共产主义就是苏维埃政权加全国电气化。电气化在当时不仅是作为先进生产力来重视的，而且也是作为先进文化发展的必要前提来认识的。列宁十分注重世界先进文化发展的态势和趋向。他敏锐地注意到，电影是20世纪初期先进文化的范式。电影在当时之所以成为先进文化的标志，首先是因为它是先进科技对传统文化范式跨时代的变革，它完全革新了传统戏剧、文学和新闻媒体的传播方式。列宁精辟地指出，在所有艺术门类中，电影是最重要的。20世纪初期的文化在19世纪末达到的科技成就的丰厚基础上从一开始就乘上了电气化的翅膀。卢米埃尔兄弟发明的电影技术不仅对表演艺术开辟了新天地，而且对整个传媒文化都具有划时代的意义。在当时，电影的生动性和画面的巨大冲击力远远胜过了任何一种传统媒体。电影技术在覆盖文化的接受者的广度上也是传统媒体难以企及的。列宁及时地洞察到世界传媒文化变革的这一重大趋势，适时地把握了他所处时代的最先进的科技文化成果，谆谆告诫苏联文化工作者要尽快掌握电影技术和电影艺术，高度重视电影文化在宣传和文艺创作中的重要作用。列宁指示主管苏俄文化工作的人民委员卢那察尔斯基要迅速发展苏联的电影事业。同时，列宁作为20世纪的执政党领袖，更是一位具有现代意识的国务活动家。在他看来，电影这种文化的先进载体蕴藏着巨大的经济价值。他确信，只要管理得法，电影事业会有很大的收益。列宁要求苏联电影部门摄制一些健康的趣味影片，特别是要将电影事业普及到广阔的农村去。由此可见，布尔什维克党早在苏联建国初期就在构想发展社会主义的文化产业了。在列宁高瞻远瞩的文化方针指引下，苏联的电影事业不仅迅速起步发展，而且在整个世界影坛独树一帜引领欧亚电影潮流。苏联革命电影在引导苏联人民走社会主义道路方面更是起了巨大的宣传教育作用。实践证明，重视文化的先进性，不仅要弘扬文化的人民大众性质，也应该密切关注文化的科技含量，从而使文化能够更加有效地为社会主义国家建设服务，为人民服务。

而今天，根据列宁的思想原则，我们应该努力掌握当代多媒体技术和网络的优势和力量。社会主义文艺的发展与繁荣离不开对当代先进文化载体技术的及时把握。当代多媒体技术对传统文艺形式的生存既是挑战，也是极好的机遇。文艺的人民性、高尚的思想趣味、先进的文化载体、传承古典文化的精华、多民族文化的互相学习和借鉴，列宁文艺思想所蕴含的这些宝贵思想价值不仅指导了苏联进步文艺的发展，造就了革命文学的繁荣，而且对于我们新世纪社会主义文化建设也具有现实的和长远的指导意义。

普希金与俄国文学人民性思想

普希金为代表的俄国知识分子在俄罗斯文学人民性思想形成中具有特殊的重大贡献。文艺的人民性是当代马克思主义文艺思想最核心的概念之一。从马克思和恩格斯早年关注民间文艺，到19世纪中期他们鼓励工人阶级的诗歌，再到列宁在20世纪初明确提出"艺术属于人民"，以捍卫最广大劳动人民的艺术权利并要求提升其审美情趣的文艺思想，马克思主义经典作家在欧洲进步文艺观念发展的基础上把文艺人民性的思想提升到了历史唯物主义和辩证唯物主义的新高度。马克思主义文艺思想人民性原则不仅是一个思想立场的原则，还体现为对人民大众喜闻乐见的文艺形式与文艺载体新技术发展趋势的特别关注。

在世界进步文艺思想发展的历程中以普希金、果戈理、涅克拉索夫、陀思妥耶夫斯基、车尔尼雪夫斯基、列夫·托尔斯泰和高尔基为代表的俄国进步文学家对人民性概念的丰富和发展又具有特殊的贡献。普希金和十二月党人诗人继承启蒙主义人文主义的传统，强调文艺关注人民的解放；果戈理把人民性更进一步地与文化的民族特色之艺术表达紧密相连；涅克拉索夫直接赋予了诗歌创作为人民，首先是为苦难农民代言的神圣使命；陀思妥耶夫斯基主张文学家向普希金那样与人民保持血肉相连的密切关系；列夫·托尔斯泰身体力行地书写宏大的人民历史的文学主题，契诃夫呼应托尔斯泰等前辈的人民性思想传统，力求扩展人民概念的内涵，争取广泛阶层的文化民主的权利。俄国经典作家在文学人民性思想发展中做出了自己的努力，深化了人民性的思想内蕴，从而成为马克思主义、列宁主义阶段文艺人民性思想构建的重要文化资源。

文艺的人民性是马克思主义文艺学的核心概念之一。马克思主义文艺理论历来重视文艺创作和文艺批评中的人民性问题。尽管，马克思、恩格斯和列宁在文艺论著中没有直接使用"人民性"这个概念，但是始终坚持文艺"人民性"思想，确是马克思主义文艺思想的基本内涵之一。而在欧洲进步文艺，特别是俄国进步文艺思想的基础上鲜明地提出"艺术属于人民"这一重要的思想原则是由列宁继承和发展马克思主义文艺人民性思想的主要贡献。从此，人民性就成为以马克思主义为指导的社会主义文艺思想的根本原则立场。深度探析人民性思想的俄国近代以来的进步文艺思想渊源，有助于我们进一步加深对马克思主义文艺思想发展进程的理解。在当代，学习与践行马克思主义文艺学人民性思想，重温世界进步文学思想的人民性传统，努力做到文艺家和文艺批评家为人民服务、为社会主义服务，是繁荣和发展社会主义文艺的根本要求。

文艺人民性的基本内涵及其思想来源

文艺人民性的思想从萌芽到成熟有一个漫长的历程。文艺的人民性是一个逐步丰富起来的文艺学概念。随着时代的发展和文艺思想的成熟，在欧洲文艺批评中，人民性这个文艺学概念历史地衍生出了三个层面含义：首先，它是指从古至今各个民族文学中与人民有关的文艺作品所内含的精神品格；其次，是由人民（民间）自己创作的文艺作品的内涵特征；再次，历史上专门为广大底层人民创作（与贵族文艺相比）的文艺作品的艺术倾向与主旨。因此，在当代，文艺人民性的内涵首先与民间文学的内涵经常是相互关联，互为涵盖的。而在人民性概念或人民性思想的萌芽阶段，它却首先是与文学的民族性相关联的。文学或文艺人民性的思想在欧洲文坛的萌芽可以追溯到文艺复兴，特别是启蒙主义时代。欧洲的文艺从文艺复兴到启蒙运动再到浪漫主义和现实主义文艺的兴起，完成了从由神学转向人学的价值信念的过渡，这一转向过程也就是从古罗马帝国精神一统的神学文艺向各欧洲、各民族国家文学复兴的过程。作家们关于人的理念开始成为文学创作与批评的重心。文艺创作的倾向由原先教会神权主导转向民间世俗价值与精神的弘扬。文艺复兴的作家和艺术家主张人的个性解放，而古老帝国的瓦解与民族国家的逐步兴起充分激发了各个民族文化的意识空前高涨。到了欧洲启蒙主义时代，欧洲资本主义发达国家对民间文艺和民族文艺的兴趣愈加浓烈。德国十八世纪著名作家赫尔德率先提出了人民性的概念，不过他的人民性概念更多的是指向文艺的民族特点。他重视从民间文学中突出民族特点，文艺的人民性思想由此萌生。[①]

应当注意到，在欧洲启蒙主义时代以来文艺评论界，"人民"的概念也是逐步扩展的。起初，人民的概念是与平民的概念相对应的，即小生产者，即手工业，以及解放的农奴；而在启蒙时代，则是小资产阶级的代名词；因为，那时工人阶级还没有走上历史舞台。马克思主义以工人阶级为主体的人民的概念是在19世纪中期形成的。"在整个19世纪，社会问题始终是人们关注的焦点。普通民众的利

---

① NARODNOST ЛИТЕРАТУРЫ http://litena.ru/literaturovedenie/item/f00/s00/e0000322/index.shtml.

益诉求越来越强烈，作家对此反应各有不同。很多作家出身富裕阶层，甚至是最高等级的贵族。对于他们，以及对于从 1789 年革命中得益的资产阶级来说，尽管革命推广了平等的理念，但人民的概念仅特指一部分人，工人并不包括在其中。可是随着第二次工业革命的发展，工人数量越来越多。"①的确，到了 19 世纪中期，欧洲工人阶级就成为当时社会舞台和政治舞台上的主人，马克思主义的经典作家及时把握了这个重要的历史现象，扩大了人民性概念的内涵，从此时起，文艺人民性的主体内涵无疑就是工人阶级和无产阶级。

马克思、恩格斯的人民文艺观

马克思主义的经典作家认为："历史的活动是群众的事业，随着历史活动的深入，必将是群众队伍的扩大。"②因而，作为历史活动一个重要分支的文艺活动也必定是群众的事业的重要部分。马克思、恩格斯极为注重欧洲民间诗歌创作的研究，关注人民大众的文学阅读取向，注重研究和宣传 19 世纪工人阶级读者群关切的经典作家，如具有民主主义思想倾向的拜伦、雪莱、巴尔扎克、海涅、易卜生、哈根纳斯等诗人与小说家的创作，在对这些作家的研究中，他们特别注意这些作家创作的人民性倾向。

在 19 世纪中叶，马克思主义文艺思想的人民性立场是鼓励与推动社会与时代新主人翁的进步创作，即鼓励工人阶级或无产阶级的文艺创作，高度肯定鲍狄埃的巴黎公社诗歌，强调劳动人民是时代

---

① ［法］安娜·博凯尔艾蒂安·克恩：《法国文人相轻史——从夏多布里昂到普鲁斯特》，李欣译，江苏文艺出版社，2012 年，158 页。

② 《马克思恩格斯论文学与艺术》，陆梅林辑注，人民文学出版社，1983 年，第 39 页。

文艺创作舞台的主人翁。

马克思主义文艺思想的人民性原则不仅是文评的思想标准，而且也是注重文艺审美特点评价的艺术性标准，更是文艺思想立场与艺术建构的辩证统一；无论是文学典型塑造的评价，还是对文艺批评主体权利的确认，马克思主义经典作家都将人民性立场作为其文艺思想人文逻辑的基础和文艺批评的起点与归宿。马克思对人民历来是作家合格与否的唯一评判者这种权威及权利的力挺，恩格斯对哈根纳斯创作典型性缺失的批评，列宁强调艺术的归属权问题的强调，都是在文艺批评实践中坚守了文艺人民性的思想原则。

马克思文艺人民性的思想还体现为对民间文艺的高度重视。从对古希腊神话到中世纪欧洲各个民歌、寓言、谚语，同时代反映人民生活的与精神特点的小说，乃至民间歌曲和民间招贴画的关注与研究，都彰显了马克思主义经典作家对人民文艺观念的艺术价值的高度重视。弗兰契斯卡 – 库格曼在《回忆马克思恩格斯》中写道："马克思认为屠格涅夫非常真实地描写了俄国人民的特性和他们那种斯拉夫民族的沉毅感情。"[①] 描写人民生活与精神的作品都会引起马克思、恩格斯的极大兴趣。马克思主义文艺思想中人民性内涵又是一个不断发展和丰富的思想体系。

俄国进步文艺对列宁文艺人民性思想的特殊贡献

普希金创作的人民性思想在 18 世纪的俄罗斯文学中就开始萌芽，应该提到杰尔查文的作用不可忽视。俄罗斯 18 世纪文学的研究

---

① 《马克思恩格斯论文学与艺术》（二），陆梅林辑注，人民文学出版社，1983 年，第 340 页。

者专门谈到了杰尔查文的诗歌与俄罗斯民间文学创作的紧密联系。[①]
在《费丽察》中出现了一种新的诗歌创作方式，把颂诗和讽刺诗结合成一体。在统一的口语体中融合了高级、中级和低级各个层级的语体。"诗人把自己的这种语言称为'有趣的风格'；吸收了民间创作的成分"。[②]

俄国文艺人民性思想起源阶段，在 18 世纪，当时，俄罗斯文学处在欧洲启蒙思想的影响下，就已经开始注重民间文学的理念。杰尔查文的抒情诗，诺维科夫的讽刺文学，克雷洛夫的寓言以及苏马罗科夫、赫拉斯科夫的戏剧都不同程度地涉及民间文学与语言素材。俄罗斯文坛开始在克服古典主义缺陷的文艺创作中使用民间文化的元素。

从普希金登上俄罗斯文学舞台，俄罗斯文学人民性的思想又有了深入的发展。安德烈·别雷说："在俄罗斯的诗歌中有两个发展轨道，一个是从普希金开始的，另一个是从莱蒙托夫开始的。涅克拉索夫、丘特切夫、费特、索洛维约夫、勃留索夫，最后，勃洛克诗歌的性质决定于对这种或另一种发展方向的态度。"[③]普希金的民族文学思想实际上是 18 世纪进步文学思想的继续和集大成。普希金在抒情诗和散文创作中强烈地表达了同情人民的倾向，《驿站长》《青铜骑士》寄托对下层市民的同情，《上尉的女儿》在俄国文学史上第一次表达了对农民起义领导者情怀的理解。同样，虽然出身贵族却亲身参与体力劳动、倾向农奴的著名诗人涅克拉索夫直接喊

---

① ［苏联］库拉科娃：《十八世纪俄罗斯文学史》，北京俄语学院科学研究处翻译，北京俄语学院，1958 年，第 191 页。

② 同上书，第 191 页。

③ Летопись литературных событий в России конца *XIX*-начала *XX*в（*1891—октябрь1917*）ИМЛИ РАН **2009 с39.**

出了"人民的命运，他们的幸福，光明与自由，高于一切"，"我把竖琴献给自己人民"的口号，涅克拉索夫写这句诗歌高调宣示了他的诗歌创作"为了谁"的鲜明艺术人民性立场。涅克拉索夫不仅为人民写作，而且教会了后世的俄罗斯作家以人民的眼光看待世界。陀思妥耶夫斯基也充分肯定普希金的文学人民性的文学立场，指出普希金是俄国文学史上第一个与人民保持血肉联系的作家。他在《六月八号在俄罗斯语文爱好者协会大会上的演讲》中谈道："他是一种见所未见，闻所未闻的现象，用我们的话来说，这是带有预兆性的现象……因为这里最大限度地表现了他的俄罗斯民族力量，表现了他诗歌的民族性，其往后发展中的人民性，我们已经融合在现代的未来时代的人民性，这种表现是带有预兆性的。普希金完全成为一个人民诗人之后，一接触到人民的力量，就立即预感到这种力量未来的伟大使命。"[1]陀思妥耶夫斯基所概括的普希金创作的人民性，包含三个方面的含义，首先是普希金的人道主义的同情心；其次是普希金凝练了俄罗斯文学语言的民族性；再次，也是最主要的，是他所感受到的俄罗斯人民的伟大力量以及伟大使命。俄罗斯文学的人民性在后来托尔斯泰等文学后继者的创作中发展着，而人民性的丰富深刻的内涵则首先是由普希金的创作奠定的。

普希金开创了俄国近代人民文学的基本方向。俄国进步文学批评家布尔索夫在谈到别林斯基的文艺批评立场时强调："真正批评的特征是：与人民的联系；维护人民的利益、原则性。"[2]受普希金文艺思想深刻影响的托尔斯泰的人民性思想对俄苏文艺人民性的发

① 《冈察洛夫　屠格涅夫　陀思妥耶夫斯基　柯罗连科文学论文选》，冯春选编，上海译文出版社，1997年，第324—325页。

② ［俄］布尔索夫：《俄国革命民主主义者美学中的现实主义问题》，中国社会科学出版社，1980年，第107页。

展也有巨大贡献。他不仅是从一般的思想立场出发来看待人民性问题，而且也是从艺术的本质和诗学视角来理解人民性概念。苏联马克思主义文论家卢那察尔斯基在《论托尔斯泰的创作》一文中谈道，当人家问道托尔斯泰"什么是艺术"的时候，"托尔斯泰做了天才的深刻的回答，其中的主要部分已为我们所承认：'艺术是以艺术家的感受感染广大群众的一种方法'"①。列宁与布尔什维克领导的苏维埃工农国家的文艺创作与文化建设正是继承了包括列夫·托尔斯泰的这个著名的艺术理念。重视人民的利益和人民的力量并且以俄罗斯民族文化的特色体现和表现出来，这就是 19 世纪早期俄罗斯进步文学在艺术人民性理念发展中的重要贡献。而列宁关于艺术属于人民的重要论断正是建立在这些可贵的思想资源基础上，并以辩证唯物论深化提炼了它们。

当马克思主义的文艺人民性思想传播到俄罗斯后，俄国的马克思主义者接受并进一步推进了这个思想的发展。列宁的文艺人民性思想首先是结合了俄罗斯 19 世纪进步文学传统，联系当时文化建设实际并努力发展它们的结果。

必须指出的是，明确主张文艺为下层人民创作，特别是强调文艺要关注他们的疾苦，反映广大下层人民的心声，为争取他们的解放而创作，则是 19 世纪俄罗斯进步文学思想对世界文艺学的文艺主要贡献之一。作为较晚崛起的民族文化，俄罗斯文艺是世界文坛中后起之秀。恩格斯在谈到 19 世纪最有发展前途的民族文学时就列举了俄罗斯文学和挪威文学，而俄罗斯文学又是欧洲民族解放和民众革命的文学的最突出代表之一。

---

① 《俄国作家批评家论列夫·托尔斯泰》，中国社会科学出版社，第 312 页。

马克思、恩格斯对 19 世纪的俄罗斯进步文学的人民性倾向有过特别的评价和肯定。恩格斯在研究俄罗斯语言和斯拉夫语言的时候，特别注意研究俄国民歌。[①]马克思在 1871 年给兹格弗利德·迈耶尔的一封信中写道："俄国目前的思想运动证明底层深处正在发生动荡，有才智的人总是以一条无形的线同人民联系着。"[②]马克思当时特别关注俄罗斯工人阶级（尤其是农民）的状况。而俄罗斯进步作家思想家的许多著作关注的重心是广大下层人民，这与马克思在思想上是十分接近的，因为，在俄罗斯作家和文艺批评家的著作中具有浓厚的人民性。这些文化人士的著名代表就有马克思、恩格斯格外关注的文学批评家车尔尼雪夫斯基和杜勃罗留波夫。恩格斯在《流亡者文献中》赞誉他们是"两个社会主义的莱辛"，称赞他们是"在理论和实践上有杰出的才能和高度的毅力""了解工人运动而且也亲身参加工人运动"[③]。马克思指出："导师车尔尼雪夫斯基的这些著作，给俄国博得了真正的光荣。"[④]这些俄国的文学批评家和思想家对俄罗斯文学人民性的思想的发展起到了关键的作用。同样，马克思高度评价俄国革命民主主义作家萨尔蒂科夫 – 谢德林的创作，谢德林"所用的那些民间谚语和俗语，也引起马克思的注意"，[⑤]将他的语言比作为"伊索式的语言"，也是充分肯定这位讽刺大师的杰作所达到的艺术人民性的高度。由此可见，马克思主义经典作家对于俄国革命民主主义作家"把对人民生活条件进行清醒的、科学的研究同人民的

---

① 参见［苏联］弗里德连杰尔：《马克思恩格斯和文学问题》，郭值京等译，上海译文出版社，1984 年，第 535 页。

②《马克思恩格斯论艺术》（二），人民文学出版社，曹葆华译，1963 年，第 406 页。

③ 同上书，第 416 页。

④ 同上书，第 436 页。

⑤ 参见［苏联］弗里德连杰尔：《马克思恩格斯和文学问题》，郭值京等译，上海译文出版社，1984 年，第 558 页。

生活习俗、闪烁着先进革命思想的人民典型和心理进行艺术描绘结合起来的做法"①是高度认同的。

在俄罗斯民族解放后进入社会主义文艺建设的苏联时期的新历史阶段，进一步扩大艺术人民性主体的内涵，特别主张提高广大民众审美情趣，提高劳动人民的艺术鉴赏力，注重吸收俄罗斯进步文学人民性思想资源，推进艺术人民性思想的发展与深化，则是列宁对马克思主义文艺思想的又一个显著的新贡献。

马克思主义发展的列宁的时代是工农联盟携手开展社会主义革命的建设的时代，文艺人民性思想获得了内涵上的扩展与丰富。列宁继承了马克思主义文艺思想人民性的核心理念，又在俄罗斯文艺创作成果的民族特色的基础上深化了马克思主义的人民性思想。无论是俄罗斯的现实主义，还是俄罗斯的人文主义，都强烈地表现出文学的人民性特点。

争取人民的文化权利：列宁提出的
文艺人民性思想的历史语境

众所周知，列宁之所以高度重视和评价的列夫·托尔斯泰和高尔基等批判现实主义作家的文学创作及其非凡意义，就是因为在这些经典中表现出了俄罗斯文学深刻的与深厚文艺人民性的思想特色。列宁对俄罗斯作家赫尔岑创作倾向性的肯定就是对他的人民性思想的赞颂。"赫尔岑不能在四十年代的俄国内部看见革命……当他在六十年代看见革命的人民，他就在无畏地站到革命民主派方面来反

---

① 参见［苏联］弗里德连杰尔：《马克思恩格斯和文学问题》，郭值京等译，上海译文出版社，1984年，第559页。

对自由主义了。"①

　　苏联文艺理论家米亚斯尼科夫在论及《列宁的〈党的组织和党的出版物〉一文与二十世纪的美学思想》时指出："当我们用列宁的《党的组织和党的出版物》一文以及他的其他著作中的观点来仔细阅读现代派的文学宣言时，可以非常明显地看到，它们的基本出发点与列宁的美学思想是如何的尖锐对立。而现实主义者的文学宣言给人留下的则是完全另一种印象：它们的出发点与列宁的最重大发现是很接近的。"② 米亚斯尼科夫在此文中还提到列夫·托尔斯泰"以无情的坦率提出了在当今社会没有统一的艺术问题。存在着两种艺术：一种是老爷的艺术，一种是人民的艺术"。而托尔斯泰推崇人民的艺术。在尊重人民的艺术，捍卫人民的艺术权利的思想方面，列宁与托尔斯泰的进步文艺思想是非常近似的。这也是列宁对以十二月革命党人、普希金、涅克拉索夫、车尔尼雪夫斯基、列夫·托尔斯泰以及高尔基为代表的俄罗斯人民文学思想杰出传统的高度肯定和尊崇。列宁强调的文学人民性原则的时代背景就是俄罗斯土地上出现了第一个以人民，特别是以工农为主的人民当家做主的国家，新时代新国家的文艺的发展应该朝什么方向的重大问题。列宁认为，文艺的人民性正是这个重大的国家文化问题的核心。"艺术属于人民"的马克思主义文艺观的核心理念就是在与俄罗斯文艺现代派、先锋派的对话和斗争中尖锐提出来的；所以，它有鲜明了立场性和论战性。列宁作为马克思主义的经典作家和大无畏的革命家，捍卫马克思主义文艺观，捍卫劳动大众的文化权利的问题上旗帜鲜明立场坚

---

　　① 《列宁论文学与艺术》，中国社会科学院文学研究所文艺理论研究室编，人民文学出版社，1983 年，第 131 页。

　　② 《列宁文艺思想论集》，董立武、张耳选编，中国社会科学出版社，1986 年，第 233—234 页。

定。由此可见，文学的人民性问题不仅是一个艺术观念问题，更首先是一个思想立场和原则问题。

诚然，在艺术人民性的认知上，列宁与他所敬重的世界文豪托尔斯泰还是有差异的。列夫·托尔斯泰在论及人民的艺术范畴时，存在着俄罗斯人有时走极端的偏僻弊病。托尔斯泰因为个人的好恶及理念的极端竟然把莎士比亚、贝多芬和易卜生也排斥在人民艺术的范畴之外。这样，托翁既错误地否定了这些世界文化大师作品中人民性艺术的丰富内涵，从而也剥夺了人民大众，特别是劳动大众享受世界艺术经典的权利。而作为马克思主义辩证法精神领会和运用最好的思想家革命家的列宁，扬弃了托尔斯泰艺术观念，保留了他艺术思想的精华部分，克服了他的思想极端与谬误，提出社会主义的文化建设者应该吸收人类文明的一切成果来建设共产主义。"不是臆造新的无产阶级文化，而是根据马克思主义世界观和无产阶级在其专政时代的生活与斗争条件的观点，发扬现有文化的优秀的典范、传统和成果。"[①]由此可见列宁的艺术的人民性思想是吸收了古典作家思想精华，又克服了在这个问题上的思想形而上学弊端的崭新的文艺观念。马克思主义关于共产主义的一个著名论断是"共产主义就是人的全面发展"。列宁在继承艺术人民性思想中践行了马克思主义的这一著名理念。

列宁鉴于俄罗斯当时还是一个以农业为主的落后工业国家的现实，明确提出了"艺术属于人民"的论断，就是考虑到苏联社会主义文化建设不仅是工人阶级的事业，也更是解放了的农民的事业，文艺建设的主体应该包括更广大的社会阶层。从此，社会主义文艺的主体构成包含了农民大众、城市平民和进步知识分子等更加广泛

①《列宁论文学与艺术》，中国社会科学院文学研究所文艺理论研究室编，人民文学出版社，1983年，第121页。

的民众阶层。人民性内涵的扩展有利于文艺汲取更丰厚的民间文艺创作资源，从而有利于社会主义新文艺的建构和发展。而且，在苏维埃国家建立初期，列宁的人民的概念既坚持了马克思主义以无产阶级即工人阶级为主体的先进代表的思想传统，又实事求是、不失时机地扩大了它的内涵与外延，扩展了它的范畴，这就是一切参与苏联革命与建设的进步阶层和脱离贵族阶层的进步人士。

事实上，列宁提出并创新的文艺人民性思想对于当时俄罗斯新文学的发展与繁荣起到了积极的现实推动作用，俄罗斯苏维埃文学在20世纪20年代出现的"新史诗"的复兴与繁荣正是适时扩大了人民作家队伍的积极成果。像弗拉基米尔·马雅可夫斯基、阿列克谢·托尔斯泰、亚历山大·勃洛克、鲍里斯·拉弗列尼约夫的这样的旧时代不同阶层的作家，甚至是从前的贵族作家，在列宁领导的布尔什维克智慧的文艺政策的感召下，他们的创作立场也由衷地转向了俄苏革命民众一边，充分施展他们自己的文艺才华，创作出了反映俄罗斯新时代人民生活和知识分子精神更新走向人民的一大批优秀的经典作品。列宁的文艺人民性思想与政策在苏联社会主义文化初创阶段成效显著，成就斐然。

马克思主义文艺思想中的人民性原则还体现在对人民大众喜闻乐见的文化载体形式与载体新技术发展趋势的关注，即马克思主义经典作家关注那些最能掌握群众新的文化技术载体。列宁在20世纪20年代特别注重对当时的新兴文艺技术——电影技术的掌握，认为它是最能掌握广大群众的新媒体，是具有人民性的文艺新载体。鼓励苏联电影工作者拍摄健康有益的电影作品。列宁对新媒体的重视，既维护了最广大人民群众对文化新的传播技术成果的享用权利，又有利于马克思主义理论为广大人民群众所掌握。因此，在当代互联网多媒体技术发展的当代，微信、微博、互联网电视、3D电影等能够掌握大众的文化传播新载体也应该成为马克思主义文艺理论关注和研究的对象。

人民的审美情趣

努力提高人民大众的艺术鉴赏力依然是社会主义文艺建设，包括文艺批评的一项重要任务与使命。德国共产党的著名领导人之一蔡特金在回忆列宁时说："列宁既然像马克思那样理解群众，当然，就认为群众的全面文化发展具有重大的意义。"[①]这项使命与任务与文艺家、批评家的社会责任感紧密相连。"为了使艺术可以接近人民，人们可以接近艺术，我们就必须首先提高教育和文化的一般水平。"[②]也就是说，文艺的人民性思想原则与民众教育水平的提高是相互关联的，必须是一个良性互动的整体性的精神文化和道德教育的系统工程。文艺家必须对人民审美情趣的了解、把握并提高，正是列宁文艺人民性思想的核心要义。

马克思主义文艺理论中的人民性思想立场对今天我们繁荣和发展社会主义的文艺创作及文艺批评依然具有十分重大的原则性的指导意义。它要求我们的文学研究家和批评家时刻以人民为创作与研究工作的中心，时刻铭记文艺为人民服务的根本宗旨。更深入更广泛地了解当代人民的精神文化诉求，特别是新时代的审美趣味，并且要注重加以提高。而注重提高，这恰恰是马克思主义文艺人民性区别于欧洲早期文艺人民性思想的重要特质，即特别强调社会主义文艺家的社会责任感，强调文艺家应当做"人类灵魂的工程师"的神圣使命。

---

① 《列宁论文学与艺术》，中国社会科学院文学研究所文艺理论研究室编，人民文学出版社，1983年，第443页。

② 同上书，第435页。

《叶甫盖尼·奥涅金》：俄国
与西欧的文化对话

    文化自信是近期文化界和学界热议的文化建设重要的新理念。世界各国各民族文化的发展与繁荣虽然各有其特点，但总体上还是有共同的规律的。秉持民族文化自信的理念，自觉传承民族文化的优秀传统，以开放的心态学习其他国家和民族的先进经验，创新开拓，积极建构，创造符合时代精神和自己国情的民族新文化，就是世界文化发展与繁荣的一种规律性现象。在近现代俄罗斯民族文化的崛起过程中，尤其是以普希金为代表的"黄金时代"文学家开启的近现代俄罗斯文学发展历程，就比较典型地展现了这个规律性的文化现象。普希金时代以来，俄罗斯民族的这种文化自信几乎没有失落过，即便在经济暂时衰退且遭遇西方制裁的当下，俄罗斯民族的坚韧与不灭的大国梦想或多或少来自对自己民族文化的自信。2014年索契冬奥会的开幕式与闭幕式已然成为俄罗斯民族文化自信展示的大舞台，众多古典与现代文化与科技巨匠，特别是文艺巨匠形象的集中展示充分表达了俄罗斯人民期盼国家再度复兴的新梦想。

欧洲民族文学的后来居上者

    鲁迅先生在 20 世纪初把俄国 19 世纪以来的进步文学看作是中

国现代作家的"朋友与导师",这是一个东方文明古国对后期文学大国的由衷致敬。众所周知,相对于世界文明古国,诸如古希腊、古埃及、中国和印度,俄罗斯还是一个后起的文明国度。大约在欧洲启蒙时代后期,即18世纪末,俄国才赶上世界近代文明进程的脚步。不过,才过了仅仅100年的光景,到了19世纪末,俄罗斯就在文学与艺术领域,产生了普希金、果戈理、莱蒙托夫、赫尔岑、屠格涅夫、陀思妥耶夫斯基、列夫·托尔斯泰、契诃夫等世界级的大文豪,涌现出格林卡、柴可夫斯基、鲍罗丁、穆索尔斯基和拉赫玛尼诺夫等音乐巨匠,出现了列宾、列维坦、康定斯基这样的美术大师,这些灿若群星的文化艺术大师的涌现,除了令世界文坛为之一振外,也引发人们对俄罗斯近代文艺突飞猛进原因的好奇,究竟是什么原因使得俄罗斯文艺在如此之短的时间内后来居上?

笔者以为,除了从彼得大帝和叶卡捷琳娜二世时期俄罗斯积极地"走出去请进来"虚心学习欧洲发达国家的经验的文化国策外,他们的文艺能够迅速崛起的一个重要因素就是文艺家们在学习先进的同时,更找回了本民族文化的自信心。换言之,文化自信,乃是俄罗斯近代文化崛起的重要内因之一。世界上任何一种发达的文化都是在千百年民族文明进程的探索中凭借自身的努力,学习先进,吸收其他民族文明的精华,又再造自己的新文明而逐步发展起来的,是民族文化的创造者和后继者传承先辈,不断借鉴他人,自信进取的结果。近代以来,通过罗蒙诺索夫、杰尔查文、普希金、果戈理、屠格涅夫、陀思妥耶夫斯基、托尔斯泰、契诃夫和高尔基,格林卡、柴可夫斯基、勃留索夫、列宾、列维坦、康定斯基等文艺大家,俄罗斯文艺就这样从"学生"走向了"先生",由原来仅限于影响伏尔加河流域的东斯拉夫文化国家变成了影响欧亚的世界文化大国。

文化自信增强对祖国文化热爱

德国文化学家赫尔德曾经说过："一个民族总是爱自己的诗人胜过其他，不远弃己而求诸外。这无可厚非。说到底，一个民族的诗人仍属于它。他们用它的语言思考；他们在它的场景中运用他们的想象；他们感知他的需求，如此浸淫而成长，作诗也是为着这些。一个民族和它的诗人以共同的语言、思想、需要和感情血肉相连，如此又怎能不偏爱？"[①]而年轻时代被皇村中学同伴戏称为"法国人"的诗人普希金承认，正是俄罗斯民间文化精华增添他对祖国文化的自信，给他诗歌赋予了前所未有的创造力，他惊奇地发现这无穷力量原来深藏在俄罗斯民族与人民之中。恰如大作家陀思妥耶夫斯基在《俄罗斯文学论文集》的序文中指出的那样：普希金"找到了一条伟大的道路，我们俄国人渴望已久的出路，这条出路就是人民性"（冯春译）。这里的"人民性"包含着民族民间的智慧，他亲自整理了俄罗斯民族史诗《伊戈尔远征记》，从中汲取了大量用以创造俄罗斯新文学和近代俄语的民族新文化元素。普希金凭借他所发掘的俄罗斯文化人民性的伟大力量，帮助俄国文学摆脱了只会模仿英国浪漫主义和法国感伤主义古典主义的幼稚状态，开创了具有民族特色和人民性思想的新俄语文学，令近现代世界文坛刮目相看。特别值得一提的是，普希金创作的优美的南方传奇长诗《茨冈人》启发了法国作家梅里美，后者在普希金创作的基础上写出了传世的《嘉尔曼》（卡门），而音乐家比才又在普希金原诗作和梅里美小说的基础上创作了誉满全球的歌剧《卡门》。普希金秉持文化自信带领原先后进的俄罗斯文学问鼎世界文坛，印证了大批评家别林斯基的那句文

---

① ［德］赫尔德：《反纯粹理性——论宗教、语言和历史文选》，张晓梅译，商务印书馆，2010年，第146页。

化名言"越是民族的就越是世界的"，当然，这句话还可以完善为：越是民族优秀就越是世界的。

以文化自信助力文化创新

文化自信不仅是爱国的一种文化方式，也是文化创新的前提之一。赫尔德批评了18世纪德国当时本国优秀诗人视而不见的错误现象，他质问道："我们的文学品位和写作风格，应该如何培养？我们的语言结构和规则应该如何发展？除了经由本民族最优秀的作家，如何还有别的途径？除了借着本国的语言，借着用这种语言讲述如珍宝藏于其间的最优秀的思想和最真挚的情感，我们如何还有别的方法学会爱国？"[①]俄国大作曲家格林卡有句名言："其实，没有什么作曲家，我们都是民间乐曲的编辑者。"格林卡这句谦逊的话应该如此来理解：俄罗斯文艺崛起时代的这样一些有所作为的"编者"并不是普通的记录者，而恰恰就是熟悉民族文化底蕴的发现者与传播者。大音乐家的这句体现了不仅是对民族文化的敬重，更突显了对本民族文化民间文化的自信。无论是从普希金到契诃夫的黄金时代，还是勃洛克、马雅可夫斯基与阿赫马托娃的白银时代，无论是苏维埃新文化建设，还是充满现代感的新文学思潮的兴起，都能看到创新与传承之间的自觉互动，体会到民族文化自信对文化创新与文学创新的巨大助力。苏联革命作家法捷耶夫被卢那察尔斯基称为传承托尔斯泰传统的新人，新时代的主题依托俄罗斯长篇小说的传统体裁开拓了自己阵地，马雅可夫斯基的现代派新诗内在地承传着俄罗斯启蒙时代以来的强大讽刺传统。2015年秋天俄罗斯《文学报》

①　［德］赫尔德：《反纯粹理性——论宗教、语言和历史文选》，张晓梅译，商务印书馆，2010年，第146页。

在头版显著位置报道了当今俄罗斯文学读者在莫斯科马雅可夫斯基广场上对杰出革命的现代诗才的纪念活动，体现出俄罗斯人对这位充满文化自信的诗歌创新者持久的敬重。

文化自信与文化对话

文化自信，也是本民族文化与外来文化的平等交流中的重要前提，既敢于接受外来文化，也敢于与外来文化对话。普希金在借鉴拜伦的创作思想时，就充分体现了这一点。诗人推崇拜伦的浪漫主义诗才，在诗歌体长篇小说《叶甫盖尼·奥涅金》的写作中借用了拜伦《唐璜》的体裁模式，在叙事、抒情和加叙加评的抒写风格中有浓厚的拜伦印记。但作为充满对祖国文化自信的俄罗斯民族诗人，却也敢于讥讽拜伦装扮成浪漫主义的自私自利精神缺陷。在熟悉和通晓了外国文学，并吸取其精华运用在自己创作中后，普希金并没有失去作为俄罗斯文化传人的自我，而是能够自觉地站在民族文化基石和时代高度上，对"先生"的长处与短处给予客观冷静甚至尖锐的评判。而给予普希金精神力量的正是对俄罗斯民族文化中人民性思想传统的自信。虚心学习而不是盲目崇拜，才能有所创新，有所建树，才会赢得他人，甚至是对手的尊重。普希金就是这样以自己独特的文化贡献为俄罗斯文学在西欧赢得了崇高的声誉，在当代英国文化机构里，不仅保存有普希金的手稿，而且还建立了以诗人名字命名的出版社——普希金出版社。普希金文艺思想的后继者俄苏文化学家巴赫金在文论研究中提出了著名的"外位性"的文学研究原则。他发现在当时的苏联文学研究界存在着一种极为持久但却是片面的，因而也是错误的观念：为了更好地理解别人的文化，似乎应该融入其中，忘却自己的文化而用别人文化的眼睛来看世界。

这种观念，如我所说是片面的。诚然，在一定程度上融入别人文化中，可以用别人文化的眼睛观照世界——这些都是理解这一文化的过程所必不可少的因素；然而，如果理解仅限于这一个因素的话，那么理解也只不过是简单的重复，不会含有任何新意，不会起到丰富的作用。"创造性的理解并不排斥自我，不排斥自我所处的时间位置，不排斥本民族文化，也不会忘掉任何东西。对于理解而言，重要的是理解者对于他要创造性地加以理解的事物所具有的'外位性'，在时间、空间和文化方面的'外位性'。"这是因为，"一个人自己甚至连自身的外表不能真正看清和在整体上了解自身，任何镜子和照片都帮不上他的忙，只有他人，依靠他们在空间的外在性，依靠他是'他人'的这种条件，才能看清和理解他的真实外表"①。巴赫金还指出："在文化领域中，外位性是理解的最强大的推动力。别人的文化只有在他人文化的眼中才能较为充分和深刻地揭示自己（但也不是全部，因为还会有另外的他人文化的到来，他们会见得更多，理解得更多）。"②坚持文化自信，通过平等的对话、交流，既能发现他者的长处，也能在比较中发现自己未曾重视而应该弘扬的优势，从而在综合创新中发展和丰富自己的文学，创新自己民族的文艺。

借鉴和赞美俄罗斯进步文学的鲁迅先生在新文化运动时期提出了著名的"拿来主义"，这个当时崭新的文艺主张提倡"放出眼光，自己来拿"，就体现了鲁迅作为中国新文化开拓者面对世界文化的民族自信，凭借这样的自信，新文化时期的一代大师创立了中国现代文学。这与普希金纵览借鉴欧洲先进文学后又依托民族文化丰厚

---

① ［苏联］巴赫金：《语言创作美学》，莫斯科，艺术出版社，1979 年，第 353—354 页。

② 《巴赫金全集》（第四卷），河北教育出版社，1998 年，第 410—411 页。

传统创建俄罗斯新文学，开启俄罗斯文学新境界，有异曲同工之妙。可见，坚持文化自信，在民族文化的基石上守正创新，是任何一个民族发展繁荣文化、取得文化成就的一种规律性的内在要求。

经典作家的创作总是文学研究与文学批评创新最重要的文本资源，经典作品总会为发展着的文学史和作家研究预留阐释的空间。英国有"说不尽的莎士比亚"，俄国也有"一辈子也谈不完的普希金"，因为"普希金不是随着生命的消失而停在原来的水平上，而是要在社会的自觉中继续发展下去的那些永远活着的运动着的现象之一"（别林斯基语）。陀思妥耶夫斯基说："我们都是从普希金那里走出来的。"这实际上道出了普希金才是俄国文学主题和风格的全部源泉。仅就叙事创作主题而言，俄国后世作家都能从普希金的源头获得灵感启发，这正说明了普希金叙事经典创作本身蕴含着丰富多维的主题内涵。普希金站在民族文化的基石上博采众长，超越了俄罗斯文学18世纪的模仿阶段，因而，他的人文意识既是传统的，又是现代的；既是个性的，又是社会的；既是民族的，又是世界的。普希金是在用一颗世界化了的"斯拉夫灵魂"（普希金语）与本民族和世界对话，与历史、当代及未来对话，从而为他的叙事经典创作主题预设了多维阐释的文化潜能。按照俄罗斯文论家米哈伊尔·巴赫金的思想，伟大的作品都是在"长远时间"里写成的，俄罗斯民族文学的奠基人普希金的鸿篇巨制《叶甫盖尼·奥涅金》也是如此。这部长篇诗歌体的小说写出了一个时代，描绘出了一个正在崛起的大国的全景图画，其文化底蕴不仅是俄罗斯生活的"百科全书"，而且为欧洲文化思想的演进增加了俄罗斯独特文化的绚丽色彩。民族性加世界性，地域化加全人类化，正是在这个意义上，19世纪以来，俄罗斯文化界关于普希金文艺思想的"俄罗斯性""斯拉夫性""欧洲性""欧亚性""全人类性"的多维阐述，才具有经典文本所固含的复合基础。例如，表现在关于《叶甫盖尼·奥涅金》《茨冈人》《驿站长》《黑桃皇后》等叙事作品主题理解上的"多余人解读""俄国圣像建构解读""阶层压迫解读""民族意识觉醒解读""存在意识萌芽解读""道德探索解读""于连式虚荣解读""历史影射解读"等多维阐释才成其为可能。而普希金最著名的叙事经典《叶甫盖尼·奥涅金》正蕴含了俄罗斯后来文学思想乃至文化思想的多种萌芽，这恰是可供后人深入地多维解析这部经典作品多重主题的潜在可能。

患英国忧郁症的俄国人：
从英伦湖畔到奥涅加湖畔

由于对法国语言文学的谙熟，普希金在皇村就被戏称为"法国人"，其实，他对英国文化的把握丝毫不逊于对法国文化的知悉。他最杰出的名作《叶甫盖尼·奥涅金》无论从思想意蕴、诗学形式、主人公及人物的设计乃至主人公的名字的创意都与英国文学（从湖畔派到拜伦）紧密相关。别林斯基和赫尔岑在谈到普希金写出俄罗斯文学的第一个民族性的文学代表作的同时，也不否定英国文学特别是拜伦对普希金在诗学上的深刻影响。别林斯基充分肯定地说："类似于《奥涅金》的作品的长篇小说形式是拜伦创造的。至少，讲述的风格、在描绘现实上散文与诗歌的混搭、插话、诗人对自己的回应，特别是在诗人自己创作的作品中过分明显的出场，所有这一切都是拜伦的杰作。"[1] 在《叶甫盖尼·奥涅金》中的确或明或暗地不时闪现出英国文学的华丽身影，"不列颠缪斯的荒诞不经惊扰着姑娘的梦境。"[2] 无论是深沉的万皮尔，还是阴郁的漫游者缪莫斯，

---

[1] 《俄国批评家眼中的普希金》，国家文学出版社，1953 年，第 282 页。

[2] 《叶甫盖尼·奥涅金》，王智量译，人民文学出版社，1985 年，第 100 页。

还是拜伦的海盗，抑或漂泊终身的阿姆伏罗吉欧，英国文学的忧郁和飘零渗透了《奥涅金》的篇章文字。普希金在这部经典行将结束时说，无论是朋友还是论敌，都要和这部作品告别了，"还有你，生动活跃、占我很长时间、虽然微不足道的劳作"，这种告别创作的方式，分明源自英国湖畔派诗人骚塞，后者在一首诗中有这样的诗句："去吧！小小的书！"

其实，谙熟英、俄抒情诗的细心的研究者也不难在普希金的情诗中发现华兹华斯最著名情诗昙花一现的瞬间印记。英国"湖畔派诗歌"风格对普希金的影响不言而喻。在此，特别值得一提的"奥涅金"姓氏的选择也或多或少地彰显着湖畔派的深度影响。美丽的奥涅加湖，是彼得堡西北的一个静谧自然的所在，在湖畔，有浪漫诗人的心灵追求，在那里，我们仿佛看到了"俄罗斯湖畔诗人"的惆怅、忧郁和徘徊。但普希金毕竟是民族文化的代表，文学创作的主体性在他的创作里从未缺失。作者对自己最心爱作品主人公姓氏的确定不是随意的，而在这部作品中又分明是一个民族化的抉择。法国美学家丹纳认为，地理环境决定民族的文化特点。奥涅金这个姓氏的主要选择正是来自俄罗斯的地理环境。普希金选取奥涅加湖作为主人公姓氏的来源不是随意偶然的，既是浪漫主义的使然，更是对祖国大自然的钟情，这里同时也包含着俄罗斯文化的民族性。奥涅金——这个由地名化来的主人公姓氏象征着俄罗斯民族的文化根脉，他是与叶甫盖尼（一译"欧根"）这个法国味浓厚的西欧名字相对照的，也可以理解为在姓名上的俄欧对话！[①]从这个意义上看，《奥涅金》整部小说既可以看作是与西欧诗人的对话，也可以看成是俄罗斯文化内部未来的西欧派与斯拉夫派思想交锋的萌芽或雏形。

① 这一点与中国作家老舍《四世同堂》里"丁约翰"的人物名称设计颇为类似，一个欧化的汉人姓氏。

而小说的女主人公塔吉雅娜，一个典型的俄罗斯族姓氏，响亮的俄罗斯乡间姑娘的姓氏，普通俄罗斯大众的响亮姓氏，则代表或象征着俄罗斯的文化。由此观之，即使在姓氏的选用上，在普希金这个简约的文本符号上都透露着外来文化与故土文化的情理交融与交锋，奥涅金与塔吉雅娜，一个欧化的心灵漂泊的俄罗斯人与一个坚守斯拉夫价值观的"根基派"主人公在思想情感上的相互对峙。

在开始构思创作《奥涅金》的 1823 年，普希金在给胞弟列夫的一封信中说，他正在创作一部长篇小说。而后不久，他又对亲密朋友维亚泽姆斯基公爵说，这不是传统意义上的那种长篇小说，而是诗歌体的长篇小说，类似拜伦《唐璜》那样的作品。[①] 不过，诗人当时悲观地预测，他这部作品既不会在彼得堡出版，也不会在莫斯科发表，很有可能将在天国面世。诗人说的这部作品就是后来成为 19 世纪世界文学经典的充满欧俄思想交锋的诗歌体长篇小说《叶甫盖尼·奥涅金》。19 世纪 20 年代的俄罗斯正面临空前的社会危机，沙皇的专制统治和农奴制的腐朽造成了俄国社会普遍的压抑感，而受到法国大革命影响的贵族知识分子接受了启蒙主义思想，已经开始酝酿俄罗斯的变革。普希金和他的朋友正属于这个进步的精英阶层。但是，启蒙主义和欧洲民主进步思想在顽固的俄国农奴制社会现实中遭遇严酷的打压。1825 年 12 月 14 日，彼得堡一些进步的贵族军官乘沙皇亚历山大一世离世，尼古拉一世掌权未稳的危局时机策动了一次未遂的军事政变，俄史称"十二月党人起义"。起义失败后，俄国革命的第一阶段"贵族革命"陷入低潮，一些原本有志俄罗斯社会激进变革的贵族知识青年，或者感到迷惘和困惑，或者意志消磨，就此消沉，光阴虚掷。诗人在这个重大历史事件前后敏锐地触摸到

[①]《普希金全集》(第 10 卷)，李政文译，河北教育出版社，1998 年，第 69—70 页。

时代和社会的脉动，感受到同辈的悲怆情怀，有意为他们所经历的时代主角勾勒一幅精神画像。诗人在这部小说中所创造的典型人物贵族知青奥涅金，就成为后来俄国文学史书上所称的"多余人"（赫尔岑语），而按陀思妥耶夫斯基的说法主要是"漂泊人"的精神肖像的开端。普希金为这部小说前后花费了七年的时间，于 1830 年完成。创作构思的漫长其实是思想交锋的漫长历程。小说发表后，在俄罗斯国内外产生巨大影响，俄国文学家和批评家都将这部小说看作反映俄法战争后时代的文学经典，俄国革命民主主义文学家和批评家誉之为解读俄国生活的"百科全书"，革命导师马克思在其巨著《资本论》中也提到这部俄国文学经典，评价了小说中的一些细节，认为该作品从一个侧面展现了俄罗斯 19 世纪社会经济发展的某些特征，展露了资本主义经济在俄罗斯的发展所达到的阶段。俄国自彼得时代全面融入欧洲，欧洲思想界开始从政治、经济、宗教、军事乃至文学各个方面的社会文化现象透视俄国的社会历史演进进程。《奥涅金》正是解读俄罗斯思想的一个极佳的文化标本。

19 世纪 20 年代中后期，普希金已经不再是从前那个纯情的浪漫诗人，而是历经生活坎坷的进步文学家。他对俄罗斯社会问题高度关注，而青年贵族知识分子的出路和思想困境是他注意的焦点。在 1824 年，他就撰写过传奇长诗《茨冈人》，勾画了一个为逃避城市窒息生活空气而跟随茨冈人部落流浪草原的贵族青年阿乐哥的肖像，反映了俄国贵族青年的苦闷。患"英国忧郁病症"的俄罗斯人，从阿乐哥经奥涅金再到后续的毕巧林等多余人群像，开启了俄罗斯欧化知识分子的精神苦难历程。受欧化教育的贵族青年到异域他乡去寻找精神慰藉，是欧洲浪漫主义作家的重要精神诉求和艺术手段，说英国大诗人拜伦是普希金的先师，正是因为拜伦的《恰尔德·哈洛尔德游记》就是普希金思想和艺术构建的一个重要参照。因此，这部俄罗斯小说杰作被普希金研究家视为"俄罗斯与欧洲的会晤"①。《奥涅金》的主人公奥涅金也是厌倦了彼得堡的贵族生活，就到乡间去寻找新的精神出路的贵族知识分子。在普希金的笔下，俄罗斯的贵族青年奥涅金变成了一个类似拜伦笔下的哈洛尔德的"英国忧郁病人"。他在伯父的领地搞了一阵"改革"，希图改善农民的境遇，但遭到地主抵制后无果而终，他来乡间，除了一时冲动外，更多的是希望远离城市的清新空气能够疗救他的心灵苦闷，这是浪漫主义主人公的共同特点。在伯父的庄园里奥涅金结识了年轻的诗人连斯基，一个从德国哥廷根大学留学回来的浪漫主义者，也是一个欧化的俄罗斯贵族青年。连斯基与奥涅金有欧式教育的共同背景，在文化层次、文化接受层面上几乎属于一类的一代人，开始他们颇有共同语言。但奥涅金只是觉得这个深受德国哲学和诗歌熏陶的年轻人过于单纯和天真。普希金对连斯基天真的描绘极尽嘲讽，例如，说连斯基的思想"像婴儿纯真的梦"，单从字面上看，似在讴歌一个纯情的充溢理想的青年，其实，作者是在讥讽欧洲启蒙时代的理想主义和浪漫主义过于天真。

普希金通过其老师卡拉姆津的《一个俄国旅人的信札》已经了解到欧洲启蒙时代理想主义和浪漫主义在欧洲现实的尴尬境遇，法国大革命残酷的现实与启蒙主义者的理想的差距极大。所以，哥廷根回来的连斯基在奥涅金的眼中纯情得几乎幼稚，而这种幼稚几乎是致命的，果然，普希金形象地为这种欧洲的浪漫主义的婴儿设计了一个悲惨的结局。连斯基毙命于俄罗斯世俗的无谓且无聊的"决斗"中。其实，普希金在小说中既嘲弄又可怜的纯情贵族青年连斯基是有生活原型的。他就是普希金皇村学校的好友诗人维涅威吉诺

---

① ［苏联］特罗菲莫夫：《普希金的元诗学》，伊万诺沃大学出版社，1999 年，第 93 页。

夫，青春早逝，据说是被沙俄不道德的社会所折杀的。普希金对这个纯情的诗歌天才的英年早逝痛惜不已，挚友的突然离世更改了他小说创作原有的轻松氛围，增添了无奈而悲凉的忧郁。别林斯基称连斯基是天性上的"浪漫主义者"，符合那个时代的精神。这样看来，连斯基从某种意义上讲，不仅仅是普希金挚友诗人维涅威吉诺夫的画像，而且也部分地是作者普希金本人某些性格的自画像。连斯基热爱自由的幻想，热情洋溢，思想明朗，他的歌儿如孩提的梦幻，似天空的明月，他生活在自己营造的浪漫的理想境界里。在别林斯基眼中，连斯基在天性上和时代精神上都是一个浪漫主义者①，具有纯洁的高尚的心灵，但他却被自以为理想的爱情蒙蔽了双眼。别林斯基深刻理解普希金，因为伟大的诗人早已洞穿了浪漫主义的致命伤，冲动而幼稚，不切实际。这种纯情的幻梦的结局就是死亡。就像普希金在他的南俄传奇长诗中对浪漫主义理想愿景破灭的描绘一样，他在《奥涅金》中通过连斯基浪漫爱情的悲凉结局，也宣告了浪漫主义理想的不幸终结。赫尔岑把奥涅金和连斯基并称为"俄国生活的牺牲品"，这道出了问题的实质。

我们可以发现，从《茨冈人》到《奥涅金》，浪漫主义的幻想与追求总是得到悲凉的结局，在普希金的成熟年代已经不配有好的命运，奥涅金的重要主题之一就是持续反思浪漫主义，对西欧的思想产生了极大的怀疑，甚至对老师拜伦都持一定的批判立场，在《奥涅金》中这种批评的对话意识十分明显。所以，赫尔岑坚定地认为，除了形式上的相仿外，从思想意识到民族化的内容，普希金的《奥涅金》与拜伦的《唐璜》毫无共同之处，是完全纯俄罗斯民族的杰作。诗人自己在《奥涅金》中的第二章也大胆地宣称："我只是想要对

---

① 《俄国批评家眼中的普希金》，国家文学出版社，1950 年，第 313 页。

诸位叙述一个俄罗斯的家庭传说，描绘诱人的爱情的美梦，以及我们的古老的民风。"① 是的，赫尔岑言之有理，言之有据。

俄国时代精神的代表：奥涅金还是塔吉雅娜

就思想主题而言，对于世界文学界早已熟悉的这部经典的主题的认同是勾画俄罗斯"多余人"。可是，文豪陀思妥耶夫斯基却提出了自己独特的主题阐释观念，他将小说女主人公塔吉雅娜奉为俄罗斯妇女的"精神圣像"，甚至认为，她作为小说的正面人物，应该取代男主人公奥涅金而成为小说的名称，小说的名称要是叫作《塔吉雅娜》才更符合作者的创作构思和主旨。"普希金如果把自己的长诗题名为《塔吉雅娜》而不是《奥涅金》，也许更恰当些，因为，塔吉雅娜是长诗的无可争议的主要人物。这是一个正面典型，而不是反面典型，是俄罗斯妇女的赞歌，在塔吉雅娜与奥涅金最后一次相会的著名场面中，诗人让她说出了长诗的思想。"② 那么，由塔吉雅娜代表作者说出的思想的要义究竟是什么呢？在陀思妥耶夫斯基看来，这就是俄罗斯人应该追求的"精神的和谐"。陀思妥耶夫斯基写道："难道一个人能够把自己的幸福建立在他人的不幸之上吗？幸福不仅仅是享受爱情，幸福还是最高的精神和谐。如果在身后留下不正直的、残忍的、不人道的行径，在精神上如何安宁？难道仅仅因为我的幸福在那里，她就出走吗？如果这种幸福是建立在别人的不幸之上的，这又能够是什么幸福呢？"③ 塔吉雅娜，小说《奥涅金》

---

① 《叶甫盖尼·奥涅金》，王智量译，人民文学出版社，1985年，第101页。

② 《费·陀思妥耶夫斯基全集·作家日记》（下），张羽等译，河北教育出版社，2010年，第985页。

③ 同上书，第989页。

的女主人公，用普希金自己的话来讲，她是一个"灵魂上的俄罗斯人"。陀思妥耶夫斯基的阐释可以在《奥涅金》的文本中找到作者思想的依据。诗人在小说的末尾把塔吉雅娜称为自己"忠实的理想"，在思想情感上可以说是与女主人公肝胆相照了。普希金从内心深处是厌恶资本主义社会极端自私自利的价值观的，在第二章中，他就直言不讳地讽刺他"思想上的另一位君王"拜伦，"拜伦爵士的想法真是巧妙，他把穷途末路的自私自利也装扮成忧郁的浪漫主义"[1]，普希金对西方极端个人主义价值观的批判跃然纸上。

别林斯基称塔吉雅娜是一个内心深刻而特别自然的，富于爱心而又激情燃烧的女性。[2]从某种意义上说，她是作者普希金自我生涯的某些写照，也是他人生理想的艺术寄托。这个地主的女儿居住在远离城市的乡下庄园，淳朴而文静，喜爱文学，虽然生活在自己家里，却像在别人家里。塔吉雅娜在她生活的环境中唯一可以倚托和进行心灵交流的不是父母，也不是妹妹，更不是彼得堡的忧郁绅士奥涅金，而是从小与她相伴的质朴善良的奶娘。这与普希金的生活经历类似。有的学者认为，如果说奥涅金是19世纪初期俄罗斯社会的一面镜子的话，那么，塔吉雅娜则代表一个永恒的长久延续的俄罗斯名字，是俄罗斯精神文化的象征，是充溢基督教文化内涵的具有史诗规模的女主人公。[3]也可以这样认为，作为理想寄托和情感宣泄的一部分，塔吉雅娜实际上是普希金自我心灵形象的外化。由此可见，从主张正面宣扬作品价值观的19世纪进步文学观的角度，从理想主义的立场，把塔吉雅娜看作是俄罗斯19世纪二三十年代的时代精神的代表也是

① 《叶甫盖尼·奥涅金》，王智量译，人民文学出版社，1985年，第101页。

② 《俄国批评家眼中的普希金》，国家文学出版社，1950年，第329页。

③ ［苏联］特罗菲莫夫：《普希金元诗学》，伊万诺沃大学出版社，1999年，第124页。

具有典型意义和时代生活依据的。但是假若是这样，那么善于发现问题提出问题的文学大师普希金就会觉得，过于明晰的理想答案缺少问题意识，缺少令人纠结的思想锐度。因此，普希金当然选择了奥涅金作题目，在这个作品的命名上还是高于陀思妥耶夫斯基的。

奥涅金：俄罗斯的漂泊与存在问题

陀思妥耶夫斯基对俄罗斯的发展有一个形象的比喻："俄罗斯总在路上。"的确，从卡拉姆津的《一个俄国旅人的信札》到拉吉舍夫的《从彼得堡到莫斯科旅行记》，再到果戈理"乞乞可夫的旅行"，俄罗斯人的匆匆步履从来没有停息。他们总在路上。几乎与《茨冈人》写于同时期的《奥涅金》其实是同一个思想主题。阿乐哥在比萨拉比亚草原流浪，实践着他无根基的旅行与漂泊。熟悉《奥涅金》的读者和研究者一定还清楚地记得，奥涅金的出场，也就是"在路上"。诗人的这个设计很具匠心，贵族青年急匆匆地从城里到乡下去继承农奴主伯父的遗产，他会是这份物质遗产和制度遗产及精神遗产的传统继承者吗？作者后来的描绘明白无误地告诉读者，奥涅金显然不是，这个贵族知青虽然走在继承农奴制度物质遗产的路上，但在精神上，他已经开始向往西欧发达资本主义的发展路向了，他拟在伯父的旧庄园里进行某种改革尝试，可农奴主们敌视他，农奴们不相信他，他的庄园改革无疾而终，因此，他就被视为"怪人"。从令自己失望窒息的城市里逃逸的奥涅金在旧制度的乡村同样没有出路，因而，四海漂泊就成为必然，再度出走，浪迹天涯是他生命中唯一的选择。《奥涅金》中的这个漂泊的主题再明显不过了。正如陀思妥耶夫斯基准确地指出的那样：普希金"一下子指出了我们高踞人民之上的上层社会的要害。普希金发现了俄罗斯漂泊者的典型，直到现在，直到我们今天还存在着漂泊者的典型，他凭着自己的天才的敏感第一个认清了这个典型，认识到这个典型的历史命运和他在我们未来的命运中的重大意义"①。从此，漂泊的俄罗斯人的主题与形象就穿行在果戈理、莱蒙托夫、陀思妥耶夫斯基、高尔基、阿·托尔斯泰、帕斯捷尔纳克等俄罗斯名家的文学旅程里。

漂泊与存在的问题又是密切关联的。其实，在《奥涅金》这部俄罗斯叙事经典中"奥塔之恋"主要不是一个恋爱问题，而是一个欧化的贵族进步青年如何在俄罗斯存在的问题。按照传统的浪漫主义或感伤主义的写作，塔吉雅娜与奥涅金的故事，即便不能写成一个圆满的传统爱情故事，起码也应该描绘一段男女主人公的交集过程，但是，正如读者后来看到的那样，除了在乡下庄园短暂交谈和最后彼得堡贵族客厅的尴尬相对外，两者几乎是错位的"情感交往"，是没有爱情的"爱情故事"，而故事的重要意涵是青年们在俄罗斯的存在问题。恩格斯曾经把俄罗斯文学和挪威文学评价为19世纪欧洲最有前途的两大民族文学。这个评价不是随意做出的。实际上，普希金和易卜生在自己的名作中都提出了重大的生活哲学问题，出走与生存的问题，其实也是个性存在的问题。易卜生在《玩偶之家》写出了娜拉是否应该出走的问题，而普希金在《奥涅金》结尾处事实上也暗含着一个女主人公塔吉雅娜是否应该出走的问题。普希金在把她心爱的女主人公留在违心出嫁的年迈富裕的丈夫的家庭时，他内心的困惑是明显的，因此，小说结局才具有悲剧的痛彻感染力。他把这个世纪的问题留给了他精神上的儿子作家列夫·托尔斯泰。安娜·卡列尼娜其实是另一种形式的塔吉雅娜。托尔斯泰在继续着这个问题的解答：安娜的出走注定是个悲剧。托尔斯泰明显在回应着陀思妥耶夫

　　①《费·陀思妥耶夫斯基全集·作家日记》（下），张羽等译，河北教育出版社，2010年，第993页。

斯基的阐释：生活的至高境界是精神的和谐，内心的平静与和谐。爱情固然是人类应当追求的幸福生活目标，但它不是生活的全部，更不是最高的生活目标和境界。人的幸福不能建立在他人的痛苦之上，即便他不是一个完善的人，如冷酷、虚伪和懦弱的卡列宁。陀思妥耶夫斯基也以他的拉斯科里尼科夫罪与罚的方式回应了普希金。由此可见，托尔斯泰和陀思妥耶夫斯基的宗教哲学的生活价值观在民族文化的深层底蕴上也是受到普希金生活哲学观念的深刻影响的。

普希金学中的《奥涅金》阐释变迁

正是普希金渊博的学识及其以"百科全书"《奥涅金》为代表的包容世界和俄罗斯文化传统精华的文学成就唤起对其进行深广研究的极大兴趣，普希金学从19世纪中期起就逐步形成并不断完善、深化和扩展。而俄罗斯文学史研究大师利哈乔夫院士甚至主张将普希金的生日定为俄罗斯的全俄文化节，并认为只有普希金这类文化底蕴深厚的经典作家才有资格，才配得上专门的学术研究并建立学科。

普希金学在俄罗斯人文学界作为文艺学和文学史的一个研究分支，专门从事普希金的生平和创作研究，自19世纪以来具有厚重的学术文化积累，在苏联时期，由于普希金得到主流文学史的肯定，研究较少受到时代变迁的影响，随着俄罗斯社会逐步转入现代民主社会，普希金学也完成了从关注普希金文学思想的社会历史内涵渐变为的文化研究为学科建设要义。《奥涅金》的研究历来是普希金学的重中之重。从不同时代、不同方法的《奥涅金》的研究、阐释的变迁就可以管窥普希金学的一斑。

普希金学在俄罗斯和苏联文艺学界已经成为俄国文学史一个重要的分支学科。普希金无比丰富的创作成就和对俄罗斯文化的巨大贡献引起了文艺界和学界极大的研究热情和兴趣，从普希金在世的19世纪20年代起对普希金创作的研究就十分盛行了，在长达近二百年的漫长岁月里，文艺批评家和学者（包括著名作家）像维亚泽姆斯基、果戈理、别林斯基、纳杰日金、赫尔岑、车尔尼雪夫斯基、安年科夫、伊·阿克萨科夫、杜勃罗留波夫、陀思妥耶夫斯基、德鲁日宁、高尔基、维列萨列夫、普列汉诺夫、卢那察尔斯基、什克洛夫斯基、托马舍夫斯基、库列绍夫、利哈乔夫、布拉果依、洛特曼和斯洛宁斯基等，对普希金学的建立和发展都做出了不懈的努力。

在苏维埃时期，普希金学主要贯彻了以阶级分析为主的社会历史批评方法。由于列宁将19世纪的俄国革命发展历程划分为三个阶段：贵族革命、平民革命和无产阶级革命三个时期。而普希金所处的时代正是俄国民主革命的"贵族革命"历史阶段，所以，苏联普希金学认为，普希金创作反映的情绪和塑造的人物都带有这个贵族革命时期的典型印记，因此，《奥涅金》被称为俄国第一部批判现实主义长篇小说。应该承认这样的批评主要继承了俄罗斯革命民主主义文学史观。俄罗斯批评界对《奥涅金》研究影响最早最大的是俄国革命民主主义的那些批评家，别林斯基是他们的杰出代表。别林斯基准确地指出：《奥涅金》"是诗意地忠实于俄罗斯社会的一幅画卷"[①]，"普希金的伟大功勋就是，他第一个在自己的长篇小说中诗情画意地再现了那个时代的俄罗斯社会"[②]，别林斯基刻意彰显普希金的现实主义文学精神。普希金在这幅现实主义的画卷中忠实地描绘了彼得大帝改革到尼古拉一世时代俄国上流社会脱离人民大众的情景。贵族希望变革和启蒙，却严重脱离下层百姓，他们变革俄国社会的种种举措要么是骗局，要么是空中楼阁。普希金曾严厉

①《俄国批评家眼中的普希金》，国家文学出版社，1950年，第286页。
② 同上书，第316页。

批判彼得大帝的"优惠"举措从来没有惠及俄罗斯劳动大众。不过，应该指出的是，普希金既不是革命的发起者，更不是革命的参加者，他的作品只是俄罗斯"贵族革命"前后苦闷精神状况的真实的艺术写照。诗人希望揭示"这个阶层的内心生活"①。俄国贵族革命文化的先驱赫尔岑就从普希金的"奥涅金"身上看到了这种时代的典型特征。针对有人认为奥涅金是欧洲文学人物的翻版这类说法，赫尔岑认定，"奥涅金绝不是哈姆雷特、绝不是浮士德、绝不是曼弗雷德，奥涅金不仅仅是一个具有俄国秉性的人，而且是只有在俄国才能产生的典型人物。"②在赫尔岑看来，那个时代像奥涅金这样有觉悟的俄国贵族知识青年总是期待发生点什么事情，不满足俄国的现状，却又无力去改变这种现状，而这些青年宝贵的生命却在"想得多，做得少"，"开始时，什么都干过，什么都没干到底"的碌碌状态中流逝了。③总之，社会历史批评对《奥涅金》解读的核心要义就是发现并塑造了"多余人"这个延续了两百年、影响甚广的历史定论。

现代俄国的形式主义文论家对《奥涅金》的分析侧重于小说的结构形式。什克洛夫斯基（1893—1984）是公认的"形式论宗"（钱锺书语），他总是将作品的形式放在艺术分析的首位。他在形式主义流派在苏联沉寂后一度转入普希金创作研究，但形式学派的研究准则仍在他的学术活动中延续。这位文艺评论大师认为，"要评论普希金的文学作品，就必须完全了解它们的形式。譬如，普希金写的不是长篇小说，而是诗体长篇小说——这一点，正如他自己指出的，是截然不同的。在诗体长篇小说中，叙述是以另一种方式组织的。韵脚本身在这里就是一种和前述描写因素呼应的方法，似乎是在重

---

① 《俄国批评家眼中的普希金》，国家文学出版社，1950年，第286页。

② 同上书，第289页。

③ 同上书，第437页。

复它们"①。什克洛夫斯基注意到普希金结合俄语发音特点而从十四行诗改创"奥涅金诗节"的结尾诗行,借助复杂的韵脚体系与开头相呼应,使读者重新领悟原先理解的细节。②除了韵脚在作品结构中的作用外,什克洛夫斯基还研究了《奥涅金》中情节的意义,探索了诗歌形式与作品题材的有机的相互联系。什克洛夫斯基在后来修订的《散文理论》(1983年)中结合自己的《奥涅金》研究,修正了形式主义文论早期的某些偏颇。早在20世纪20年代形式学派就对俄国传统的形象思维理论提出尖锐的质疑,认为形象根本不是文学的本质特征。通过对《奥涅金》的深入研究,什克洛夫斯基最终承认了形象思维理论。他特地选取小说中冬天乡村里的一段有趣场景,论证普希金艺术作品中的形象是多么丰富,并且自我批判道:"不承认形象思维是愚蠢的。"由此可见,普希金的艺术力量是何其巨大。

俄罗斯文学以人物心理刻画见长,列夫·托尔斯泰被称作"心灵辩证法大师",而普希金乃是他的艺术"创作之父"。俄罗斯艺术心理学家运用艺术心理学的方法研究《奥涅金》,丰富了现代文艺学科。苏联杰出的艺术心理学家维果茨基(1896—1934)在他的名著《艺术心理学》里用专门的章节研究普希金的《奥涅金》。维果茨基认为普希金非常懂得人物的心理,洞悉他们内心的细微变化和特征。普希金"在小说第一章详尽地描写了奥涅金如何懂得柔情的科学(第十、十一、十二节),这里的奥涅金的形象使读者相信,他是个情场老手;读者读完头几节诗就会得出结论说,不管发生什么事,奥涅金绝不会死于无望的爱情……"③维果茨基称赞普希金善于在心灵动态中理解他的主人公,他这部小说的结构原则就在于展

①②《普希金评论集》,冯春编选,上海译文出版社,1993年,第682页。

③〔苏联〕维果茨基:《艺术心理学》,周新译,上海文艺出版社,1985年,第295页。

示小说的动态而非主人公的凝固形象。[①]在塔吉雅娜给奥涅金的爱情书信中维果茨基发现女主人公的心理与她的言表之间存在强烈的反差，这就是艺术心理学者通过对作品的细节分析来证明主人公的内心"存在着混合的情感活动"，他们认为，"与艺术相关的恰恰是混合情感"。[②]同时，维果茨基通过对奥涅金最后疯狂追求塔吉雅娜的情节的研读，通过对奥涅金的性格矛盾特征的分析论证了矛盾是艺术形式和材料的最主要的特性。[③]维果茨基指出，普希金善于打破读者的阅读预测。"读者一直做着这样的心理准备，即奥涅金绝不可能成为悲剧性爱情的主人公，但正是这种爱情把他弄得一蹶不振……我们在《叶甫盖尼·奥涅金》中看见的也正是这种情况。如果在奥涅金的位置上出现另一个人，我们一开始就知道他注定要遭遇不幸的爱情，那小说的结构会何等平庸、简单，这充其量只能成为一篇感伤小说的情节。但是，当悲剧性爱情落到奥涅金的身上，当我们亲眼看到重于空气的材料被克服后，我们便感受到飞行即艺术净化所产生的振奋的真正的喜悦。"可见，懂得艺术心理的普希金在《奥涅金》的创作中在与读者做阅读心理的博弈，而最后，显然是天才的俄罗斯诗人胜出。维果茨基通过对《奥涅金》的艺术心理学分析阐释了普希金的悲剧结构规律。

20世纪后期，后现代主义文论家也从自己的视角解读普希金的这部名著。在俄罗斯后现代主义者眼中，《叶甫盖尼·奥涅金》就是一部按照后现代思想和写作原则结构的作品。在这部作品中，作者有意识地中断自己的叙述，有意识地进行诙谐的插话，故意使读者感到作者的存在，与读者的对话，对权威和经典文化的嘲讽等等。根据他们的逻辑，在普希金的《奥涅金》中都能寻到这些所谓的后

---

①②③ ［苏联］维果茨基：《艺术心理学》，周新译，上海文艺出版社，1985年，第295页。

现代的"明显特征"。在他们看来，如普希金在小说中对俄罗斯科学院语法的嘲弄，就是一种后现代审美姿态。而俄国后现代主义者不同意"后现代主义只诞生于文化'覆盖'了现实的时候，即艺术的'第二现实'，不仅使第一现实从属于自己，而且将它从文学范围中排挤出去的时候。但是，这里有什么新的东西吗？要知道，严格地说，这种情况是常有的——这是整个文化的，包括文学常有的本质"①。他们认为，从文艺复兴起这种审美意识就没有断过，对流行文化形式的嘲讽，如《堂吉诃德》对骑士小说的解构就是这样，普希金只不过是整个文化后现代链条上的一个标志性环节而已。

利哈乔夫院士认为：普希金的《叶甫盖尼·奥涅金》的一个重要贡献是为俄罗斯文学开拓了主题空间，这部长篇小说成为俄罗斯经典长篇小说的主题之一，"他指明了19世纪俄罗斯长篇小说的基本方向——庄园长篇小说，仿佛还分配了其中的主要角色：奥涅金和塔吉雅娜，这是我们将在冈察洛夫、屠格涅夫作品中发现的独特的冲突中心"②。作为俄罗斯古典文献考证家的利哈乔夫对《奥涅金》的解读极为细致，他注意到，普希金在《奥涅金》中的词汇运用与作家对农村生活的准确观察和对民间词汇的娴熟把握紧密相关。例如在第五章第二节对雪地里马嗅雪而行的细节的刻画，就典型地体现出"普希金不是作为一个市民，而是作为村里的居民熟悉农民的日常生活"③。作为20世纪俄罗斯西欧派的代表，利哈乔夫的作品解读为俄罗斯传统文学批评一贯倡导的现实主义创作方法做了最好的注释和弘扬。

---

① ［俄］马克·利波维次基：《陡度的规律》，《后现代主义》，社会科学文献出版社，1993年，第178页。

② ［俄］利哈乔夫：《解读俄罗斯》，吴晓都等译，北京大学出版社，2003年，第285—287页。

③ 同上书，第291页。

文化学术的发展总是在创新中薪火相传，19 世纪的批评大家别林斯基把《奥涅金》称作"俄国生活的百科全书"，而 20 世纪的文学研究大家尤里·洛特曼（1924—1993）则以辛勤的学术耕耘佐证了别林斯基的这个著名比喻。他对《奥涅金》的研究类似于新历史主义研究。他对普希金时代的历史人物、风俗习惯、流行时尚、贵族教育和消遣方式、贵族妇女的趣味和日常事务、乡村的娱乐乃至生活的"细节"都做了细致的考证和注释。他对普希金创作《奥涅金》这部长篇小说的时间流程也做了详解。他的专著《普希金的长篇小说〈叶甫盖尼·奥涅金〉：注释评论》被俄罗斯高等学校列为普希金教学的必读书目，他所研究考证的这一切"有助于更加深入地理解和评价普希金这部长篇小说的'百科全书'性质"①。

《奥涅金》不仅是普希金最珍爱的文学杰作，而且对俄罗斯和苏联的文艺发展影响巨大，对俄苏文艺理论和电影诗学也有过深刻的启发。苏俄电影大师、电影蒙太奇理论的创始人爱森斯坦（1898—1948）在回顾自己的艺术道路时就曾经谈到了普希金的《奥涅金》对他电影创作思维的巨大启迪。在爱森斯坦看来，《奥涅金》中塔吉雅娜乘马车进莫斯科的情景，从她眼前依次迅速晃过的莫斯科教堂、城楼和街道的景物形象，恰似一个个电影的蒙太奇连续特写镜头。由此可见，《奥涅金》不仅是俄罗斯生活的"百科全书"，而且也是俄罗斯艺术的"百科全书"。

笔者以为，认真梳理 19 世纪以来普希金学的下列重要成果有助于构建新世纪的普希金学，以深化《奥涅金》的主题研究。这些文献包括别林斯基的《亚历山大·普希金的作品》、果戈理的《关于普希金的感言》、陀思妥耶夫斯基的《普希金》（1880 年 6 月 8 日

---

① 《18—19 世纪俄罗斯文学》，教育出版社，1995 年，第 196 页。

在俄国文学爱好者协会上的演讲）、安年科夫的《普希金评传》、车尔尼雪夫斯基的《评〈普希金文集〉》、卢那察尔斯基的《亚历山大·谢尔盖耶维奇·普希金》、伊·阿克萨科夫的《论普希金》、什克洛夫斯基的《普希金》、布拉果依《普希金的创作道路》、库列绍夫的《普希金的生平与创作》、利哈乔夫的《普希金》、洛特曼的《普希金的长篇小说〈叶甫盖尼·奥涅金〉：注释评论》和斯洛宁斯基的《普希金的创作技巧》等，它们从各个侧面对包括《奥涅金》在内的普希金创作的历史背景、艺术特色、思想意义及其在俄国文化上的久远影响做了深刻而丰富的阐释。

尽管，对普希金的研究在不同的时代和不同的文艺批评家的论著中不尽一致，但时至普希金诞生二百余年后的今天，"普希金就是我们的一切""普希金是俄罗斯民族文化的象征"这一点却是俄罗斯人公认的。俄罗斯和苏联的普希金学大致分为社会历史批评、纯艺术批评或结合两种批评的新型的符号学批评。第一种批评类型以别林斯基、车尔尼雪夫斯基、普列汉诺夫和卢那察尔斯基等人为代表；第二类批评以德鲁日宁、形式主义学派为代表；而20世纪的符号结构批评以尤里·洛特曼等人为代表。诚然，在传统的社会历史批评中，也不缺乏艺术批评和美学批评。别林斯基和俄国革命民主主义文艺批评家将普希金看作是"革命者""无神论者"和"现实主义者"，有充分的历史事实依据，而从诗人的复杂社会思想意识倾向来分析，将普希金定位成"西欧派""斯拉夫派""君主派""宿命论者""多神教派""真正的基督徒"或"东正教思想的预言家"，在其丰硕的创作中或许也都可以找到论者所需的"论据"。别尔嘉耶夫认为普希金是俄罗斯宗教现实主义的顶峰之一。[1]例如，在奥涅

---

① ［苏联］别尔嘉耶夫：《论俄罗斯宗教思想的性质》，转引自特罗菲莫夫《普希金的元诗学》，伊万诺沃大学出版社，1999年，第98页。

金阅读的亚当·斯密的经典情景中，我们可以把作者理解为西欧自由经济思想的拥护者，在陀思妥耶夫斯基将塔吉雅娜称作俄罗斯妇女圣像的解读中，似乎普希金又是俄罗斯东正教思想的形象画师。

所有这一切都正好说明，普希金作为民族思想的代言人，对俄罗斯千年历史文化的丰富内涵具有整体的、深刻的、多维的把握和艺术阐发。经典作品的主题多维研究始终有益读者和研究者深度理解杰出作家的创作。

普希金与俄苏社会历史批评

社会历史批评在俄罗斯文艺思想中是一个十分重要的人文方法论传统，这个传统由 19 世纪的革命民主主义批评强化，到 20 世纪苏联的马克思主义文学批评界最坚定地继承了这个传统，同时，研究俄罗斯古典文学，特别是古代文学研究家们也矢志不渝地维护这个人文方法论传统。我们认为赫拉普钦科、巴赫金、利哈乔夫就是这个传统维护者的显著代表。

对俄国文论历史主义传统的几点认识

俄罗斯文学和文论有一个伟大的传统，这就是历史主义的传统。Историзм 在俄罗斯文艺学中有两个含义，一是人文学术中的方法论，二是文艺创作中历史题材作品。本文所使用的是作为方法论和人文思维的历史主义。别林斯基有一个著名的美学概念，叫作"运动中的美学"，他指的正是充满历史主义意识的现实主义的美学原则，是这个俄罗斯传统的在美学领域的具体体现。对历史主义的原则的重视体现在文艺创作和文论研究上就是重视现实主义。而现实主义又是一个诗学概念。这个传统不仅深刻地表现在这个民族的文学创作上，而且体现在他们的文艺思想上和文论思想中。浪漫主义大师普希金作为俄罗斯近代文学的奠基人，他最后的创作转向和写作重心是历史题材和现实主义，陀思妥耶夫斯基把自己称为最高意义上的现实主义者，白银时代的杰出代表帕斯捷尔纳克把自己的小说代表作《日瓦戈医生》称为"自传式的现实主义"，而雄踞苏联文坛七十余年的主流文艺创作思想与方法也叫作社会主义现实主义，要求在真实的现实生活中历史地具体地描绘生活和展开文艺批评。这些文艺史实与现象绝不是偶然的。

俄罗斯文化中有一个文学中心主义。文学史家利哈乔夫曾经在《沉思俄罗斯》中说："假如海涅把意大利民族看成是由音乐凝成的民族的话，那么，俄罗斯民族就是由文学凝成的民族。"俄国文学中对历史的记忆，作家对往事的追忆又几乎是占据了这个文学的中心。文学的历史厚重是不言而喻的。俄罗斯文学几乎成了这个民族的审美编年史。难怪杰出的俄罗斯革命民主主义文学家赫尔岑把俄罗斯文学称作俄罗斯人民表达自己心声的唯一讲台，这也体现了俄罗斯文学中心主义的文化品格，同时也体现了俄罗斯文艺的历史主义传统。

俄罗斯当代文论学者巴尔施特在《20世纪俄罗斯文艺学》中正确地指出："俄罗斯文学科学，无论是自己道路之初，还是在最近的年代，从来不是被封闭的和为地区的学术戒律固封的。"[①] 例如，维谢洛夫斯基就在词汇的实际指向和借喻之间解读语言[②]，文艺学穿梭于历史与审美创作之间，穿行于历史与艺术文本结构之间，在诗学与非诗学之间，在文本的和非文本的结构中，即在大文化的语境中研究文学，这大概就是俄罗斯文论近百年来的探索历程的特点。

---

① К. А. Баршт русское литературоведение xx века С–Петербург Издательство РГПУ им. А. И. Герцена 1997 стр. 3.

② Русская словесность антология Издательство Academia 1997 стр. 91.

历史主义在俄罗斯文艺学中是根深蒂固的。作为俄国近代科学的文艺学的奠基人维谢洛夫斯基的最重要的文艺理论著作的名称正是《历史诗学》，他首先要建立的俄罗斯第一个科学文艺学学科就是历史比较文艺学，维谢洛夫斯基指出："社会产生诗人，而不是诗人产生社会。历史条件提供了艺术活动的内容；孤立的发展是不可思议的。"[①] 所以，科学的文学史成为建立俄国科学文艺学的第一个重大突破口。维谢洛夫斯基在他另一篇重要的文论演讲《论文学史作为科学的方法与任务》中提出了文学史作为科学的方法建构任务，努力研究在社会思想史，包括哲学运动、宗教运动和诗歌运动中表现出来的又用文字固定下来的文学全部发展的形式。[②] 历史研究和审美形式研究，即黑格尔的历史批评与美学批评在俄国近代科学文艺学的肇始阶段已经开始显现。即使到了俄国形式学派的主要代表那里，他们作为俄罗斯的文论家，大都还是非常重视文学史的研究。他们是从力求把文学作为一种科学史来开始其形式主义的文论建构的。那种漫谈式的艺术史或文学史在形式学派学者的眼中绝不是科学的研究[③]。形式学派的专家们希望能在文艺学中引入结构的概念[④]。

在进入 20 世纪 20 年代以后迪尼亚诺夫也是梦想建立具有历史主义意识的结构诗学，他主张把"历史的尺度引进'结构原则'的概念和'材料'里"。[⑤] 他对历史在结构诗学建立过程的作用是这样认识的："诗歌形式的基本种类一直保持不变：历史的发展并没

① ［苏联］尼古拉耶夫等：《俄国文艺学史》，刘保端译，三联书店，1987 年，第 166 页。

② 同上书，第 172 页。

③ ［苏联］罗曼·雅各布森：《论艺术的现实主义》，见《俄苏形式主义文论选》，蔡鸿滨译，中国社会科学出版社，1989 年。

④⑤ ［苏联］迪尼亚诺夫：《结构的概念》，见《俄苏形式主义文论选》，［苏联］托多罗夫编，蔡鸿滨译，中国社会科学出版社，1989 年，第 95 页。

有把事情搅乱，并没有破坏结构原则和材料之间的差异，相反却使之更为突出。"巴赫金早就注意到，那些形式学派的文论家在意识到自己的历史和逻辑的失误后便开始了向他们自己老师维谢洛夫斯基的正确回归，注重从历史的维度寻求现代文艺理论观念的生活逻辑兼艺术逻辑的支撑。

巴赫金 1929 年在论及俄国形式主义学派的现状时特别提及了艾亨鲍姆的历史主义的回归，艾亨鲍姆的具体的做法体现于他的文学心理学和哲学研究。巴赫金看到艾亨鲍姆在研究阿赫玛托娃和莱蒙托夫的学术论著中已然突破了形式主义学派的"公式因素"，巴赫金认为"作者谈了许多关于具体的'精神生活''情绪的紧张性''活人的形象'等问题；在后一本书里，他把莱蒙托夫的'历史个性'定为公式，把莱蒙托夫的某些作品'倾向于不看作文学作品，而看作心理文献……最后还提出了读者的纯社会学问题"。巴赫金得出的结论是，"艾亨鲍姆在这些著作中几乎返回了俄国文学批评历来的传统"[①]，即历史文化批评的伟大传统。其实，艾亨鲍姆在 20 世纪受到以卢那察尔斯基、托洛茨基等传统文评学派，即以马克思主义为指导的社会历史批评的尖锐批评后而转向和回归，固然是俄国文学强大历史主义传统的使然，但实际上，即便在他的经典形式主义文论中，例如《果戈理的〈外套〉是怎样制作的》这篇所谓形式学派的经典文论中，也还是或多或少地渗透出俄罗斯历史文化批评的文化传统基因。

请看，艾亨鲍姆对果戈理这篇经典小说里所蕴含的人道主义的解读，"在《外套》里，还有另一种感伤的色彩、情节剧般的夸张的长句，出乎意料地与同音异义文字游戏的风格融合到一起；这就是'人道主义'十足的那一段，俄国评论界对这一段文字倍加赞扬，

① ［苏联］巴赫金：《文艺学中的形式主义方法》，李辉凡、张捷译，漓江出版社，1989 年，第 94 页。

认为是小说的精华"。①难能可贵的是，艾亨鲍姆的解读与传统的文论家、文评家的学术视野与焦点均有差异，他既看到了传统文学批评关注的人文情愫，同时更注意到小说制作者果戈理巧妙运用有生话语原则进行分解和重新组合的技巧，从而突出了语言的声效喜剧效果。艾亨鲍姆把结构研究和人文历史研究有机地集合在一起，避免了什克洛夫斯基在形式学派研究在理论主张上的偏颇，即，只研究语言形式，而不在乎作品的生动、历史的、社会的内涵。只要我们仔细地研读形式学派的经典论著，我们就还能发现他们在具体的研究中所继承的早年潜移默化培养的历史主义传统。

历史主义的方法论传统引导着文论非单向度的发展。迪尼亚诺夫在解读俄罗斯文艺研究中"传统"这个文论和文学史关键词的时候就充分遵循了历史主义的原则。他在对比普希金的散文（小说）与后来的散文（小说）时候就这样，他指出："这样一来，可能，普希金的小说的功能更加接近托尔斯泰的小说功能，而相比较而言，普希金诗歌的功能更靠近 30 年代他的模仿者和迈科夫的诗歌功能。"②功能研究就这样与历史研究很自然地结合在一起了，并按照年代的不同、体裁的不同分别对待。

巴赫金在评论托马舍夫斯基的《文学理论〈诗学〉》一书时指出了这部著作的一大特点："历史诗学部分的篇幅大大超过了理论诗学的部分。"③有趣的是，巴赫金本想把托马舍夫斯基这部著作当作纯形式主义的诗学论著，但在具体研读时却意外发现，当托马舍夫斯基专注于他所认为的形式研究主要课题"主题"的时候，却恰恰

① 《俄苏形式主义文论选》，［法］托多罗夫编，蔡鸿滨译，中国社会科学出版社，1989 年，第 197 页。

② Русская словесность антология Издательство Academia 1997 стр. 130.

③ ［苏联］巴赫金：《周边集》，河北教育出版社，1998 年，第 20 页。

离开了形式主义的学术原则与主张。那么，是什么使托马舍夫斯基这位形式主义文论家偏离了形式主义的航道呢？回答只有一个，那就是历史主义的俄国人文传统。"革命，革命生活的主题也是当代的现实主题，它深入到皮利尼亚克、爱伦堡和其他散文作家，诗人密斯雅科夫斯基、吉洪诺夫、阿谢耶夫的所有作品里。"① 托马舍夫斯基写下这些话语的时候，形式论宗（钱锺书语）什克洛夫斯基关于不看城堡上飘扬何种颜色旗帜的形式主义内部研究原则在他的心中一定是荡然无存的，主题学的内涵密切联系着当代的社会生活。诚如托马舍夫斯基自己所说："产生文学作品的时代特点对于主题的兴趣来说是有决定意义的。我们再补充一点，文学传统和它所提出的任务在这些历史条件里起极其重要的作用。"② 历史条件被原本看作是形式主义学派代表文论家托马舍夫斯基视为在主题研究中会起"极其"重要作用的前提条件和不可或缺的重要因素。因为，在他看来，文学作品的主题通常与具有感情色彩，因而也与价值相关。由此可见，主题研究不可能是与历史社会毫无关涉的纯文字语言研究，纯粹的语言结构研究。"在比较成熟完美的作品里，它可能很细腻，很复杂，而有时它又很模糊，无法用简单的公式来表示。"③ 所以，托马舍夫斯基以他对主题问题的历史主义理解批驳了建筑在实证主义基础之上的机械照搬自然科学方法的乌托邦式的科学主义文论观。再看托马舍夫斯基在《主题》研究中对情节构成要素之一"理由"的阐释和理解，更是与创作的历史背景紧密相关，他对"理由"的解读充满了历史的追溯。他认为，诗歌流派的轮替完全基于当时历史的需要，从古典主义、

---

① 《俄苏形式主义文论选》，［法］托多罗夫编，蔡鸿滨译，中国社会科学出版社，1989年，第236页。

② 同上书，第237页。

③ 同上书，第238页。

浪漫主义、现实主义、自然主义、象征主义、风俗小说、民粹主义文学、阿克梅派、未来主义再到现实主义，无不保留着现实的动机，而这个动机来自作品构成外部时代，而不是作品内部。在对"主人公"的研究中，托马舍夫斯基没有忘记把作品的人物与现实中的人物特征对照比较，通过作家的理解来阐明主人公的建构意义。他主张在作品人物、社会角色和作家理解的三种维度中阐明叙事学上的主人公的意义。

迪尼亚诺夫强调："文学作品的形式应当被感觉为动态的形式。"[①]他在阐释"结构的概念"的时候，特别反对以"静态的原则"来审视作品的艺术结构或结构的构成原则，历史的过程、艺术发展的过程恰恰是一个绝对动态的过程，他在这篇著名理论文章的自注中刻意辩驳了对他理论观念的误解。他说他并不反对"文学与生活"的联系，他只是看到了文艺与生活有一种动态的互动关系，但同时要求要尊重艺术的独特规律，遵循艺术自身的规律。

历史主义的传统在俄苏比较文艺学中，特别是在古典文学的研究中呈现出更积极的方法论力量。梅列京斯基的《古典世界神话的比较阐释》类型学的比较方法在历史主义人文方法论的观照下展开他开宗明义的强调："神话学的比较研究对理解古代文化历史语境极为重要。古代世界的神话学不只是一切文学体裁和先前宗教哲学的宝库，神话本身就是民间文化和文学创作最重要的种类，而且神话创作在古代社会的一切历史时代延续着，神话创作反映着这些社会发展的基本阶段。"[②]梅列京斯基力图将神话的类型学与古代社会

① 《俄苏形式主义文论选》，［法］托多罗夫编，蔡鸿滨译，中国社会科学出版社，1989 年，第 98 页。

② Типология и взаимосвяси литератур древнего мира издательство НАУКА Москва 1971 стр. 68.

的历史发展融合一起审视和研究，从神话发展的不同阶段的形态中解读出古代社会发展的对应形态，他的神话类型学研究既是从历史的角度出发的，同时也着眼于结构的。

鲁迅先生早在20世纪初就把俄罗斯文学视"为人生"的文学。他在《南腔北调集〈竖琴〉前记》中写道："俄国的文学，从尼古拉二世时候以来，就是为人生的，无论它的主意是在探究，或在解决，或者堕入神秘，沦于颓唐，而其主流还是一个：为人生。"[①]鲁迅在这里讲的"为人生"就其实质而言有双重含义，一是关注俄国社会现实的人生，换言之，就是俄国19世纪以来的文学的现实主义传统，二是俄罗斯文学所蕴含的人道主义的传统。鲁迅不愧为世界伟大的思想家，他善于准确地把握外国文化的精神特点。依照俄罗斯文化学家、文学史家利哈乔夫的观念，在俄罗斯文学界和文学研究界，现实主义与人道主义是一个统一体的两个侧面。俄罗斯文艺界的这个传统观念也不能不潜移默化地反映在虽然是以现代意识著称的俄国形式主义文论学派的理论学说之中。雅各布森对现实主义的认识同样带有俄国文论固有的历史主义色彩。对俄罗斯文学的特点的界定中，一种流行的观念是，现实主义是俄国文学的特点。雅各布森以为这种观念过于笼统，也不合形式逻辑。他承认俄罗斯现实主义的巨大成就，但却认为，不能无原则地胡乱使用现实主义的标签。他在具体分析现实主义的概念的内涵是既有分类解读，又有对现实主义共识理解的诉求。在他的理解中既有传统的现实主义概念，又有新现实主义（最高意义上）的现实主义概念，即陀思妥耶夫斯基的现实主义理解，他一方面认同现实主义观念，另一方面却不赞同缺乏历史主义的混淆或夸大现实主义的内涵与外延。在他看来现实主

---

① 《鲁迅论外国文学》，外国文学出版社，1982年，第24页。

义固然有诸多定义，但不能把现实主义这个词的各种不同的意义等同，甚至混同起来。这恰恰正是既坚持了历史主义的原则，也是坚守了维谢洛夫斯基注重诗学分类细化研究的结构诗学的原则。

俄罗斯形式学派文论是近代俄国历史的产物。未来派诗歌运动和诗歌语言小组的研究活动的互动，使形式学派文论带上了浓厚的时代印记。它的核心概念的产生和失落的原因都与未来派的命运相关联。陌生化（остранение），一个形式学派的创新术语，文论家们因之激动兴奋的新发现，在俄国文学史家看来，却是不太完美的词语创造，更不符合文学史史实，利哈乔夫院士指出，这个由形式学派创造出来的文论术语，在构词法上是有缺陷的，文学创作就是陌生化这个较为武断的创作规律的总结概括，就文学史而言，与俄罗斯千年文学创作的史实严重不相符合，至少中世纪的文学就不是追求陌生化，那个时代的作家更加倾向于世俗化的文体词汇，他们羞于文艺形式的创新，院士质疑："而近代艺术总是追求将平常的'陌生化'吗？……任何'陌生化'都是艺术吗？我现在不能回答所有的问题，但是我想注意问题的某个方面。在俄罗斯文学——既有中世纪的，也有近代的文学中还存在着另一个现象，我在自己的某一篇文章中将它称为'形式的羞愧性'，而这几乎是俄罗斯文学的民族特点，虽然，我深信，这种现象在其他民族文学中存在不那么合乎逻辑。"[①]这样，很显然，历史主义的方法论和人文认识传统自然而然地让学养深厚的文学史大家确认，陌生化的观念仅仅是未来派诗歌运动的主导创作理念，它具有明显的历史局限性和历史阶段性。利哈乔夫对形式学派文论观念的批判也是历史主义方法论在认识俄国现代文论缺憾的精神利器。运用这种方法论认识文艺问题和文论

① ［俄］利哈乔夫：《解读俄罗斯》，吴晓都等译，北京大学出版社，2003年，第313页。

问题俨然成为一种方法论和世界观的自觉。

俄罗斯文论从 19 世纪起就在各个向度上发展着，但无论从哪种路径上前进，历史主义总是一个宏大的方法论指针。卢那察尔斯基在研究艺术史中的病态心理学因素时，虽然充分肯定艺术学中的这个研究方向，但他同时也强调了艺术家病态心理产生的社会历史原因，坚持了文艺学研究的历史唯物主义的原则。他指出："目前我们所描绘的莱蒙托夫，要比我们心中的莱蒙托夫更像普希金，更接近普希金，他同样为分裂所苦恼。这种分裂在很大程度上是由旧制度同生活中新萌芽的尖锐矛盾造成的，而这种新萌芽，归根结底，反映了资本主义在俄国的诞生与发展。"时值 21 世纪的今天，在一些已经习惯了审美批评重于社会历史批评的学者看来，是否觉得卢那察尔斯基的这些对文艺问题的社会经济因素探究太直线了呢？其实，卢那察尔斯基的方法与结论既符合马克思主义的方法论原则，也符合俄罗斯的社会历史批评传统，从普希金、莱蒙托夫、契诃夫到叶赛宁，他们对传统俄罗斯的眷恋与对资本主义入侵古老俄国的抵抗始终是这些作家矛盾心绪产生的深层缘由。实事求是地说，卢那察尔斯基并不是完全传统意义上的社会历史学派的文论家，他能够在 20 世纪 20 年代就充分肯定了巴赫金的陀思妥耶夫斯基的研究论著及其理论创见，他早就慧眼识英雄般地认定巴赫金将来在文论界和文学批评界具有不可小觑的影响力，仅凭这一点就很能说明问题，原因是卢那察尔斯基赋有历史的维度与诗学的维度并重的历史主义的诗学远见。卢那察尔斯基与形式学派代表学者艾亨鲍姆关于小说制作的争论颇能显示他穿梭历史神话与审美创作之间的方法论高度。卢那察尔斯基巧妙地批驳艾亨鲍姆忽略或有意淡化作者改变写作体裁的社会因素，尖锐地指出，作者的审美创意不可能仅仅是由于单纯的文化碰撞的缘故。也就是说，卢那察尔斯基注重文学的技巧，但坚决不同意把艺术技巧的创意与运用简单地看成是作家有意无意地在那里玩弄文字游戏，不能"把任何文学作品都归结为文字游戏，把一切作家都看成是耍弄词汇、逗人开心的人"①。在这位谙熟西欧文学史博学的马克思主义文论家看来，脱离历史主义的语言学、文艺学如不警醒，就会陷入虚无主义的诗学泥潭。

俄苏文艺学对现实主义创作方法的格外钟情，从文艺学传统的角度来理解，正是历史主义思维传统在起着决定性的作用。文论家尼古拉耶夫在与利哈乔夫就文学的系统研究问题对话时，对后者忽略文学体系或系统中方法与流派这两个重要范畴表达了异议，"根据众所周知的利哈乔夫的定义，体系就是'体系各部分之间确定的相互关系：文学的种类、文学的题材、文学个别的作品；等等'。对这些部分还应该加上各种方法和流派……文学方法的范畴在文学知识的体系中早就占有牢固的位置"②。尼古拉耶夫之所以特别要补充上方法与流派，是因为方法在俄罗斯苏联的文艺学体系中具有包含世界观、历史观和审美价值观的综合人文内涵，而流派与思潮也同样是与时代嬗变密切相关的文艺范畴。

再论赫拉普钦科的文论思想

赫拉普钦科的学术创造力旺盛，马克思主义立场坚定，学术视野极为宽广，暨坚守俄罗斯文学思想的优良传统，又与20世纪的世

---

① ［苏联］卢那察尔斯基：《艺术科学中的形式主义》，见《艺术及其最新形式》，郭家申译，百花文艺出版社，1998年，第323页。

② П. Николаев Советское литературоведение современный процесс Москва художественная литература 1987 стр. 90—91.

界文学进程和文艺学发展保持同步，对创作个性、形象思维等传统学术问题不懈探索求新，与时俱进，直面艺术符号学、结构主义、对话主义等新问题，阐发新结论。他的文论思想值得我们在文论研究的新常态下进一步重新开掘和深入研究。

俄苏文学理论在 20 世纪的中国文艺理论界经历了大起大落的命运，先是受到现代左翼文艺家的追捧，而后又被当作修正主义文艺思潮遭到批判，再后来，当英美文论西风东渐时，除了俄国形式文论学派外，俄苏原来的主流文论几乎又被当作庸俗社会学文论的代表被抛弃和嘲弄。其实，这些偏颇的非客观的态度都是由于没有全面系统地了解与研究俄苏文论原典所致。有许多有价值的文艺思想并没有被中国文论界广泛涉猎，深入挖掘，即便有些文论家的著作被译介出来，也没有得到更加全面的细致研究。苏联著名文艺理论家米哈伊尔·赫拉普钦科的文论思想就是其中之一。

在 20 世纪中叶，赫拉普钦科在中国文坛逐渐为人所知。早在 50 年代他的文学研究著作《果戈理及其讽刺艺术》就翻译成中文出版了，而他更著名的文艺理论著作《作家的创作个性和文学的发展》还在改革开放的前夕就已经作为"批判资料"由上海人民出版社出版发行，新时期以来在中国文学创作界和批评界及文论界广为流行。尤其需要指出的是，可能中国大多数文论研究者正是通过 1977 年出版的赫拉普钦科这部苏联文艺理论专著，第一次见识了在 20 世纪八九十年代才广为人知的俄罗斯著名文论家巴赫金的大名及其文艺思想。可遗憾的是，无论是对巴赫金的文论，还是对赫拉普钦科的相关评论，都没有引起应有的重视。赫拉普钦科在这部专著中介绍并高度评价了巴赫金的拉伯雷研究成果与观点。赫拉普钦科的学术创造力旺盛，学术视野极为宽宏，坚守俄罗斯文学思想的优良传统，又与 20 世纪的世界文学进程和文艺学发展保持同进，马克思主义立场坚定，又与时俱进，直面新问题，阐发新思想，他的文论思想值得我们在文论研究的新常态下进一步重新开掘和深入研究。

米哈伊尔·鲍里索维奇·赫拉普钦科生于沙俄时代的 1904 年，卒于苏联"改革"时代的 1986 年，作为苏联的社会活动家和文化名人，几乎是整个 20 世纪文学及文艺学发展进程的见证人，更是苏联文学思想建立和发展的主要参与者之一。他生前担任苏联艺术委员会主席，苏联科学院院士、语文学部的主任，在长达半个多世纪的文学及文论研究中，这位苏联文艺大家在文艺学方法论问题、艺术风格特点、俄罗斯 19 世纪经典作家世界观和创作方法、诗学问题、文学类型学研究、文艺符号学、文学作品的功能研究等领域都有相当多的建树。他的主要论著有：专著《果戈理的〈死魂灵〉》（1952年）、《果戈理的创作》（1953 年）、《艺术家列夫·托尔斯泰》（1963年）、《尼古拉·果戈理：文学道路作家的伟大》（1980 年）、《作家的创作个性和文学的发展》（1970 年）、《文学、现实、人》（1976年）、《艺术形象的视野》（1986 年）。赫拉普钦科的专著《作家的创作个性和文学的发展》和《艺术创作、现实、人》先后 1974 年和 1980 年荣获苏联文学的最高国家大奖"列宁文学奖"。

赫拉普钦科作为苏联时代的坚定的马克思主义文艺思想家，善于运用历史唯物主义和辩证唯物论的方法论解读与探析世界文学发展历程，特别是俄罗斯古典文学及文艺学的典型创作现象及重大理论问题，充分肯定经典作家的文艺探索，也敢于揭示作家世界观和创作方法论方面的不足与缺憾。他生活在 20 世纪风云变幻的时代，即俄罗斯的文艺进程大起大落的不断转型时代，从沙俄晚期的资本主义时代到新型的苏俄社会主义时代，超级大国的冷战时代向缓和过渡的时代。这个时代各种文学观念和现象层出不穷，文学的新方法、新流派，诸如文学中现实主义、现代主义、后现代主义，文论中的形式主义、结构主义、符号学、系统美学、接受美学、比较文学，这些重要的观念和现象都吸引了赫拉普钦科的学术注意力。但是，他从来不被令人眼花缭乱且光怪陆离的文艺现象蒙蔽理智的双眼，而是始终凭借马克思主义赋予他的理论利器，用心辨析，据理争鸣，澄清是非，追求科学的结论。本文将对赫拉普钦科的创作个性论、世界观与创作方法、现代诗学的探索方向、形象思维论、艺术进步观、与巴赫金的争论、传统研究方法论与新方法论的关系等方面的文学理论观念做一个概要的再评价。

一、创作个性：作家的审美胎记

苏联的文学批评和文学理论脱胎于俄国革命民主主义文学批评和美学。俄国 19 世纪的批评家别林斯基指出："每一部艺术作品一定要在对时代、对历史的现代关系中，在艺术家对社会的关系中得到考察。"又说，"确定一部作品美学优点的程度应该是批评的第一要务。当一部作品经受不住美学的批评时，它就已经不值得加以历史的批评了。"[①] 这就是后来被俄国另一位批评家车尔尼雪夫斯所概括的"理论与历史的统一"的文学批评和研究的重要的方法论。这两位俄国文艺学先驱在"历史与理论的统一"中发现了文艺科学的研究规律。当然，这一方法论是批评家们经过长期的探索后总结而成的。在 19 世纪后期，恩格斯关于"历史批评和美学批评"的观点提出后使这一方法更充满了科学的内涵，使它升华至一个更高的层次。赫拉普钦科在其整个学术生涯中自始至终且灵活地运用了这一科学的方法论，是这一辩证的思想美学原则成功的实践者。

---

① 《别林斯基选集》（第二卷），满涛译，上海译文出版社，第 595 页。

赫拉普钦科最初的文艺理论研究是从执教俄国文学史开始的。在长期的文学史教研过程中，尤其是在对果戈理研究中，他逐步把自己锻炼成一个文学理论家。早在20世纪20年代末，他就发表了《论风格问题》和《风格的代换》两篇文章。30年代初，同当时多数文艺理论家一样，他把理论研究的重心放在创作方法上，撰写了《无产阶级的创作方法》一文。在这一系列文论中，他渐进地确定了自己的研究方向——探索文学自身的理论问题。对现实文艺问题争论的参与是赫拉普钦科文论的一个特色。在理论研究活动的早期，他就注意到作家的世界观和创作方法的相互关系这一极为复杂的理论课题。30年代的苏联果戈理学中存在两种截然对立的观点：一种是形式主义派别的，另一种是社会遗传学派别的。俄国形式主义学派认为，果戈理的创作是一个自在自为的，非历史可以阐释的审美现象，而社会遗传学派却认为，果戈理的心态不过是该社会共同心理的体现，果戈理的创作方法和风格是他的世界观的具体体现。赫拉普钦科认为这两种学术观点都缺乏具体的历史主义，这两者都没有把复杂的文艺现象放置于具体的历史环境中做科学的考析。特别是社会遗传学论者还把世界观与艺术方法混为一谈。赫拉普钦科在《Н·В·果戈理》一书中首次提出了一个美学观点："世界观同现实、思想和创作的构思同艺术概括的复杂关系，不能归结为一个简单而方便的公式，真正的创作实践和世界文学史的经验表明，世界观、艺术方法和创作的相互作用是多种多样的。"[①] 这显然是恩格斯关于作家倾向性与现实主义方法论之间矛盾观点的继续与传承。后来，他将自己的观点进一步系统化了。赫拉普钦科在早期的苏联文坛教条主义盛行、庸俗社会学泛滥的历史条件下，能够洞悉世界观与艺术观、

① ［苏联］赫拉普钦科：《作家的创作个性和文学的发展》，满涛译，上海人民出版社，1977年，第64页。

思想意识与审美方式的复杂关系，提出自己的独立的审美原则是难能可贵的，这在苏联文艺学史上具有重大的意义。

赫拉普钦科一方面深刻地揭示世界观与艺术创作的复杂关系，另一方面，又认真探索了艺术创作的个性问题。在他看来，形式主义的观点和社会遗传学的观点使果戈理的创作失去了创作个性。而只有揭示了作家独特的个人天赋、世界观与社会发展及文学现状的辩证关系，才能正确认识作家。的确，每一位伟大的作家既是历史的产儿，又是独特的、不可重复的个性。因而，在历史的环境中考察作家的创作个性就显得极为重要。赫拉普钦科对创作个性研究倾注了大量的心血。他的专著《作家的创作个性和文学的发展》在其学术生涯中乃至在整个苏联文艺学史上，均占有非常重要的位置。这部专著的完成，标志着他早期萌生的关于创作个性的观念更加完整了，更加系统化了。赫拉普钦科从世界文艺学的格局中考察了创作个性这个理论范畴。这位文艺学家发现，现代西方文论界存在着不同形式的忽视或贬低创作个性的倾向。美国文艺学家 R.C. 艾略特在谈到美国和法国的结构主义和后结构主义时承认，这些流派的文艺学家大都力求摆脱"个性"（自我 themself）的概念，回避作为意识主体的"自我"。他们认为，即使作者的"我"在文本中确实存在，也不过是一个虚构。个性只是结构的一个组成部分。[①]结构主义者布里克则直截了当地宣称，在诗歌中，作为个人的"我"是毫无价值的。另有一些持数学或统计学方法的文论家则认为，作家的创作个性只是一个证实社会趋向的审美偏差：不具有独立的价值。"集体无意论"者荣格也把艺术家看作是没有个性的，艺术作品就是传达整个集体所固有的非理性的心理现象。艺术家的"自我"是一个"集体的人"，

---

① ［美］艾略特：《文学中的人物》，芝加哥大学出版社，1982 年，第 11—12 页。

他表达和塑造人类无意识的心理生活。赫拉普钦科对这引起抹杀创作个性的观点持坚决反对的态度，指出上述论点都缺乏现实的根据。在他看来，那些论者忘了一个普通的真理，与一切艺术一样，文学也在创作，作家不是电子计算机，作家的职能也不是按既定程序操作，作家是一个具有独立思考能力的鲜明个性的人，每一个作家都是带着各自的个性特点走进文学殿堂的。

赫拉普钦科在维护文学创作个性的同时，也注意到曲解创作个性的另一种理论偏差，把创作中的"自我"推向极端。弗洛伊德就是这样解释文学创作的。弗洛伊德认为，文学的功能不是在描绘社会生活，而只是在阐明"自我"。这位精神分析大师关注的只是作家"自我"与社会的争执。显然，他把作家的个性与社会绝对地对立起来了。在弗洛伊德看来，愈是远离社会生活，愈是"拒绝模仿生活"，就愈能表现人的内心世界。仿佛艺术的深刻与社会生活格格不入，赫拉普钦科在其创作个性论中断然否定了弗洛伊德的谬误。赫拉普钦科指出，虽然，作家的创作个性是独特的，不可重复的，但它同时又反映了客观世界的一般本质，包括了人们的社会心理。每一时代的主要的社会心理都必然从杰出的作家的创作中得到自然的体现。赫拉普钦科反对把作家的世界观内部矛盾状况绝对化，认为这种绝对化正是没有足够地认识个性与共性在创作活动中的相互联系。若要恢复这种联系，就必须把社会生活纳入影响创作的主要因素中。因此，赫拉普钦科得出结论：表现自我与体现时代精神绝不是对立的。伟大的文学家的"自我表现"常常具有公民性。确实，人们可以从俄国文艺史上可以看到，普希金、莱蒙托夫、涅克拉索夫的创作就充分显示了这一点。要使文艺作品中的"自我"体现出时代和社会的印记，那么，这个"自我"必须来自现实，来自生活，而不是神秘的。这个"自我"既带有主观色彩，又包含着客观因素；

它既来自作者，又不能完全等同于作者。从赫氏对创作个性的辨析中我们可以体会到，作品中，创作中的"个性"一方面是思想的审美的个人特点，另一方面是透过作家（创作主体）以特有的方式表达出来的社会的共同心理及时代精神。例如，对新的时代的呼唤，在普希金那里，多是明朗的乐观的声调，而在莱蒙托夫那里总是带有忧郁愤懑的色彩。但同时，也还应该注意到，作家的创作个性与他的生活个性并不总是一致的。因此，赫拉普钦科认为以往文学史的纯"生平研究法"（即从生平论创作的方法）不很科学。笔者认为，赫氏的这一观点体现了"具体问题具体分析"的辩证思维，表明了文艺学家对"创作逻辑"的遵循。赫拉普钦科对此问题有更深刻的看法，他认为，艺术家描绘的世界与他所具有的个性是不可分割的。但是，同时，倘若不认为这是一个极其主观的作家的话，那么，作品中的一切就不能仅仅归结为作家纯个人的感受的集合。笔者认为，赫拉普钦科关于创作个性的见解对深入探讨作家的本体和创作主体与作品的关系提供了新的思路。

二、坚守文艺形象思维论

在俄苏文论界的传统观念中，文学形象是文学艺术的基本元素。从古希腊至21世纪的今天，关于形象，在文论界有多种界说，但时至今日，文论家们对文学形象的本质、功能以及它在文艺学中的地位，仍在进行着无休无止的争论。形象无疑是文艺学诸多概念中最复杂的概念之一。文学形象的本质、功能、边界究竟是什么？对于把一生都献给文艺学研究的赫拉普钦科而言，这些文论的核心命题是非答不可的。他的长篇专论《艺术形象的范围》（一译《艺术形象的视野》）就是他晚年尽心尽力完成的一部探索艺术形象本质的力作。赫氏首先反思了黑格尔的形象观。他指出，由于世界文艺的发展，特别是 20 世纪文学的光辉成就黑格尔的所谓"个性和共性相统一"的形象概念对于今天的整个文艺创作已经不适用了。其实，即使在过去也未必完全适用，例如，在建筑和音乐中是难以区分个别和一般的。这两种艺术类型都不直接描绘现实的过程，而是表现人的精神世界。精神世界的表现原则是极为复杂的。即便在文学创作中，在那些趋于非理性的超感觉的"隐喻"流派的作品中，也难于发现具体的、个别的东西，因此，必须更新"形象"的概念，让它跟上文学前进的步伐。赫拉普钦科主张积极而审慎地革新文艺学的传统观念。在人物的刻画上，他赞同深化人物的心理描写，对丰富人物形象新的叙事方式、结构形式都持欢迎的态度。但是他反对把"内心独白"推向极端而演变成"意识流"的叙事方式。他认为，乔伊斯等人的这种创新是从 19 世纪艺术方法上的倒退，破坏了完整的人物形象。赫氏断言，形象在文学作品中的消失必然导致文学艺术走进死胡同。针对某些信息论美学的偏激观点，赫拉普钦科指出，忽视艺术形象，把艺术作品看作是简单的信息的载体，只会使艺术文化趋于贫乏。[①] 西方文艺理论中忽略形象，甚至企图从根本上取消艺术形象的倾向使赫拉普钦科忧心忡忡。

的确，在 20 世纪的许多先锋文艺理论中，形象的概念消失了，它更多地被艺术符号、审美信息、艺术代码等新术语所取代。赫氏在《符号学和艺术创作》《审美符号的本质》等文论中着重辨析和阐明了形象与符号（艺术形象与审美符号）之异同，重申了形象在文艺学中的应有地位，对于审美符号问题，在文论界存在着代表不同哲学倾向的两种对立的观点：一种是根本否定文艺中的符号现象，另一种认为文学作品的本质就是符号。显而易见，它们都使符号问

① ［苏联］赫拉普钦科：《艺术形象的范围》，莫斯科出版社，1986 年，第 10 页。

题陷入极端之境。赫拉普钦科认为两者均不可取。他依据马克思主义的反映论，承认符号在人类社会生活、生产和科学技术中的重要作用，承认符号是人们认识世界的必要的手段之一。世界文艺史上存在着大量的符号，是不容置疑的事实。它们有自己的形式和演化的过程，具有独特的文化价值。有的审美符号原来也是艺术形象，后来演化为固定的公认的审美符号。在一些作品中，艺术符号和艺术形象是并存的。赫氏认为：审美符号在文学艺术中也是反映现实和表现人的精神世界的方式之一，但不是唯一的方式。他把审美符号界定为艺术表现的一种特例，仅仅是一种独特的艺术手段，而不是艺术的全部内容。这位理论家还极为细致地比较了审美符号和综合的艺术形象的本质、职能和活动范围。他指出，审美符号和综合的艺术形象之区别首先在乎前者代替现实现象，把人的观念和思想意志人格化。而综合的艺术形象却是反映世界上发生的过程和人们的生活。他认为，要正确地理解这一区别必须考虑到，无论是审美待号代替现实，还是以综合的艺术形象反映生活，它们的形式是多种多样的。综合的艺术形象的本质不在于记录现象的外表特征，而在于揭示这些现象深刻的内在实质，人类和社会发展的本质方面通过形象的本身得到阐明。因此，综合的艺术形象并不总是具有造型的特征。赫拉普钦科通过深入的研究发现了审美符号和艺术形象最重要的分水岭，这就是：审美符号总具有公约性质[1]，而综合的艺术形象却要求创新。成功的艺术形象必然是对历史生活和现实生活新的发现、新的发展、新的概括，它对生活的广博而深刻的概括力远非符号所能及。形象的活动范围是极广大的。在赫拉普钦科看来，艺术形象的边界及其活动范围就是无限丰富多样的社会生活，人类

---

[1] ［苏联］赫拉普钦科：《艺术形象的范围》，莫斯科出版社，1986年，第10页。

的历史，现实和未来的远景为艺术形象提供了宽广无垠的天地。赫氏的形象新论给我们提供了如下的启示：对传统文艺学概念的扬弃一定要从文学的历史和现状出发。新概念、新术语的创立应当符合文学艺术的自身逻辑和规律。理论思维的辩证法可以避免以偏概全。

三、与文艺新论对话

20世纪中期以后，一些新的方法论在传统的文艺学领域引起了阵阵冲击波。具有现代意识的赫拉普钦科对已经涌现的新观念、新方法和新流派表现出浓厚的兴趣，以冷静而宽容的态度对它们做出了客观的辨析。他发现，对语言采取共时性研究和历时性研究这两者之间的分裂是结构主义方法论的薄弱环节之一。结构主义者们由于脱离语言艺术的社会职能去考析文学现象，其结果就只能停留在那种纯形式的范围里。这些形式既不能使读者理解文学现象的实际结构，也不可能让人们了解文学现象在社会中所起的作用。[①] 针对结构主义的非历史社会化、缺乏社会历史内容等弱点，他提出了"社会—结构"的研究方法。赫氏主张从多种不同的角度去分析文艺作品的结构。作品的结构可以从创作方法上，也可以从作品的体裁上，还可以从作品的风格上来加以研究。不仅要分析作品本身的结构，而且还应该分析文学思潮的结构。"文学思潮的结构"在赫氏的结构问题研究中占有十分重要的地位。他注重从宏观上去把握文学的结构。他敏锐地感到，必须在更为广泛的文学远景中去考察结构的对比关系。在这一点上与巴赫金在"长远时间"里考察文学经典的形成有异曲同工之妙。因为，阐明结构关系也就是意味着揭示文学发展的主导倾向。纵观赫氏的结构观念，我们可以得到几点启发：1. 文学思潮中的诸

---

① ［苏联］赫拉普琴科：《审美符号的本质》，见《文学·现实·人》，苏联作家出版社，1978年，第270页。

种流派，构成了文学思潮的结构的显著特征。因而要注意梳理和比较文学思潮内部的各流派的特点及相互关系。2. 文学思潮内各流派作家的个人风格也是构成文学思潮的因素之一。因而分析思潮风格可以从个人的风格入手。3. 文学思潮的结构是发展变化的。它反映了作家对现实的认识和概括方式的变化。因而，对同一文学思潮的分析必须是历时性和共时性的辩证结合。

赫拉普钦科也承认现代符号学文论，注重审美符号的功能和意义，但是他反对将审美符号的功能与艺术作品的其他功能割裂开来研究。"没有疑问，交际功能属于审美符号的基本特征之一……但是，艺术符号的交际功能绝不是与艺术的其他功能相脱离的，这种功能处在与其他功能的联系中。"[1]在事物现象的联系中考察事物现象正是辩证方法论的基本要求。无论时代怎样变化，人文学科任何发展，作为马克思主义的文论家，赫拉普钦科始终没有忘记马克思主义方法论的基本原则。

艺术接受问题是当代美学和文艺学的重大课题。赫拉普钦科把作品的接受分为现时的参与和历时的参与。关于现实的参与，他指出，从创作主体来说，艺术家创作他的作品时他所注意的不是抽象的东西，而首先是他所生活的那个社会里的人，作家本人也处在当代的思想、情感和各种愿望的巨大影响下。从接受主体来讲，一方面，这些思想、情感和愿望包含着同时代人所深刻地理解的杰出艺术家的作品的源泉；另一方面，还必须考虑到在艺术家的创作发现同读者（观众和听众）对这引起发现的"领会"之间的复杂关系。关于历时的参与，他认为各个时代的接受者对作品的参与是一种矛盾多样的现象。要考察艺术现象的生命力，就不能不注意到各个时代的

---

[1] ［苏联］赫拉普钦科：《认识文学和艺术》，莫斯科出版社，1986年，第198页。

各种接受者。艺术创作与艺术接受者发生联系的结果和产生的相互作用是一种不断的、发展的现象。这种相互作用是文学运动的源泉之一。艺术作品要求不断的理解。赫拉普钦科注重艺术接受者的作用，但却不把它与艺术作品本身的地位本末倒置。他反对艺术作品纯主观主义的解释。因为这种解释贬低了艺术创作的作用，否定了"诗情概括的客观性"，否定了艺术作品与现实生活关系的客观性。[①] 原有的艺术作品的改编和移植在文艺领域里是经常的现象。赫氏认为，对名著的改编和再创作，要符合生活逻辑与历史逻辑。再创作者往往要在原有的人物和冲突中选择一个新的重心。这是艺术思维的内在要求。赫氏也不否认文艺再创作的这种要求，但是他特别提醒改编者（即原有作品的接受者）注意：重要的是这种重心的转换必须在尊重原著的艺术价值的前提下达到新的美学统一。

二战以来，现代科学技术突飞猛进，对20世纪中后期的文艺创作和文艺理论产生了重大的影响。在文艺学界积极引进一些自然科学研究方法的同时，也产生了一些模糊的认识。有的理论家认为，在科技革命时代，艺术形象的内在可能性完结了或正趋于完结，由此产生了现代艺术向往利用科学方法的趋势，出现了把科学与艺术整齐划一的过程模式，似乎艺术已抛弃自身的家园而奔向科学的领地。在文艺学中也出现了一种非人文化的倾向，传统的文艺学的术语被抛弃，代之以大量的自然科学的名词术语，仿佛只要引进数学、信息论等学科的方法就可以立刻解决千百年不曾解决的文艺学难题。要不要保留艺术自身的特点？怎样区分艺术方法和科学的方法？赫拉普钦科对此具有清醒的意识。他指出，现代科学的许多新概念无疑给予过并正在给予艺术大师们以重大影响，这些概念这样或那样地反映在他们的作

① ［苏联］赫拉普钦科：《作家的创作个性和文学的发展》，满涛译，上海人民出版社，1977年，第276页。

品里。但是，这并不意味着他们用科学的方法代替了艺术的方法。因为，迄今为止，尚不存在证明科学取代艺术的事实。在创作中必须遵循艺术本身的特点和规律，在文艺研究中也必须考虑艺术的特征。任何忽视或背离艺术特点和规律的做法只会导致艺术的消亡。

四、维护艺术进步观

历史唯物主义者对人类的发展历程充满信心。作为启蒙时代文化发展的继承者，特别是具有唯物史观的文论者始终相信人类文化是从初级向高级发展的并深信这个趋势。自然，作为马克思主义的文艺理论家，赫拉普钦科对艺术的进步也十分重视，深信不疑。如何看待艺术的进步？它的标志是什么？它受何种因素制约？对待这些问题，赫氏有自己独特的见解。他把艺术的进步看作是不以人的意志为转移的客观事实。他之所以指出这个问题，是因为西方有些文艺家和理论家在艺术发展进步的问题上采取虚无主义的态度，主观臆断地否定艺术的进步。在他看来，法国电影艺术家戈达尔声称的艺术中没有进步而只有变化的观点，英国文艺学家科林伍德的那种艺术没有发展的历史的观点，以及苏联作家爱伦堡所谓用艺术进步或退步来解释各种不同的艺术现象往往会妨碍正确地认识杰作的观点都是荒谬的。[①]这些文艺家不承认艺术的进步的观念导致了"艺术创作不可比较"的荒谬结论。然而没有比较就不可能有鉴别。赫氏恰恰从这点上指出了"否定论者"的缺陷。他认为，没有比较就很难甚至不可能充分地理解任何一个艺术家的独创性和独特性。由此可见，赫氏的"艺术进步观"的特点在于从创作个性方面去阐明艺术的发展和进步。他指出，需要解决的主要问题在于"艺术中的无个性的"、超乎个人之外的进步是不

---

① ［苏联］赫拉普琴科：《审美符号的本质》，见《文学·现实·人》，苏联作家出版社，1978年，第270页。

是可能的。在赫氏看来艺术向前发展，在很大程度上是由才华卓越的艺术家们所完成的那些创作发现所决定的。即便是在艺术文化发展的早期也是这样。绝不能贬低创作个性在世界艺术历史很长时期内所起的主要作用。应当指出，赫拉普钦科的这些观点充分体现了对人类精神个性的重视。值得一提的是，赫氏在考察创作个性在艺术进步中的作用时，并未忽视影响艺术进步的其他重要方面。尽管艺术的进步与历史的进程并非总是同步，但是社会的进步无疑对文学艺术家以巨大的推动作用。赫氏对这一点有深刻的认识。在他看来，才能卓越的艺术家与历史和时代联系，不仅不会阻碍艺术向前发展，而且构成了艺术发展的必要条件，后者往往是新的形象、新的创作方法的源泉。艺术的进步虽然很难规定一个尽善尽美的标准，但可以肯定的是，进步的文艺总是同社会主义、人道主义相联系的。艺术进步往往表现为把人类文明的成果继承下来并加以创新。赫拉普钦科关于艺术进步论述最为可贵的一点还在于他的"民族特色论"。每一民族艺术的进步与否，不应该以"西方文明中心论"为判断标准。这是他的正确主张。他认为，艺术的发展不一定非采纳西方模式不可。他断定下列论调是极为荒谬的：任何一种民族的艺术，如果不重复西方当前时髦的样式，就应该划入未发达之列。他赞成这样的思想：每一个民族的历史都为本民族的艺术家奠定了一条特殊的道路。笔者认为，艺术创作贵在创新学习和借鉴是必要的，他山之石，可以攻玉，但是艺术的长进绝不可跟在他人之后亦步亦趋，失去独特的个性，失去民族的特点，也就难以立于世界艺术之林。由此可见，赫拉普钦科的"民族特色论"对于建构有中国特色的社会主义文艺学体系也有借鉴价值。

五、与巴赫金的对话与争论

赫拉普钦科对几乎同时代的学界著名同行巴赫金在俄罗斯古典

作家的研究中的学术成就，总体上是高度评价的，但这并不意味着他盲目地一味地赞同，而是根据作家文学创作的具体实践而做出具体的学术思想判断。

在《艺术家托尔斯泰》这部论著中，赫拉普钦科称赞巴赫金"正确而令人信服地分析了陀思妥耶夫斯基小说的复调性，这种复调性与此有着紧密的联系"①等艺术新论。不过，作为坚守俄罗斯人文传统的理论家，赫拉普钦科更执着于传承俄罗斯文艺学坚持现实主义和人道主义倾向性的传统，在评价陀思妥耶夫斯基和列夫·托尔斯泰思想遗产中也与巴赫金争论，在肯定巴赫金思想探索意义的同时，也坚持认为陀氏在平等展现小说各个角色的观点，揭示人内心世界矛盾的时候并没有隐藏作者的立场与倾向；但是，赫拉普钦科对于巴赫金关于陀思妥耶夫斯基的基本范畴不是形成的而是共存和相互影响的观点并不完全赞同。赫拉普钦科认为："然而，陀思妥耶夫斯基不仅描述个人的世界的共存，而且也描述了这些世界之间的尖锐矛盾。"②赫拉普钦科结合列夫·托尔斯泰的创作对巴赫金的泛对话原则提出了质疑。

文学艺术的语言问题是文艺学的中心问题之一。文学语言与普通语言的关系构成了文艺学研究的一个重点。赫拉普钦科在这个问题上与 M.巴赫金在此问题上还有过一次争论。巴赫金认为，只有在诗歌中语言（普通的）才能发掘自己的全部的潜能，因为在诗歌中对语言的需求是最大的，语言的一切方面都被扩张到极点，达到了自身的极限。诗歌从语言中榨取一切养分，因而，语言在这里超越了自身，然而，他却认为，语言在语言学上的定义上是不进入审美

① ［苏联］赫拉普钦科：《作家的创作个性和文学的发展》，满涛译，上海人民出版社，1977 年，第 276 页。

② 同上书，第 346—347 页。

客体内部的，它外在于诗歌。① 因此，在他看来，只存在由普通语言向诗歌语言的单方面的转换。对此，赫拉普钦科有不同的看法，他认为，巴赫金关于"榨取一切养分"的观点模糊不清。因为，在不同的历史时代，存在着不同的文学流派，存在着不同创作个性的语言大师，他们每个人在其创作中这样或那样地依据普通语言，从中各取所需，但是无论是个别的杰出的语言大师，还是文学流派，都不可能穷尽语言的潜能。同时，文学史和语言也都证明，艺术语言在吸收普通语言的丰富养料时，也对普通语言以巨大而有效的影响。很显然，赫拉普钦科的论述是符合文学和语言的发展实际的。因为，他注重文学语言与普通语言之间存在着相互影响的双向流动。

赫拉普钦科作为一个具有个性的著名文艺学家，他长达50余年的文艺理论探索给予今天文论研究以下的启迪：

第一，我们在建设中国特色的社会主义文艺学体系过程中，仍需坚持历史的和辩证的方法论。这就是坚持马克思主义的基本原则，又与时代同步。文学理论新观念和新范畴的建立应同传统理论中合理的因素有机相连，新理论的创立应是扬弃中发展，历史唯物主义的原则能够避免理论阐释的空泛和浮浅。与历史的联系，与时代的关联，也就是与生活的联系，同社会现实的对接，否则，就会出现理论构建的空中楼阁。而注重历史唯物主义和辩证思维将有效地防止把问题和结论推向极端的做法，克服在创新立论时的片面性和绝对化的弊端，也避免僵化思维。

第二，赫拉普钦科文论著述甚丰，与时俱进可以看作是他文论探索的主要品格。文艺理论之树若要长青，就必须植根于活生生的文艺实践之中，别林斯基曾有文艺批评是运动中的美学的著名论断，

----

① ［苏联］赫拉普钦科：《艺术家托尔斯泰》，张捷等译，上海译文出版社，1987年，第563页。

文艺理论也同样如此，文艺学只有跟文艺实践同步发展，才会有无穷的生命力。离开了当代文艺实践，文艺理论就无法获得自身的完善。

第三，文艺学在积极地汲取其他学科（包括现代自然科学）的成果的同时，还必须考虑到自身传统的固有特点。注重保持文艺学的人文学科的特色。在与社会学科的其他种类进行碰撞时，尤其要注重文艺学科研究对象的人文本质，尤其是它的审美特征及诗学品质。

巴赫金的文化观及对形式文论的超越

一、巴赫金对文学内外因素可贵的辨证理解

米哈伊尔·米哈伊洛维奇·巴赫金（1895—1975），苏联和俄罗斯文艺学家、艺术理论家、语言哲学家和文化学家[①]。他出生在小城奥寥尔，1913 年考进奥德萨大学，1914 年又转入著名的彼得格勒大学（即圣彼得堡大学），在历史哲学院古典研究系学习，青年时代对新康德主义和俄国形式主义文艺学颇感兴趣。1918 年毕业后先在维捷布斯克工作，主持当地音乐学院的艺术和学术活动，开始研究哲学、语言和艺术。1922 年完成陀思妥耶夫斯基研究论著的初稿和《语言创作美学》。1924 年回到列宁格勒。20 年代下半期巴赫金的学术成果颇为丰厚。他写出了有关俄国形式主义、弗洛伊德主义、语言哲学和陀思妥耶夫斯基创作的四部重要学术专著，其中就有提出"复调小说"理论的《陀思妥耶夫斯基的创作问题》（1929 年）。

---

① 巴赫金虽然出生和学生时代在沙皇时期，但他的文论思想形成和成熟于苏联，说他是苏联文论学家是有充分根据的。他对苏联文艺理论的成就也是充分肯定的，见巴赫金 1971 年《答〈新世界〉编辑部问》。之所又将他称为俄罗斯文论家，是因为他主要是俄罗斯文化培育起来，又主要用俄罗斯文学作为他理论阐释的根据和文化基石。

他在陀思妥耶夫斯基的长篇小说创作中发现了一种迥异于传统的小说写作模式，即是"复调"或"多声部"小说（这些术语借自音乐学），在此研究的基础上形成了"艺术的本质就是对话"这样独特新颖的诗学理念。上述文艺理论著作初步奠定了他作为20世纪世界知名学者的地位。20世纪30年代他被流放到中亚和西伯利亚交界的偏远小镇。从此，辗转于库斯坦奈、萨兰斯克和萨维洛沃等地。巴赫金在这些地方教授俄罗斯文学史等课程，进入他学术研究的蛰伏时期。60年代巴赫金被苏联科学院高尔基世界文学研究所的青年学者谢尔盖·鲍恰罗夫和科日诺夫"重新发掘"出来，此后被恢复名誉。1962年出版了经他修改和补订的专著《陀思妥耶夫斯基诗学问题》。1965年出版了《弗朗索瓦·拉伯雷与中世纪和文艺复兴时期的民间文化》，这是他研究民间狂欢化和"笑"文化的力作。巴赫金在这部力作中认为，文化活跃在民间生活的杂语中，文化最充分的活力往往表现在各种文化现象的边缘上，而不是在它们封闭于自身的特点中。文学史的研究必须纳入更加广阔的文化史的视野之中。70年代以后巴赫金的学术思想经西欧的斯拉夫学者传到美国，对西方后现代文化思想影响较大，如"互涉文本"观念就源于他的"对话主义"和"复调理论"。巴赫金从此获得了更为广泛的国际声誉。

巴赫金之所以被国际人文学界尊为20世纪的大思想家，恰恰是因为他不仅创立了一套新颖的文化理念（"对话主义""行为哲学"和"狂欢化理论"），而且还拥有一整套独特的文论研究方法。巴赫金采用开放式、对话式的研究方法，与传统的封闭式、单向式的研究方法相比，确实具有很大的优势。这种研究方法注意倾听他者的声音，把研究主体仅仅看作是一个普通的对话者。在研究过程中，既尊重他者又保持自我。他的对话理念提倡一种平等的文化品格。巴赫金的重要理论著作还有:《学术上的萨里耶主义——评形式方法》

（1925 年）、《文艺学中的形式主义方法》（1928 年）、《弗洛伊德主义批判》（1927 年）、《马克思主义和语言哲学》（1929 年）、《生活话语与艺术话语——论社会学诗学问题》（1926 年）、《评什克洛夫斯基的〈散文理论〉》（1926 年）、《缺乏社会学的社会学观点——评萨库林的方法论著作》（1926 年）、《论行为哲学》《文学和美学问题》（1975 年）、《语言创作美学》（1986 年）、《答〈新世界〉编辑部问》（1971 年）、《论人文科学的方法论》（1970 年）、《语言学、语文学和其他人文学科中的文本问题》《审美活动中的作者和主人公》《论人文科学的哲学基础》（1996 年）、《在长远的时间里》（1995 年）、《俄国文学讲座》（1923 年）等等。巴赫金在 20 世纪 80 年代初期就被中国文艺学界关注。他的陀思妥耶夫斯基研究和弗洛伊德研究专著被译成了中文。1990 年代又出版了六卷本的《巴赫金文集》。1995 年他百年诞辰时举办了"巴赫金百年学术研讨会"，2004 年在湘潭大学召开了"巴赫金国际学术研讨会"，2007 年在北京师范大学再次召开了"巴赫金国际学术研讨会"，90 年代以来已经出版了数种有价值的研究巴赫金文论思想的专著。

巴赫金的可贵在于他尊崇俄罗斯文学研究的传统，这就是从文学史的角度深入理论层面进行深度探讨。形式学派文论家自鸣得意的是他们已然找到了文学研究的纯粹的"科学"途径，他们所谓的"内部研究"，而较少顾及或根本忽视影响或制约文艺的外部因素。而巴赫金断然喝道："干预文学发展的外在因素有的是。丹特士的子弹过早地终结了普希金的文学活动，否定，这一点是可笑的。不考虑尼古拉一世的书刊检查和宪兵第三厅在俄国文学中的意义，那是幼稚的。"[①]但是，巴赫金也注意到形式文论的另一个值得重视的观点：

① ［苏联］巴赫金：《文艺学中的形式主义方法》，李辉凡、张捷译，漓江出版社，1989 年，第 91 页。

文学的外部因素虽然对文学的发展有影响，却无法改变文学的"内在本质"。因此，他认为，某些传统的社会历史批评家在"捍卫内容免受形式主义损害的同时，却把这一工作不合理地同诗学结构本身对立起来。随便地回避了内容在作品结构中的结构功能问题，好像没有看到这一点似的。而问题却恰恰就在这里"。[①] 由此可以清楚地洞见巴赫金辩证的方法论的视野与科学的态度。一方面，他不赞成形式学派文论理论家的只重结构形式的纯粹孤立内在研究视角；另一方面，他也批评忽视文学自身诗学结构和诗学功能的偏颇研究观念。

巴赫金对形式文论的认识是比较公正客观的。文学艺术的确要反映和折射某一时代的社会思潮，分析作品的思想内容也确实成为文学研究的重要方面。然而，怎样分析才是比较科学的呢？巴赫金认为，不能抽象地"榨取"作品中的思想内容。而这种抽象的"榨取法"恰恰是以贝平和文戈洛夫为代表的俄国文学批评界及文学史界的主要的方法论错误。这些俄国学者认为，文学只起哲学或政治思想简单附庸和传播者的作用，他们完全漠视文学本身的意义以及它的意识形态的独立性和独特性。他们"把艺术家反映在内容中的意识形态因素教条化并使它们最后定型，使生动的正在形成的问题变成现成的原理、论断和决定——哲学的、伦理的、政治的、宗教的。他们没有理解和考虑一个极其重要的因素：文学在其内容的基础上只反映正在形成的意识形态，只反映意识形态视野形成的生动过程"[②]。从这一段精辟的论述中，我们可以看到，巴赫金区分艺术品与非艺术品的首要标准是它们各自内容上的特征，即被反映者的特点。真正的艺术作品总是向人们展示生动复杂的生活，而不是抽

① ［苏联］巴赫金：《文艺学中的形式主义方法》，李辉凡、张捷译，漓江出版社，1989年，第90页。

② 同上书，第23页。

象僵化的教条。"正在形成的""生动过程"无疑是丰富多彩和复杂多变的社会生活的另一种表述。

　　艺术与非艺术的差异问题在文艺学史上是一个老问题。俄国文学创作和批评的先驱们都论及过这一问题。别林斯基认为艺术与哲学或统计学可以表现同一个主题，只是表现的方式各有不同。艺术是用生动的形象在说话、在演示，而哲学或统计学则是用三段论或数字在证明。[①] 诚然，别林斯基看到了艺术作品与非艺术作品的显著差异。然而，他论述的侧重点在形式上。别氏有关艺术与非艺术主题同一的观点却被后来的某些文论家曲解了，以致产生了艺术与非艺术在内容上完全等同的错误观念。这些人根本忽视了艺术内容的特征。巴赫金承认艺术与意识形态的其他形式在反映时代主题方面具有同一性。然而，他在区别两者的差异时，显然把重点放在了具体的内容方面，而不是形式方面。这对于艺术特征论来说无疑是个进步。其实，在巴赫金的眼中，主题的同一性并不等于内容的同一性。文学的"内容"是美学和诗学的问题。与哲学、伦理学、政治等方面的内容不同，文学内容的根本特征是它的具体性、丰富性、活跃性和情感性。[②] 唯物辩证法认为，在内容与形式的关系上，内容决定形式。因此，艺术作品形象性等外在的形式特征恰恰是由它内容的特殊性所决定的。巴赫金在确定文学自身特点的问题时，首先将着眼点放在对象的内容上，他的方法论是符合唯物辩证法的。另外，文学在其内容的基础上"只反映"意识形态形成的"生动过程"的论断还揭示了艺术对生活的依存关系。艺术之树若要长青，它就必须扎根

---

　　① ［俄］别林斯基：《一八四七年俄国文学一瞥》，《别林斯基选集》（第二卷），时代出版社，1952年，第428—429页。

　　② ［苏联］巴赫金：《文艺学中的形式主义方法》，漓江出版社，1989年，第30、31页。

于生动的生活之中，面向生活，从生活中汲取养分。实质上，巴赫金在这里阐明了文学艺术的生命源泉之所在。

在艺术表现什么的问题上有过长期的争论。归结起来，主要有两种观点，一种认为艺术主要是表现情感。柯勒律治说，诗的特点在于提供一种来自整体的快感。[①] 华兹华斯说，诗的目的是引起兴奋以获得更多的愉快。[②] 托尔斯泰更是艺术"情感本质论"的捍卫者。在他看来，艺术活动不外乎是作家将自己体验过的情感用艺术手段传达出来再让别人去体验。另一种观点认为，艺术最根本的还在于表现思想。在贺拉斯看来，诗人的目的在于给人教益，用诗篇来传达神旨。他的"寓教于乐"说的重音还是落在"教"上，但丁认为，诗的目的是以寓言启迪人们，他的诗论的侧重点无疑也是思想方面。他本人就将《神曲》划归哲学一类。至于"诗言志"和"文以载道"的观念则与贺拉斯、但丁们不谋而合。由于这两种观点互不相容，于是在它们之间又出现了一种调和论。即普列汉诺夫等人所认为的：艺术既表现情感，也表现思想。[③] 这样一来，艺术作品分析的方法论问题、艺术的本质和功能问题似乎得到了解决。其实不然。"主情说"和"主理说"的偏差在于它们导致人们孤立地去看待文学艺术作品中的情感或思想因素。而"调和论"不过是机械地将这两者捏合在一起，它仍然诱导读者孤立、静止、机械地辨析情感和思想成分。问题的关键就在于它的着眼点仅仅落在先入为主的概念上，重在分析情感的类型或"榨取"那抽象的思想。而巴赫金却把研究的视点从"定型的"结果上移到了正在进行的"生动的过程"上。这样，他既没有回避思想，也没有回避情感，更没有将两者割裂或机械地

① 《西方文论选》(下卷)，伍蠡甫主编，人民文学出版社，1964年，第33页。

② 同上书，第423页。

③ 参见［俄］普列汉诺夫：《没有地址的信》。

整合。他倡导文论家注重"意识形态视野形成的生动过程"。具体地深入地分析这一过程的生动内涵就可以避免将作品的内容仅仅归结为"抽象的"思想概念的错误做法，避免将文学与意识形态中的其他种类混淆起来。巴赫金在文学作品分析中所持的这种视点是同20世纪美学文艺学方法论更新的主流相一致的。古典的美学家大多热衷于"美的本质"的争论。两千多年来提出了诸多内涵各异的"美"的定义。然而美的本质问题却愈来愈难以说清。于是近现代的一些学者不再拘泥于"剪不断，理还乱"的老问题，开始转向对美感、对审美体验的具体研究。结果美学理论研究硕果累累，取得了长足的进展。同样，巴赫金研究视点的转换给20世纪的文学研究提供了一条新的思路。文论家、批评家不要仅仅局限于分析文学中反映了什么意识或思想，更应该研究它们形成的生动过程。这一过程被表现在文学作品的艺术结构和丰富多彩的艺术话语中。因此，"生动过程"的分析也就必然转化成作品本体的具体研究。这才能从根本上将文学研究与意识形态其他种类的研究真正区别开来。

巴赫金在分析文学与其他意识形态的差异时，还特别强调了文学对整个意识形态的建设作用。文学家是否只能复述社会中业已形成的思想观念呢？文学史对此问题的回答是完全否定的。杰出的作家都拒绝做社会思潮机械的传声筒。马克思主义经典作家曾经对"席勒式"的创作倾向做过深刻的批判。的确，伟大的文学家通常也都是伟大的思想家。

所以，在文学创作中，作家一方面要反映时代的思潮，另一方面他们也进行独立的思考，用作品阐发他们的社会观与人生观，以自身的人生体验与社会思潮或传统观念对话。文学的思想或诗情的思想在人类的思想史上完全有权利占据一个独特的席位，成为意识形态视野中独立的一员。正因如此，巴赫金才把文学列入意识形态的"创作"之一。换言之，作家不只是语言技巧和形式的创造者，也是意识形态的建设者，但丁、卢梭和鲁迅都是这样的建设者。正是在这个意义上，我们把文学称为审美的意识形态。

巴赫金告诫批评家，必须正视文学作品思想的独特性，不要先入为主地机械地在作品中"榨取"其内容的非审美意识形态成分。同时，在作品分析中必须重视作家纯艺术观点的独立性、不容争议性和确定性。因为，"艺术家只是作为艺术家在艺术选择和意识形态材料的形成过程中确立自己的地位。而艺术家这种地位的确定，其社会性、思想性并不比任何其他方面——认识的、道德的和政治的方面的地位之确定要少"[①]。巴赫金在此阐明了这样一个本质问题，文学的或艺术的创作中水乳交融地包含着艺术的和非艺术的两种思维。纯艺术的观点在文艺乃至整个意识形态领域里有其独立的地位。

别林斯基在他的文艺思想中反复表达过一个艺术批评的原则：当一部作品经不住美学分析时，它也就不值得历史地分析了。[②]显而易见，巴赫金在对文学特性的认识上继承了俄国美学的合理成分，并在这个基础上更进了一步，将艺术思维对文学作品本身的重要性阐发得更加具体和完满。因此，人们懂得了作品中的艺术因素以其特殊的规律性和逻辑性比作品中的非审美意识形态观念在更大的程度上决定着作品的命运。

文艺作品来自丰富而具体的社会历史生活，作家的创作思想与实际的生活观念和行为方式密切相关。基于这个根本事实，巴赫金在《弗洛伊德主义批判》这部专著中提出了"日常的思想观念"的术语。它的要义是：这个"日常的思想观念"在某些方面较之定型了的、"正

---

① ［苏联］巴赫金：《文艺学中的形式主义方法》，李辉凡、张捷译，漓江出版社，1989年，第25页。

② 同上书，第595页。

宗的"思想观念更敏感、更富情感、更神经质和更活跃。①巴赫金的这个论断无疑揭示了这样一个实际过程：审美的意识形态生成于生动的、丰富的日常生活。影响作家思维的首先不是系统的意识形态，而是"日常的思想观念"。因此，巴赫金更加注重对日常的、民间的、生动的精神现象和活动的研究。生活杂语诸如俏皮话、挖苦话、病态呓语、方言、行话等非正统的精神现象被纳入了他的研究视野。影响文学创作的因素是多种多样的。而在这些因素中哪些又最直接和最广泛？不同的文论家有不同的回答。巴赫金的前辈俄罗斯第一个马克思主义文论家普列汉诺夫在研究经济基础与包括文学在内的思想体系之间的相互关系时着重阐述了"社会心理"这一"中间环节"的作用。在他看来，经济基础及建立于其上的社会政治制度是通过社会心理来影响文学的。

我们认为，普列汉诺夫的"社会心理"说对于马克思主义文艺理论的发展无疑是一个重要贡献，他对社会经济生活与文艺关系问题做出了具体的实事求是的阐释。诚然，普列汉诺夫洞见了影响文学创作的哪个"中间环节"，然而这位所强调的"社会心理"的内容大多被既定的经济制度和政治制度所决定并化为一种心理定式②。这种心理从而具有定型和模式化的色彩，缺少生动性和活跃性。而巴赫金所提出的"日常的思想观念"比"社会心理"说更进一步。虽然"社会心理"说和"日常的思想观念"说都论及社会大众的精神现象，但它们的侧重点显然是不同的。前者偏重于大众意识的同一性；而后者却强调大众意识的生动性和杂多性。巴赫金从极为平

---

① ［苏联］巴赫金：《弗洛伊德主义批判》，中国文联出版公司，1987年，第107页。

② 普列汉诺夫同时也是一位马克思主义的经济学家，马克思主义经济基础决定上层建筑的经典原理对普列汉诺夫的文艺思想有重要的决定意义的影响。

常的话语中开掘复杂多样的社会意义。他尤其重视不被传统观念认可的话语结构和形态。于是，拉伯雷的话语"狂欢节"和陀思妥耶夫斯基的"复调话语"理所当然地成为巴赫金文学研究的重点。与"社会心理"说相比较，巴赫金的"日常的思想观念"说显然更切近文学创作过程的实际。正是由于有了更敏感、更富情感和更活跃的来自日常生活的体验和观念，文学家笔下的人物形象才显得那么神韵丰满，栩栩如生，充满活力。反之，一切从理念和公式出发而生硬虚构的人物或情节总是显得苍白乏力和虚假。

由此可见，将"日常的思想观念"推到文论视界的中心意味着巴赫金发现了生活杂语（观念必定由语言来体现）对正统话语的对抗和解构作用。与偏重研究权力制度对话语控制的法国思想家福柯不同，巴赫金更关注生活杂语对正统话语的反控制和嘲解的顽强本能。而这种本能及作用在绵亘千百年的中外文学史上是长期存在的。历朝历代文学中有影响的有突破意义的创新往往凭借的是生活现象的新发现和杂语的实力。中国诗词界的所谓"无话不入词""功夫在诗外"均可视作生活杂语对传统话语胜利的标志。中国叙事文学的真正崛起是扬弃了魏晋中唐以来志怪传的弊端而获得空前繁荣的明清市井小说，突破了宫廷戏曲清规戒律而获得大繁荣的元杂剧也同样是一个明证。拉伯雷和莎士比亚等文艺复兴时期的作家从民众的语言中汲取了丰富的养分，广大民众的"日常的思想观念"通过这些文化巨人的创作庆祝了自己的节日——生活杂语的狂欢节。

把握上述巴赫金的思想对于理解他对形式文论学派[①]理论家的批

① 形式文论学派通常被称为形式主义学派，形式主义这个具有贬斥意味的称谓实际上是这个学派的论争对手奉送给他们的。什克洛夫斯基等青年语文学家自称诗歌语言研究者，偏重语言结构研究。钱锺书先生在《谈艺录》中称什克洛夫斯基为"形式论宗"。

判和超越是有帮助的。形式主义文论其实早在1920年代中期就已经分化了。根据巴赫金考察，在1923—1924年形式主义流派就大体解体了，大致划分为了四个方向：第一，阿克梅主义，其主要代表学者是日尔蒙斯基，就是整理维谢洛夫斯基《历史诗学》的文论家之一。他的一些研究俄罗斯经典作家的专著开始避免使用形式主义的某些偏激的术语和观点，巴赫金提到了他的名著《拜伦与普希金》，就运用了"极为多种多样的方法论立场"[①]。第二，回归哲学和心理学的文学阐释，代表学者是艾亨鲍姆。巴赫金认为他对俄罗斯现代主义诗人阿赫玛托娃与古典诗人莱蒙托夫的研究已经早早超越了形式主义学派原有的樊篱。艾亨鲍姆居然也使用了"生活""形象""历史"和"个性"这些传统的俄国历史社会文学评论的习惯语汇。巴赫金惊呼，在艾亨鲍姆关于高尔基和托尔斯泰的当代文学评论中"都响彻着与形式主义完全格格不入的哲学伦理学的甚至是政论的调子"[②]。第三，就是回归文学社会学的方法，代表学者有托马舍夫斯基和雅库宾斯基。托马舍夫斯基后来在普希金的研究中成就卓越，后来也是俄国历史诗学理论的整理者。对以前的观点有较大的修正。第四，就是最具戏剧变化的倾向，被巴赫金称为保守的形式主义流向，当时由什克洛夫斯基为代表。这个流向在20世纪后半叶也融化在俄罗斯文化批评的传统中了。不过，在巴赫金写作《文艺学中的形式主义方法》一书的时候，什克洛夫斯基还是比较顽固地坚持他的诗学方法论，纯粹的形式的内部的研究。出走西方的罗曼·雅各布森也认为有必要将形式主义文论的称谓加以改正，而在布拉格再建立布拉格语言学学会，结构主义理论由此续生。

把握巴赫金的话语理论，还需要将他的关于"生活话语与艺术

①② ［苏联］巴赫金：《文艺学中的形式主义方法》，李辉凡、张捷译，漓江出版社，1989年，第93页。

话语"的差异阐释联系起来理解。他认为："生活话语显然不是自给自足的。它产生于非语言的生活情境中并与它保持最紧密的联系。而且话语直接地由生活本身补充并且不失去自身含义，不可能脱离生活。"① 巴赫金对生活话语的理解是唯物主义和充满辩证法思维。他的这些理解对形式学派形而上学的语言观和封闭研究文学的方法论是一个尖锐的批判。

宋代大诗人陆游早年也像形式学派的青年学者一样急于在语言修辞上出彩，力求"工藻绘"，而晚年在历经生活磨砺之后，才领悟到果真要学诗，"功夫在诗外"，就在语言之外的生活的语言，与非语言语境之外生活本身。

二、巴赫金诗学观照的双重超越

巴赫金对形式文论的分析和批判之所以高于同时代的其他文艺理论家，是因为他对文化现象的历史和诗学的双重尊重。应该说，卢那察尔斯基等社会历史批评家对形式文论的弊端看得十分准确，形式文论的确有忽视文艺或文学的内涵方面。但是如何更加深入地研究诗歌或文学的形式特征问题，他们并没有很好地与形式文论者正面深入地交锋。国内在 20 世纪 80 年代以来对形式文论流派介绍和研究逐渐多了起来。但总体看来，对这个理论流派的研究是迟到了半个多世纪，而且在一种极端之后似乎转入另一个极端。对形式文论赞赏过多，客观批评不够。包括一些资深文评家都是只见肯定，如《谈艺录》对形式论宗"诚哉斯言"的赞赏。

极为重视文学本体的独特性是文论家巴赫金对 20 世纪文艺学的一个基本诉求，而这个诉求又是以承认意识形态的共同规律性为前

---

① ［苏联］巴赫金：《周边集》，河北教育出版社，1998 年，第 83 页。

提的。在这一个方面，巴赫金的论述同样闪耀着辩证法的光辉。他指出："当然，艺术、科学、道德、宗教的特殊性不应当排挤它们作为共同基础之上的、充满统一的社会经济规律性的上层建筑的意识形态的一致性。"①巴赫金郑重地强调这一问题同样具有明确的针对性。在早期的俄苏文论界，忽视意识形态领域的社会统一性和规律性的错误倾向与忽视文学自身特性的错误同时存在。前者的代表是实证主义语言学派和形式主义文论流派。诚然，不可否认，形式主义学派对文学自身的特征给予了前所未有的重视，然而，他们对文学生存的大环境却明显地忽视了。他们只专注构成作品的词汇、语言及诗句的结构，而不愿抬头观察城堡上飞扬的旗帜呈何种颜色，从而又走向了另一种理论误区。他们割裂了文学与它所赖以生存的社会生活的血肉联系，巴赫金对此给予了批判。他认为，文学固然有其独特的形式和结构，但是这种结构与自然界的原子分子结构绝非一回事，不分析作品的社会历史内涵就不可能完整透彻地理解作品。在他看来，"艺术以表现时代的意识形态视野共同的价值中心为目标，它不仅不因此而失去其独特性和特殊性，恰恰相反，这里能最充分地表现出特殊性。艺术上完成具有历史现实性的东西是一项最困难的任务。这一任务的解决是艺术的最大胜利"②。巴赫金在当时也是一个有创新精神的文论家，而他的观念和做法却在向人们表明，文艺学方法论的更新，对文学本质问题研究的深化绝不意味着要彻底抛弃社会历史批评。他认为，社会历史批评不是过时了，而是尚未科学化。深化和发展这个方法论是文论家今后长期的课题。巴赫金后来在文学研究中所取得的世人公认的成就证明了他方法论

---

① ［苏联］巴赫金：《文艺学中的形式主义方法》，李辉凡、张捷译，漓江出版社，1989年，第4页。

② 同上书，第212页。

的正确。什克洛夫斯基后来所做的自我批判和西方新历史主义对作品意义的回寻也显示了巴赫金方法论的意义。

巴赫金劝告文学史家要尽量避免把文学的生存环境视为绝对封闭世界的做法，主张在"意识形态环境"中研究文学。在巴赫金提出"意识形态环境"的前五年，即1925年，苏联另一位文艺学权威巴·萨库林提出了"文学环境"的概念。萨库林认为，为了深化文学研究应进一步探索文学是怎样生存的，有哪些力量在文学中起作用。因此，必须更切近文学生存的环境，那么究竟什么是"文学环境"呢？萨库林院士明确指出："围绕作家最近的那个环境就是'文学环境'。该环境既是一个折射所有其他因素的多棱镜，也是文学生活的独立因素。"① 萨库林对他的"文学环境"概念阐述得最多的是文学传统以及不同文学之间的相互影响。他还用一种同心圆的图形形象地阐明了"文学环境"与文学家、作家，文学流派，文化环境和社会经济环境的关系。在这个同心圆里，文学家和作家处于圆心位置，由内向外的四个同心圆依次为"文学流派""文学环境""文化环境"和"社会经济环境"，按照这个图形图示，文学与作家首先受到文学流派的影响，然后是受到文学环境的影响，再次才是被文化环境影响。然而，让文学理论界百思不得其解的却是，他所理解文学环境不知为什么与文学流派分道扬镳、背向而去；而且，更加缺少逻辑说服力量的是，萨库林所谓的"文化环境"竟然与文学家和作家隔了两层。萨库林的图解乍一看似乎比较切合创作实际，但把它与作品产生的实际情况相对照，就不难察其谬误了。众所周知，作家不是超人，他与常人一样，从童年到成年自始至终受到不同形式的意识形态的综合影响。因此，巴赫金认为，与其像萨库林

---

① ［苏联］萨库林：《语言学与文化学》，高等教育出版社，1990年，第107页。

这样刻意研究"文学环境"不如扩大视野广泛而深入地研究作家所处的"意识形态环境"。在他的眼里，社会的人处于意识形态现象、不同类型的范畴的物体—符号（实现的形式极为多样和不同的词语，有声的、书面的及其他科学见解、宗教信仰、艺术作品及其他等等）的环境之中，这一切的总和组成意识形态环境，一种从各个方面严实地包围着人的环境。[①]包括作家在内的所有人的意识就是在这种环境中形成和发展的。巴赫金从来不承认有专属文学的语言，他也不认为有纯而又纯的"文学环境"。他从更为深广的时空、更为复杂的过程来看待文学现象。他的"意识形态环境"概念要求文论家研究形式各异的意识形态与创作的联系及其影响作家的不同方式。对巴赫金而言，"意识形态"不是一成不变的，它总是处在生动的"辩证形成"之中。换言之，这是一个不断变化的复杂体系，其组成部分常常相互渗透，相互融合，因此，必须以综合的思维，结合不同的意识形态来研究文学现象。由此可见，巴赫金的文艺学方法论很早就呈现出一种多维综合的特征。

巴赫金的这种多侧面广视角的方法论随着他的学术探索的深入而不断得以深化。在他后期的许多论著中他越来越重视文学与全部文化的内在联系。他指出：文艺学首先应该确定与文化史的紧密联系。[②]必须将文学纳入文化的整体格局中加以研究。众所周知，苏联文化界"解冻"以后（从50年代中期开始）许多文论家又重新致力于文学自身的研究。这种向内转的学术思潮是对盛行多年的教条主义和极左观念的必然反拨，它对于苏联美学和文艺学的重建起了一

① ［苏联］巴赫金:《文艺学中的形式主义方法》，李辉凡、张捷译，漓江出版社，1989年，第17页。

② ［苏联］巴赫金:《答〈新世界〉编辑部问》，见《语言创作美学》，文化艺术出版社，1986年，第348页。

定的历史作用。然而，不少学者在研究文学的独特本质时，却又重新陷入狭窄封闭的方法论的困境中，费力不少，成果却不大。巴赫金总结这一时期的经验教训后说，应继承以维谢洛夫斯基为代表的俄国历史文化比较学派的传统，从更广泛的文化角度去解析文学。文学的特点固然要重视，但必须考虑到，文学不是孤立地产生的，它同意识形态的其他形式有着千丝万缕的联系。文学的特点往往表现在多方结合的"边界上"。文化的各种形态有其特征和界限，而它们之间的界限又不是绝对的。文化生活活跃在各种文化的边界上而不是在它们封闭于自身的特点中。①

文化互融的观念和开放的视野使文艺学的发展道路更加广阔。首先，它们彻底改变了过去封闭式的研究格局，将文学研究纳入整个文化研究的格局里，对文学的"理解"无疑是一种"解放"。研究者因此可以从更多样的角度、更丰富的层面去探索文学的本质、起源和作用。众所周知，个体的特征只有在与其他个体相比较时才能显示出来，而比较的范围越大，其特征就显露得越充分。其次，开放的研读方法对文学批评和文学欣赏也是一种解放。过去，对文学作品意义的理解仅仅归结为一种哲学思想。而将文学纳入大文化的背景中，批评家和一般读者就能够从作品中解读出无限丰富的意味，发现一个个五彩缤纷的艺术新大陆。

巴赫金一方面反对将文学置于一种封闭的系统中加以研究，另一方面他却又承认文学有其边界（尽管他认为这个边界不是绝对的）。既然文学有边界，那就自然地产生了文学的内部与文学的外部的分野。而区分这内外的界限（边界）究竟是什么呢？在巴赫金的论述中我们没有找到对此问题的具体答复。既然提出了"边界"问题，

① ［苏联］巴赫金：《答〈新世界〉编辑部问》，见《语言创作美学》，文化艺术出版社，1986年，第348—349页。

就势必诱导人们去寻找边界。不过，文论史上的经验教训表明，这种人为划界和寻找边界的努力，精神可嘉，成效颇差。美国文论家韦勒克就划分过文学的内部研究和外部研究。他将作品的思想意义，作家的创作个性以及作品与社会生活的关系统统划在了文学的外部。这种划分显然是与文学的实际情况相违背的。因为，作品的思想恰恰生存于它自身的结构中。韦勒克划分文学研究的内外界限本意是想深化文学自身的研究，结果却南辕北辙，其原因不能不追究到那条似是而非的界限和划分这个界限的想法上。20世纪60年代法国文论家罗歇·加罗第的《论无边的现实主义》一书出版后，在苏联文艺学界产生过一场旷日持久的关于现实主义问题的讨论，以苏奇科夫为代表的一些批评家不能容忍"现实主义无边界"的观点，硬要为它划定一条不可逾越的边界，然而，他们最终也未能划出那一条既理想又明晰的"边界"。倒是苏联文艺理论家德·马尔科夫关于社会主义现实主义的"开放体系"的观点成为文论界后期讨论的中心。可见，提出"边界"问题容易，而具体界定它则十分困难。有的观点认为，所谓"边界"就是不同意识形态共同接触的那个点或那些问题，如历史和文学都反映同一历史事件，在这个接触点上能表现它们各自的不同特点。但是，我们能够因此而认为被反映的事件就是这两种文化现象的"边界"吗？显然不能，主题的同一性并不构成意识形态各个种类的边界。从内容上去划定"边界"看来是不可能的，那么从形式上有无这个可能呢？别林斯基这样区别过文学与哲学，他指出，文学家以形象显示真理，而哲学家则以三段论证明真理。由此可见，它们表现真理的形式是不同的。"边界"在地理学上指的是地区与地区之间共同的界限，而"三段论"法却不是文学与哲学共同的形式，显而易见，形式也不能成为它们两者的界限，"边界"这个类比本身在形式上也失去了可能性。所以，笔者认为，为了避免走入概念的死胡同，或许放弃"边界""边缘"一类提法是走向深层而多方位比较的第一步，不要在寻找"边界"的徒劳中耽搁时间。

　　人文科学和自然科学是人类社会的两大知识领域，它们之间的差异为巴赫金的方法论探索提供了广阔的思维空间，他认为，自然科学的对象是无言的事物，即便是医学、生物学和生理学对象的人，也是被作为纯自然对象来看待的。科学家关注的是作为客体的人的自然属性。自然科学中只有一个主体，即客观事物的研究者。在研究者和被研究者的关系中前者是唯一的说话者。自然科学以理智观察事物并叙述事物。所以，自然科学是独白形式的知识。而人文科学研究的对象却是人的精神世界，是思考中的人或人的思考。因此，人文科学的客体实际上是一个个被认识的主体。它面对的是众多的"无声的说话人"。在巴赫金心中，对主体的认识只能是对话式的。所以，人文科学是对话式的知识类型。[①]由此可见，巴赫金在人文科学中突出了主体——人的因素，他发现的是不同个性对文化整体的构建作用，他揭示了人文学科形成和发展的基本特征。包括文学在内的整个人类精神文化领域就在不同主体之间的对话交流中逐步产生并不断延续下去。

　　经过上述比较后，巴赫金又进一步提出了人文科学研究的前提条件。他指出，文本是人文科学和人文思维唯一可以作为出发点的直接现实。他明确地说，哪里没有文本，哪里也就不可能有（人文）研究和思维的客体。这样，巴赫金又从文本的角度界定了人文科学的特点。易言之，文本是巴赫金人文学科研究的逻辑起点。基于这样的观念，巴赫金将文学理论视为这样一种文本：它是关于思想的思想，它是对体验的体验，它是关于词语的词语，总而言之，是关

　　① ［苏联］巴赫金：《论人文科学的方法论》，见《语言创作美学》，文化艺术出版社，1986 年，第 383 页。

于文本的文本。文学研究实际上是对作品（文学文本）的理解，"而理解在一定程度上总是具有对话的性质"。众所周知，从近代开始，西方哲学家就已经在反思人的意识与周围世界的关系。巴赫金深化了这一探索。他认为，要解决"自我世界"和"周围世界"这一本体论上的矛盾，沟通此岸与彼岸，唯一有效的办法就是"对话"。作品只有被纳入自己时代的对话情境中，作家的"陈述和表演"才能被周围的世界所理解。因此，在巴赫金那里产生了一个著名的定义：对话即艺术。而对这种艺术的理解，除了对话，别无他途，对话主义从而成为巴赫金文艺学方法论最显著的特征。它所包含的内容概括起来就是：人与人的对话和人与自我的对话。具体到文学研究，它们表现为研究者与作者及作品中诸多"说话者"的不同层次的对话，揭示作品中诸多主体之间乃至主体内部的对话关系。当然，研究者还面对着更大的"对话者群"，即作品诞生以后的永无止境的阅读者。所以，巴赫金告诉人们，对文本的每一种理解不过是这个无限对话锁链上的一个环节。这种理解永远具有未完成性质。他援引马克思的观点论证了对话的"未完成性"。马克思认为："语言是一种实践的，既为别人存在并仅仅因此也为我自己存在的、现实的意识。"[①]巴赫金根据这一思想阐述了他对这个"别人"的理解：这个"别人"（即倾听词汇的那个人）不仅是最切近表达者的那一个。换言之，思想一旦由词汇表达出来，就必然会有越来越多的倾听者，而"可听性"本身已经是一种对话关系。词汇希望成为可听的、可理解的、应答的并再次成为对提问的回答，直至无穷。于是，词汇进入了一种无限的对话之中。

巴赫金对话式的研究方法与以往那种单向式的研究方法相比，

---

① 马克思：《德意志意识形态》，见《马克思恩格斯全集》（第三卷），人民出版社，1965 年，第 34 页。

确实具有很大的优势。首先，它要求尊重对话者（异者）的思想观点，即注意倾听不同于自己的另一种声音，把自己看作是一个平等对话的参加者，而不是唯我独尊的仲裁者。另一方面，尊重异者的观点，却不能被他牵着鼻子走，而应该做出自己的回答。这不禁令人记起他对文化的那个精辟的阐释："文化的主要任务就是教会你尊重他人的思想，并同时保留自己的思想。"[①] 由此可见，巴赫金的对话主义提倡的是一种健康的文化品格。他的方法论深含着一种平等的民主的文化意识。

其次，对话式的研究要求研究者具有一种积极的参与精神和主动精神。研究者应该善于发现文本中各种潜在的对话者。在这样的研究中，经过不断地与各个异者的对话从而提出愈来愈新的见解。所以，我们说，对话主义是一种建设性的思维方式，它对于新世纪的文化建设是十分有益的，它有助于避免思维的僵化。

再次，对话式的研究方法凭借它的"未完成性"可以将人们引向更广阔的文化天地。单向式的研究方法往往使研究者的眼光仅仅局限在狭窄封闭的文本中。而在对话式的研究中，文本不是研究思路的终点，它其实是使对话得以进行的桥梁，通过作品（文本）研究者进入了一个无限广博的思维空间，通过对话又可以引出许许多多的文化问题。从这个意义上讲，文本对于对话主义而言永远是思维活动的起点。

巴赫金的对话主义注重"理解"的多样性，这对于解放思想和开阔思路无疑具有积极意义。然而，也应该看到巴赫金过分偏重主体认识的差异性、多样性和无限性。尽管他也论述过理解中的一致性，然而这种一致性主要是从主体之间的关系来论述的。至于这种"一

---

① 转引自［俄］阿尔诺里德：《互涉文本问题》，见《圣彼得堡大学学报》，1992年，第4期。

致"或"差异"的主体认识在多大程度上受文本客体的制约，似乎不在他的论述重点范围内。但是，笔者认为，既然文本是一个客观存在，它也就必然蕴含着某些不以人的主观意志而改变的恒定的东西。对它们的阐释方式可以千差万别，而相对主义却是不可取的。这是在运用对话式方法时应当特别注意的。批评家或读者在理解文本时固然有其主观能动性，也应该充分发挥这一能动性。但主观能动性并不等于主观随意性。尊重客观事实是发挥主体性的必要前提。即便是解构主义者能够指出伟大的文学作品早先业已自我实施的解构活动，他们也还必须凭借作家的不可或缺的帮助。所以，笔者认为，无论运用何种新方法，主体与客体相统一的原则是不应忘记的。

三、时间空间（时空集）的文化意涵

作为叙事理论的重要研究课题，巴赫金还特别研究了"旅途"或"道路"这种"时空集"在叙事文学中的意义。普希金之后的俄国文学界盟主著名作家尼古拉·果戈理曾对"旅途"作过这样的赞美："旅途"这两个字，包含着多么奇异、动人和美妙诱人的意义啊，而这个旅途本身，又是多么美妙啊！"旅途"有它奇妙的一面，同时，也有它艰辛的一面。中国有句俗语："居家千日好，出门时时难。"它说明人们上路外出可能会遇到许许多多在家中意料不到的困难。"旅途"所固有的这两方面的特点因而常常被文学家利用来设计情节和建构故事。俄国形式学派文艺学家维·什克洛夫斯基在《短篇小说和长篇小说的结构》一文中概括了自古希腊罗马时代以来的两种基本的叙事手法。这就是"框架式"（如《一千零一夜》）和"穿线式"（如《奥德赛》）。他认为，用"穿线式"布局手法更为普遍，一个故事正是借助"穿线"的方式把另一个故事的动机归并进去。在什克洛夫斯基看来，"穿线"布局的方式又可以划为不同的类型，

而在这些形式各异的类型中"旅行"则是最主要的一种。由于"旅途"本身的特点，很早以前，它就已经成为最常见的穿线理由，特别是外出寻求出路的旅行。[①] 的确，从古老的史诗《奥德赛》中我们就已经看到"旅行"自然而然地展现了主人公的命运和那个时代的各种奇特传说。荷马史诗以后的许多文学名著的基本叙事结构就是"旅行"，诸如《小赖子》《格列佛游记》《堂吉诃德》《威廉·迈斯特的游历时代》和《海底两万里》等等。这样主人公们旅行所赖以进行的"道路"或"旅途"首先获得了叙事的功能，在叙事类的文学中占有相当重要的位置。随着文学艺术和文学理论的进一步发展，文论家们发现，"道路"或"旅途"在文学中的意义已远远超出了单纯的"穿线"布局范围。它获得了更为丰富的价值内涵。因此，深入探究"道路"在文学中的意义是一项很有价值的课题。

诚然，对于"道路"功能意义的深入开掘依然是从现代叙事学领域起步的。20世纪的文学理论家们在叙事结构的研究中有着更广阔的视野和独特的视角。苏联文论家米哈伊尔·巴赫金对文学中"道路"的研究可谓独树一帜。这位叙事学研究大师从时空关系（хронол）（有的译为"时空结构"，有的译为"时空集"）的角度对"道路"进行了多层面多维度的阐释。他在《时空的形式和长篇小说中的时空关系》这篇专论中将"道路""城堡""沙龙""门槛"和"庄园"并列为长篇小说的主要时空关系模式。巴赫金考察了自古希腊罗马时期以来的欧洲小说后，得出了这样的结论：小说中的时空关系有不同的规模，而"道路"却是它们当中最常见、最重要的一种，道路的时空关系具有更广泛的规模。联系上面提到的什克洛夫斯基的论述，我们不难发现，无论是从叙事手段，还是从时空关系来看，

①《俄苏形式主义文论选》，[法]托多罗夫编，蔡鸿滨译，中国社会科学出版社，1989年，第167页。

"道路"在文学中起着重要的作用。纵观古今中外的文学创作，"旅途"或"道路"这一时空关系的涵盖面确实十分巨大，除了那些以"旅行"为基本叙事框架的作品之外，还有大量的作品在不同的程度上包含着"道路"这种时空关系。因此，巴赫金"道路"放在各类时空关系之首符合文学创作实际。

与其他文学理论家不同，巴赫金这样重视"道路"这一时空关系，是因为他在"道路"中发现了它所蕴含的最普遍的社会性，换言之，"道路"具有其他时空关系所缺乏的广阔的社会意义。对于社会中的人来说，旅行是最常见的生活现象，也是人人都必然要参与的行动，因此，"道路"即人们旅行的运动空间就包容着大千社会的各色人物。它对于社会各阶层的人，既是开放的，又是平等的，真可谓凡人皆可上路。复杂的社会、芸芸众生，他们社会地位不同，职业各异，个性和品格更是千差万别，作家怎样才能使他们在作品里发生合理碰撞和交往呢？从绵延数千年的文学创作中，我们不难发现，让各色人物"上路"是解决这一问题的最佳办法之一。"旅行"成为人们接触社会、了解人生的一条重要途径，同时也构成各类人物不期而遇的合理机缘。于是，在文学的"道路"上发生着形形色色、千奇百怪的"相遇"情境：大难不死又必继王位的俄狄甫斯在回归故国的路上遇到了从未谋面的父王；蒙冤落难的禁军教头林冲在野猪林里巧遇疾恶如仇仗义助人的鲁提辖；皇家的军官格利涅夫在赴任途中遇见了后来的俄国农民起义领袖普加乔夫；道貌岸然的法国政客居然与心地善良的风尘女子羊脂球挤在了同一个颠簸的车厢里；以普度众生为己任的乡绅骑士堂吉诃德也是在"道路"遇见并见识了整个西班牙。"旅途"或"道路"与社会中那些固定的空间如工厂、农场、学堂及军营相比起来，的确具有无可比拟的"开放度"和"包容度"。做工者很少到农田，农夫也难得进车间，知识分子未必都能像《战争与和平》的主人公皮埃尔·别祖霍夫那样有意识地去领略炮火连天的战场。当然，不同类型的人物也可能在一个固定的空间里相遇（"车站""驿站"虽为固定空间，但它们实际是"道路"的中继形式），而各色人物一旦"上路"，他们之间的碰撞和交往却能获得更充足的生活理由，得到生活逻辑的更有力的支持。

在巴赫金看来，"道路"除了具有广阔的社会包容性外，还具有"平等"的特点。这大概也是像"庄园""沙龙""客厅"等时空关系所欠缺的。平等的特点也成为"道路"在文学叙事中被广泛利用的一个主要因素。一般说来，衣衫褴褛的流浪者进不了富丽典雅的贵族沙龙，腰缠万贯的富翁大亨也绝不会涉足恶臭熏天的贫民窟，而"道路"却是人人可以拥有的空间。因此，唐朝的达官贵人只有在路上才会遇见"路有冻死骨"。巴赫金这样重视"道路"和"旅途"的时空叙事意义，归根到底是与他一向追求平等的人际关系、主张平等对话和交流的人文思想紧密相连的。在"道路"这个时空关系中，高贵与卑贱的社会界限容易被打破，等级差别的人际鸿沟也易于被填平，不同类型和地位的人们之间的对话、交流甚至融合都势在必行。在前往西天取经的途中，唐僧临危遇险生命不保，他才不得不放下架子听从徒弟孙悟空的主意。此时此地，人物之间的等级关系被相互依存的平等关系所取代。巴赫金指出，由于空间的特殊性，在"道路上"可能发生各种各样的对照，各种命运可能在这里相碰和交织，在这里各色人物的命运和生活的时空序列奇妙地融合在一起，并变得具体和复杂化。[①]而人物的社会差距越大，叙事的情节就变得更为复杂和微妙。在《上尉的女儿》这篇小说中，贵族青年军官由于同起义首领普加乔夫偶然的结识，从而使两颗迥然不同的心灵碰在一

---

① ［苏联］巴赫金：《文学和美学问题》，苏联艺术文学出版社，1975 年，第 391 页。

起，使两种不同的情感交织在一起。经过交流，两方都获得了关于对方前所未有的印象，普加乔夫认识了格利涅夫这个贵族青年的善良，而格利涅夫也看到了农民英雄的纯朴和坚韧品格。这段偶然而奇妙的相遇又使格利涅夫的个人生活充满戏剧性的变化。由此可见，巴赫金不仅发现了"道路"的普遍社会性，而且更强调了它对于促进社会交流的作用和可能性。

从巴赫金和什克洛夫斯基对"道路"所做的不同阐释中我们可以看到两者之间的差异。形式主义者只注重文学创作的内在形式，因此，他们把"道路"或"旅途"仅仅看作是叙事结构的手法之一。也就是说，"道路"仅仅具有纯形式的或纯技巧的性质。他们之所以刻意研究"道路"，是因为它是诸种叙事功能最活跃的一种，巴赫金则不同，他从自己的文学研究之初就主张建立一种新型的社会学诗学。他认为文艺学研究真正应当避免的，是把文学的环境变为绝对封闭的、独立自在的世界。因为，每一种文学现象（如同任何意识形态现象一样）同时既是从外部也是从内部被决定的，从内部由文学本身所决定，从外部由社会生活的其他领域所决定①。所以，对文学的任何因素不能从纯形式的观点去看待它和阐释它，从这样的观念出发，巴赫金既看到了"道路"对文学叙事的结构功能，也发现了"道路"所蕴含的社会意义。这正是巴赫金高于形式学派文论研究家之所在。

诚然，巴赫金在分析"道路"在文学中的意义的时候，也继承了前人的某些成果。他指出，"道路"对于描绘被偶然性支配的事件特别有利，由此，长篇小说中"道路"的情节作用就显而易见了。"道路"的这一功能是由实际生活中旅途的不稳定状态和不可测性所决定的。漫长的旅途上多变的自然环境和复杂的社会环境为文学

① ［苏联］巴赫金：《文艺学中的形式主义方法》，漓江出版社，李辉凡、张捷译，1989 年版，第 38 页。

家创作曲折生动的故事提供了生活逻辑的依据。常言说，无巧不成书。"巧"即事件的偶然性。作品中常常出现各种巧遇，而这种巧遇发生在"道路"或"旅途"上通常更有生活逻辑性，易于被读者接受。让贵族军官格利涅夫在赴要塞任职的途中与普加乔夫相遇显然比他们在"庄园"或其他场所相遇更合理。"道路"或"旅途"中的偶然性给作家的创作提供了极大的自由。偶然性或突然事件常常是作者用以吸引读者的法宝。契诃夫说得好：小说中总是出现"突然"，而作者总是对的。

与"偶然性"和"突发性"相关联，"道路"或"旅途"这类时空关系，又通常具有"未完成性"，即"道路"上所发生的一切事件或多或少具有未完成的性质，它们特别表现在巴赫金所概括的"相遇"这一具体的时空关系中。比如我们在中国古典传奇故事中常常可以读到这样一些情节：突然，英雄在道路上遇见落难的淑女，于是引出一段海誓山盟的生死恋；或者，突然称雄一方的武林高手在云游途中偶遇未曾交锋的劲敌，于是展开了一场旷日持久的大搏斗。的确，在传统的叙事作品中，此类情景是屡见不鲜的，主人公们不期而遇，短暂的碰撞和交往之后，他们常常会留下这样一句话：咱们后会有期。此类套话的话语逻辑来自于"相遇"的未完成性。因而，"相遇"中所发生的事件往往有利于作者为故事情节的进一步发展埋下伏笔。正是因为有了"相遇"的未完成性，作者才有可能在后来的叙事中再次启用先前的情节开展故事。而"相遇"的未完成性对于作者来说又是非常宽容的。作者可以利用"相遇"深化他的构思，丰富作品的情节，也可以在后来的写作中弃之不用，对于作者具有灵活的一面。因为，"相遇"毕竟是偶然的，相遇的双方有可能再次相遇，也有可能从此永不谋面。《上尉的女儿》中的格利涅夫与普加乔夫的经历属于前一类情况，而《围城》里方鸿渐与鲍小姐的纠葛则属于后一种。"相遇"的未完成性因而是作品构思含蓄的一组成因素，它给读者留下了广阔的联想空间。

"道路"这种时空关系除了"相遇"这种表现形式之外，还有"出走""上路"等具体形式。它们是同一大时空关系系统中的小系统。在中外文学史上，有许多作品都用"上路"或"出走"来结束叙事。在托尔斯泰的《复活》中，聂赫留朵夫自愿跟随被他伤害的玛丝洛娃走向荒凉的西伯利亚。聂赫留朵夫的"上路"寓示着一种良知的复活和灵魂的更新过程的开始。《红楼梦》中贾宝玉从大观园中出走彰显了他对世俗生活的完全否定。文学作品中人物无论是积极地"上路"，还是消极地"出走"，都意味着开启了新的生活道路，因而，这些时空关系仍具有巴赫金所看重的"未完成的"性质。文艺作者在对主人公生活做出阶段性评价（即作者在作品结尾处对主人公行动的描写）时仍给读者留下了一个巨大的思维空间，读者因此就有可能对主人公的命运进行更深刻的思考。笔者认为，这也是"道路"这一时空关系在叙事文学创作中的优势所在。

另外，道路或旅途式的时空关系的重要功能意义还在于它是主人公改变命运和转变思想的契机。主人公踏上征程后，往往可能遇到前所未有的机遇，从此改变了自身的命运，在旅途上，他与不同人物和不同观念碰撞交流有可能促使他改变原有的生活观念。漫游西班牙的经历和道路上的种种磨难终于使堂吉诃德改变了他对骑士精神的迷恋，"忧郁症"患者叶甫盖尼·奥涅金的思想感情剧变也发生在他的欧洲游历之后。与"城堡""庄园"和"沙龙"等时空关系相比较，"道路"则显得充满活力和生机。

巴赫金认为，许多小说中，主人公经历的"异域"实质上是"道路"这种时空关系的另一种表现形式，"异域世界"具有类似道路的性质。① 例如，普希金的叙事诗《茨冈人》《高加索的俘虏》就有这样的特点。俄罗斯贵族青年在异域世界里同异族少女相遇了。特殊的生活环境和物质条件消除了主人公彼此在文化和社会等级上的差异，达到了暂时的理解沟通，所谓"异域"，其实就是主人公生活历程的一个特殊段落，独特的阶段。作家利用"异域"既可以描写偶然的或奇特的事件，又可以借此展示一种完全不同的地域风情。读者在普希金的这些传奇诗篇中可以尽情领略茨冈人和切尔克斯人的浪漫情怀和豪放品格。由此可见，"异域"对于展示不同地区和民族的文化有重要的叙事抒情功能作用。

巴赫金认为，时空关系在艺术作品中对实际现实的关系决定着文学作品的艺术统一。因此，作品里的时空关系总是包含某种价值的成分。② 道路或旅途在改变主人公命运的同时，它们自身在整个文学中也获得了巨大的象征意义。换句话说，道路在作品里不仅仅是主人公活动的背景，而且它本身也具有"超越结构的意义"。作家在描写"旅途"的过程中，经常将写实和寓意有机地融合在一起，这样，"道路"随着情节的发展常常在天不知神不觉地替换成了道路的隐喻。生活之道路幻化成灵魂的历程。"道路"从而获得了各种各样的多层面的借喻意义。

纵观中外的文学创作，旅途和道路最常见和最主要的象征意义是人生的奋争和对理想的求索。文艺作品中那些胸怀大志和意志坚强的主人公为改变自身命运，改变不合理的社会状况，通常就打破旧的生活锁链，决然踏上一条虽然艰辛但充满期待的道路。勃朗特的简·爱是这样，易卜生的娜拉也是这样。"上路"就意味着摆脱

---

① ［苏联］巴赫金：《文学和美学问题》，苏联艺术文学出版社，1975 年，第 391 页。

② 同上书，第 392 页。

原有的存在方式，意味着战胜困难和超越自我，超越从前，"路漫漫其修远兮，吾将上下而求索"。唐僧悟空师徒一行穿越万岭千峰上西天取经，他们沿途斗魔战妖的苦辛之旅暗喻着探索真理和获取真经是一个充满斗志和考验的历程。拉伯雷的庞大固埃斩浪劈波，远涉重洋找寻神瓶的旅行也一样艺术地象征着人类渴望文明、探究真理的历程。文艺创作是社会生活的反映。新文化运动先驱鲁迅先生当年便是抱着"走异路、逃异境"的希望走向复杂的社会与人生的。英国浪漫派大诗人拜伦也有这样的希冀："这是我命运的转折，再出海去！"海洋的博大和富于神秘的引力本身就蕴含着命运的转折和契机。生活与艺术的这种光与影的对应关系就决定了"道路"在文学创作中必然获得结构与象征的双重价值。

当作家意识到"道路"这一时空关系的特性时，他对它的描写通常具有写实和隐喻两方面意义。优秀的作品中写实和隐喻总是水乳交融在一起的。例如，果戈理的《死魂灵》中出现了这样一个迷离情景：投机者乞乞科夫乘坐俄罗斯常用的三套车在广阔的乡野大路上飞奔，它似乎有着明确的目的地，又似乎没有这样的目标，"大路以难以察觉的坡度直线下降"，三套车跑得越来越快，充分显示出它特有的力量和速度的美。果戈理和主人公一起迷醉在这飞奔的莫名狂喜中。随着马蹄的疾驰和车轮的飞转自然而然地引发了这位现实主义大师对俄罗斯命运的深情关注和疑惑。果戈理从大路的广阔和三套车神奇的狂野的魅力中隐约地感悟到俄罗斯民族内在蕴藏的无限巨大的潜力，同时也为它没有一个明确的方向而感到惶惑，忧心忡忡。三套车以充沛的爆发力在俄罗斯大路上狂奔，而"大路"却在下降，突出了俄罗斯在路上的象征主题。读罢《死魂灵》，再细细品味果戈理这一段精彩的抒情插笔，便不难体会到，主人公乞乞科夫独特的发财梦不正是处在分崩离析摇摇欲坠前夜的帝俄社会状况的一个形象缩影吗？这样，乞乞科夫的旅程很自然地转化为俄罗斯社会的"旅程"：沙俄农奴制已经腐烂透顶，行将崩溃，沙俄帝国的势力江河日下已到了灭亡的边缘。而俄罗斯新兴的中产阶级却开启了自己的历史行程，他们乘上了飞驰的三套车飞在新旧秩序的转换中，在机遇和挑战中显示自己的力量。这种力量来势如此凶猛，以至于让当时整个俄国社会不知所措。在乞乞科夫的"旅途"中包含了多么丰富和深刻的社会内容。果戈理巧妙地用最具有俄罗斯民族特色的三套车将主人公之路与俄国社会历史之路融为一体，果戈理如此构思，真是绝妙至极。

由此可见，"道路"在文学叙事中的意义十分重要，而从上述的分析看，它对于文学中抒情也有独特的价值。王国维说，"一切景语皆情语"就是这个意思。比如，文学中常常遇见的"途中之情"就有它自己的特点。"道路"或旅途是一个变化着的空间，这种时空关系的本质属性是运动。途中的变幻易于引起心灵的激荡，因此，途中情通常带有动感的特征。三套车在俄罗斯原野上飞快奔驰，由此产生的主人公情感也自然带上那飞奔的速度。心灵在向前突进，在广袤的空间里驰骋。作者的思绪和情愫由现实飞向了未来。这就是果戈理笔下的"途中情"。旅途抒怀的动感特征更鲜明地体现在表现喜悦之情的那些诗篇当中。"朝辞白帝彩云间，千里江陵一日还。两岸猿声啼不住，轻舟已过万重山。"李白笔下的"途中情"像轻舟飞腾一般，如急风过耳；"即从巴峡穿巫峡，便下襄阳向洛阳。"杜甫诗里的"途中情"同样是气势磅礴，一泻千里；苏东坡的"奔腾过佛脚"也是一样，苏轼的途中放歌同样是一曲优美的运动时空的旋律。

最后一点，"道路"或"旅途"的这种时空关系还可以加强"途中情感"的力度。唐代大家宋之问有一首《渡汉江》，其中"近乡情更迫，不敢问来人"两句诗正体现了增强文艺作品情感力度的这个功能特色。在诗人回归故里的途中，随着空间的位移，离家越近思念故乡亲人的情感越加浓厚，因"近乡"而"情更迫"，"旅途"在抒情中的作用在这一句中表现十分突出。同样，在普希金《冬天的道路》中也是由于远离故土的旅行而加深了诗人的离愁别绪："迎来的是路，送走的还是路。"这类似于李白的"何处是归程，长亭更短亭"。或许，"道路"在文学中的作用和意义远不止上述的梳理，深化这个文学时空主题的研究本身就是一条没有止境的漫长学术长路。

巴赫金的叙事文论研究能够超越形式学派，具有这样多的丰富的社会生活和人生意义，而形式学派"永远不可能成为文学史和整个艺术史的依据"[1]，也不可能成为经典文论的全部依据，正在于巴赫金懂得文化文本来自生活这本大书，他懂得俄罗斯文艺学十分珍视的历史主义精神。

巴赫金的方法论博大复杂，全面而系统地把握它的要义，则需要研究者与他进行更深入持久的"对话"。

利哈乔夫的文艺思想与人文伦理

德米特里·利哈乔夫是 20 世纪俄罗斯文学史和文化史研究界的大学者。他的《古俄罗斯文学诗学》为俄罗斯文学研究的经典巨著，其人文视野十分宽广。尽管，利哈乔夫并不是专业意义上的文论家，但是他在俄罗斯古典文学研究和现代俄罗斯文化问题研究中也涉及了相当多的人文理论问题，比如知识分子的人文伦理问题，"文化性"概念的提出、对形式主义的批判、对现实主义理念的反思方面都有

---

① ［苏联］巴赫金：《周边集》，河北教育出版社，1998 年，第 13 页。

独特而卓越的见解。他把"知识分子性"理解为一种人应该具备的理想的人文伦理状态。他所理解的"文化性",就是人与自然和谐相处,互伴共生的一种大的人文伦理秩序。与学术视野相对狭隘且带形而上学偏激的形式文论者不同,他是以一个资深的文学史家,从更加"长远的时间"来看待文学的本质特征问题的。他认为,19世纪中期和下半叶,历史科学在俄罗斯的发展与现实主义的吻合不是偶然的,现实主义是与"历史感悟性"紧密相连的,与对世界的变化性的意识,自然而然也与对审美原则的意识变化紧密相连。利哈乔夫既坚守俄罗斯人文学科的优秀传统,同时又不失与时俱进的创新精神。他能够把历史主义的学科传统和现代人文学科的前沿观念有机融合在一起,以史论与文论兼容的方法推进文艺思想研究的发展。

德米特里·利哈乔夫院士(1906—1999),俄罗斯文学史家、文艺学家、版本学家、俄罗斯古文化学家,是苏联科学院(即俄罗斯联邦科学院)著名院士之一。他的著作早在20世纪50年代就被译介到中国文论界,那时主要是一些关于世界文学史中现实主义问题的论述。20世纪80年代他关于苏联马克思主义文论大家乔·弗里德杰尔文艺思想的评价也在文论界引起过广泛注意。他是20世纪以来每一位从事俄罗斯文学史和文化史问题研究的学者都必须面对的一位大学者。他的《古俄罗斯文学诗学》(1967年初版)五十多年来四次修订再版,是俄罗斯文学史学者的必读学术经典。作为一个人文研究大家,他的学术视野极为宽广。

一、知识分子性与人文伦理

在俄罗斯近代人文思想贡献中,"知识分子"(интеллигент)概念的提出是比较显著的。俄罗斯文学史和文化史公认,作家拉吉舍夫,18世纪末第一个贵族革命知识分子,是俄罗斯近代进步知识分子的最早代表。他的名著《从彼得堡到莫斯科旅行记》，第一次从贵族知识分子的角度审视了沙俄农奴制对俄罗斯社会正义的戕害，表达了贵族进步知识分子对广大受压迫农奴的同情，体现了先进知识分子的良心。在他的感召下，普希金、十二月党人、赫尔岑、别林斯基、车尔尼雪夫斯基、托尔斯泰、契诃夫及高尔基等续写了俄罗斯知识分子艰辛而辉煌的华章。尽管在 19 世纪和 20 世纪的俄罗斯人文著作中，"知识分子"这个术语与称谓已经广泛使用，但时至 20 世纪末，究竟什么是知识分子，怎样的人格才能配得上知识分子的称谓，在俄罗斯人文界观点不尽一致。利哈乔夫院士作为人文科学界的名宿与泰斗，对俄罗斯人文界的这个重要理论问题也极为关注，希望从他的研究领域和人文及人生积累出发，对此问题做出更加严谨而严肃的回答。利哈乔夫在《知识分子性》和《论俄罗斯知识分子》（或译《论俄罗斯知识界》）等随笔文章中专门探究了知识分子的人文伦理问题。他指出，知识分子"这首先是俄罗斯的概念"。① 他回忆道："我经历了许多历史事件，看惯了太多令人惊奇的现象，因而能够谈论俄罗斯知识分子，无须对它提供准确的定义，而仅仅沉思它最优秀的代表。在我看来，可以划分知识分子的种类。在某些外国语言和词典中'知识分子'一词通常不是按本身的意义翻译，而是与形容词'俄罗斯'一起翻译。"② 由此可以看出，利哈乔夫对待人文理论问题的所特有的一贯的专业习惯特点。他是从具体的文史过程看理论问题，从具体地理文化空间来界说"知识分子"这个称谓的内涵，他知晓，知识分子的人文缘起要与具体的民族历史进程相关联。

在此基础上利哈乔夫进而阐释了"知识分子性"概念问题。他认为，知识分子这绝不仅仅是一个专业人群的称谓。"有关知识

①② ［俄］利哈乔夫:《解读俄罗斯》，吴晓都等译，北京大学出版社，2003 年，第 486 页。

分子本性道德基础的问题是如此重要，以至于我想再谈谈这个问题。……首先，我想说，学者并不总是知识分子（当然是高级意义上的）。当他们过于封闭于自己的专业，忘记了自己是谁并且怎样利用他们的成果的时候，他们就不是知识分子。"[1]所以，在利哈乔夫的心目中，关于知识分子的问题首先是与人文伦理紧密相关的。"知识分子性不仅在于知识里，而在于理解他人的能力之中，它表现在千百件琐碎的事情中：善于尊重地与人争论，在用餐时举止文明，善于默默地帮助他人（正是默默地），爱护大自然，保持自身环境卫生，不以粗话和恶劣思想污染环境"。

纵观利哈乔夫对知识分子性的细致入微的理解与详说，很显然，他重视的应该是对称得上知识分子这类人的人文伦理的评价标准问题。而对于从19世纪走过来的俄罗斯知识分子而言，它更是与有知识受教养者悲天悯人的良心连在一起的。"人应该做一个有知识分子性的人。"利哈乔夫如是说。他把"知识分子性"理解为一种人应该具备的理想人文伦理状态。

利哈乔夫特别区分"教养性"和"知识分子性"两者的概念，批驳这样一种偏见："许多人认为，一个读书很多，获得良好教育（甚至主要是人文教育），见识很广，通晓多种语言的人就是知识分子。"对此，他不以为然，"不能把教养性与知识分子性混淆起来。教养性以来旧知识生存，而知识分子性创造新事物并且把旧事物作为新事物加以理解"。利哈乔夫把"知识分子性"理解为一种"善待世界和人们的能力"，是对世界和人们忍耐的态度。显而易见，利哈乔夫把知识分子与有专业知识的"知道"分子做了严格的区别。因为，有知识并不意味着有人文情怀。他认为，对他者的尊重，甚至忍耐

① ［俄］利哈乔夫：《解读俄罗斯》，吴晓都等译，北京大学出版社，2003年，第71页。

才是知识分子应有的人文素质。"礼貌和善良不仅使人变得生理上健康，而且也美丽。"① 这里我们不难看出车尔尼雪夫斯基和契诃夫这些作家的人本主义理想观念对利哈乔夫人文伦理观念的深刻影响。

知识分子性与精神自由的关系是这位学者着力关注的研究重点。"知识分子性的基本原则就是智性自由。这是其自由的舵手，他关心自由如何不会变成肆意妄为，而在迷惘的生活状况中，特别是在现代生活中给人指出一条真正的道路。"② 作为接受苏联文化环境熏陶的学者，利哈乔夫关于"自由不是肆意妄为"这种人文理念，十分接近恩格斯关于自由是对必然王国认识的观念。

利哈乔夫真诚地追问："什么是人的智性、文化性？是知识、博学、知识渊博吗？不是！将人从其所有的知识中解脱出来吧，让他失去记忆吧，但是如果他在这种情形下还保留了理解其他文化的人们，理解艺术作品广阔的和多种多样的范围、理解他人的广阔范围的能力，如果他还保留'理性的社会性'的技能、保留其欣赏智力生活的能力，那么这将是一个智性的和有教养的人。"③ 说到底，在利哈乔夫的人文词典中"知识分子性"的核心是人的真善美与人文智力的完美结合。

现代以来，中东欧成为欧洲乃至世界新文论思想的策源地，特别是俄罗斯在文学研究的科学化路径上成就斐然。俄国形式学派文论新观念的创立与方法的探索就是这个方面的典型。众所周知，雅各布森的"文学性"概念掀开了文学本质特征的文论核心追问。半

---

① ［俄］利哈乔夫：《利哈乔夫文选：关于生活历史文化的思绪》，俄罗斯文化基金会，2006年，第63页。

② 同上书，第64页。

③ ［俄］利哈乔夫：《解读俄罗斯》，吴晓都等译，北京大学出版社，2003年，第320页。

个多世纪后，还是俄罗斯文学研究界又提出了一个新颖的文化问题核心追问。这就是利哈乔夫提出了"文化性"问题。在他看来，文化性不仅属于人类，而且也属于大自然。这同样是一个独特的有关人文伦理的核心概念。值得注意的是，利哈乔夫的这个概念是从对大自然生态的观察发现中提出来的，它超越了一般意义上的人文知识范畴而扩展至天人合一的生态理性。

利哈乔夫的人文理念不仅是在书房、研究室及教研室里提出来的，也是在对周围人文与自然环境的考察与探究中摸索出来的。"文化性"概念的某些重要内涵的生成，正是他长期在列宁格勒郊外长期观察植物生长规律的结果。在《俄罗斯人的大自然》一文中指出"大自然有自己的文化，混乱不是正常的大自然的状态"，"大自然有自己的'社会性'。它的'社会性'体现在它可以与人一起生存，与人为邻，如果人自身也成了社会的和有教养的，保护它，不给它造成不可挽回的损害，不把森林砍光，不使河流干涸……"①。他得出结论，大自然的"文化性"就是生物总体的社会性。这种人文观念表明，他所理解的"文化性"是一种关联人生、社会与自然的现代大文化概念。其实，就是期望人与自然和谐相处，互伴共生的一种大人文伦理秩序。利哈乔夫的这些人文理念其实与东方的"天人合一"的人文生态理念已经极其相似了。东西方人文伦理如此近似相通，真所谓"东海西海，心理攸同"（钱锺书语）。

二、现实的艺术与现实主义艺术

俄罗斯文学界素以现实主义文学创作为重，19世纪以来的批判现实主义经典作品给俄罗斯文学研究者留下了深刻的印记，这种深

---

① ［俄］利哈乔夫:《解读俄罗斯》，吴晓都等译，北京大学出版社，2003年，第381页。

广的创作方法的传统印记也影响到俄罗斯文学研究界的各个领域。无论是文艺理论研究，还是文学史研究，都贯穿一条现实主义的红线。因此，现实主义文化传统对利哈乔夫的文学观念的影响也是如此。在利哈乔夫院士的心目中，俄罗斯文学的现实主义几乎就是俄罗斯传统优秀文学的代名词。出于专业的习惯，他对现实主义创作方法的研究是与对俄罗斯古典文学研究紧密结合在一起的。

　　1957年利哈乔夫在苏联著名文艺理论刊物《文学问题》上发表了《俄罗斯现实主义的起源》[①]。这是他与某些把现实主义僵化的庸俗社会学观点论战的学术论文。他肯定19世纪以来现实主义在俄罗斯文学中的主导地位，但不赞成把现实主义创作方法定于一尊的那种绝对膜拜的做法。他从文学史考据角度澄清了许多问题。难能可贵的是，他在当时区分了"现实的艺术"与"现实主义的艺术"，以力求避免把文学史上复杂多样的文学都定义为单一的现实主义创作方法的产物。他指出："在11世纪至17世纪的俄罗斯文学里，描写现实的艺术方法绝不是现实主义的。作为描写现实的特殊艺术方法的现实主义，在俄罗斯文学中，至19世纪才告确立；但是，关于它的历史渊源问题，如果不征引俄罗斯文学自其产生以来的全部材料，是无法获得解决的。"[②] 利哈乔夫的注重文学史实的阐释，鲜明地体现俄罗斯学者向来敬重和经常坚持的历史主义的态度，彰显了他运用实证主义学术研究方法论有利的一面。文论的问题解决也离不开文学史的史实的支持，不可能凭空虚构问题，更不能虚构结论。

　　利哈乔夫具体指出："在11世纪至13世纪，人的描写完全服从于这种对世界的态度。"[③]现实主义在俄罗斯文学中占据主导地位只能是一个渐进的过程。《伊戈尔远征记》《拔都侵袭里亚桑的故事》

---

　　①②③ 转引自《世界文学中的现实主义问题》，人民文学出版社，1958年，第150页。

《俄罗斯国土沦亡记》《达尼尔·扎托契尼克的呼吁》以及其他作品，明显地表现出进步的思想内容对扩大与加深对现实的艺术认识的巨大意义。"[①]19世纪的俄罗斯现实主义文学中大量地出现心理描写，而在利哈乔夫的考证中，俄罗斯古代文学里，即西欧中世纪时期的文学中，极少有心理感受的描写，也没有主人公与"环境的冲突"，"不描写心理感受是与这种无意识的'和谐'密切相关的"。[②]处在20世纪50年代，利哈乔夫的现实主义问题研究当然也受到历史唯物主义的积极影响。在分析俄罗斯古代文学中缺少人物与环境冲突的现象时，他正确揭示了造成这种描写的原因，"我们看到的是唯一的备极宏伟的文体。无可怀疑的是，这种与现实性相距十万八千里的描写现实的艺术方法，是年青的封建主阶级为要加强封建制度、巩固人们意识中官阶制度的合法性与封建关系的复杂等级的要求所产生的。"他认为，古罗斯传道文学缺少心理描写，"并不由于不了解它，而是因为这不是他们对自己提出的文学任务所要求的"[③]。利哈乔夫就这样揭示了古代俄罗斯文学现实艺术的特点及其成因。他承认，在古代俄罗斯已经有关注现实的艺术，但却不是19世纪意义上的现实主义艺术，俄罗斯现实主义艺术也不是一天之内形成的。利哈乔夫认为17世纪是现实主义艺术开始形成一个重要节点："在整个17世纪里，艺术认识的发现特别迅速地发生，接踵而来的是新的描写方法的积累。新时代的文学诞生了，现实主义的个别因素迅速地积累起来，这些因素起初在18世纪和19世纪初的文学各个流派占有自己的位置（在古典主义、感伤主义与浪漫主义里），而最后，它们成为现实主义这个文学流派不可缺少的构成因素。"[④]

---

① 转引自《世界文学中的现实主义问题》，人民文学出版社，1958年，第150页。

②③ 同上书，第154页。

④ 同上书，第161页。

苏联解体以来，俄罗斯文学界某些人企图"清算"苏联的现实主义文学，而利哈乔夫对此却保持了一个正直学者应有的清醒。他以古代俄罗斯文学的本质特点证明了现实主义精神和传统是俄罗斯文学自古以来就有的。从俄罗斯文学诞生之初就生长在现实主义创作的丰腴土壤上，很早就确立了宏大的民族史诗和深厚的史传文学传统。众所周知，古罗斯的《往年纪事》（编年史）几乎完全是写实作品。俄罗斯19世纪和20世纪现实主义文学之所以如此发达，是因为现实主义文艺观对俄罗斯文学来说并不是舶来品。他认为，19世纪中期和下半叶，历史科学在俄罗斯的发展与现实主义的吻合并非偶然。现实主义与历史感悟性的出现紧密相连，与对世界的变化性意识，自然而然也与对审美原则的意识紧密相连。同时，现实主义有助于理解俄罗斯古代文学。利哈乔夫还把现实主义与人道主义相提并重，认为两者在艺术内部是相通的。"人道主义和现实主义本性是艺术的永恒本质。在任何重大的艺术流派中，艺术的某些根深蒂固的方面都获得了发展。艺术中所有伟大流派不是重新创造一切，而是发展属于艺术本身个别的或者许多的特点。而这首先就涉及现实主义。现实主义是开始于19世纪的流派，但是，现实主义是艺术固有的一个永恒的特点。"[1]利哈乔夫的上述论述意在表明，现实主义在十月革命前后的俄罗斯及后来的苏联文艺界占统治地位，主要还是包括19世纪俄罗斯文学在内的俄罗斯现实主义强大传统的合乎逻辑的结果，甚至在西欧现实主义衰落的20世纪初，俄罗斯现实主义潮流仍在汹涌奔腾。作者热诚守护俄罗斯现实主义的文学成就，实际上就是守护俄罗斯民族对世界文学艺术的珍贵而丰厚的贡献。

---

[1]　［俄］利哈乔夫：《解读俄罗斯》，吴晓都等译，北京大学出版社，2003年，第278页。

三、坚持历史主义原则与批评形式主义

现代俄罗斯文坛和文论界是一个善于创新的思想资源集散地。1921 年雅各布森在《现代俄罗斯诗歌》提出了"文学性"的现代文论核心追问，即"关于文学的科学的对象不是文学，而是文学性，即把文学作品变成文学的那个东西"。在雅各布森确认的形式主义文论学派确证文艺科学的主攻方向为"文学性"后，形式论宗什克洛夫斯基又提出了"陌生化"或"奇异化"法则。形式主义者认定"文学性"的要义就是文学作品语言结构"陌生化"或"奇异化"，即在阅读中加深感知难度的方法就是文学创作的宗旨。这种理论上的极端深刻虽然一时引起了学界瞩目，但是，在长于文学史研究的专家看来，形式文论学派的"文学性"和"陌生化"的这个定义回答不了文学创作的诸多复杂现象。利哈乔夫院士尖锐地指出俄国形式文论"陌生化"概念具有构词学和内涵上的明显学术缺陷。他明确指出："这个术语很不成功——不知道它是从什么词汇中产生的；凭听觉这个术语易与'отстраннение'一词混淆，甚至即便是正确听到后，也不能立即理解术语由它产生的这个名词是'陌生化'，而不是'国家'（可能，更加正确一点写这个术语是通过两个'н'）。"[①] 在利哈乔夫看来，术语的清晰是避免逻辑混乱的前提之一，而形式文论者却一心标新立异，缺少严谨的构词学的正确理念。利哈乔夫还注意到，俄罗斯形式主义者的那一套所谓文论创新只不过是在近代文学研究的基础上，特别是在未来主义文学运动的基础上提出"陌生化"创作法则，不过，这个看似独创的法则对中世纪的俄罗斯文学却很不适用。他指出，对中世纪读者而言，主要的审美享受是在"陌生的"现象中发现"熟悉"的现象。他在《关于文学研究的思考》

---

① ［俄］利哈乔夫：《解读俄罗斯》，吴晓都等译，北京大学出版社，2003 年，第 312 页。

中曾经以中世纪的文学艺术创作为论据，证明了体裁和手法的"世俗化"（即"熟悉化"）创作法则的运用在当时艺术实践中占主导地位。典型例证是，古代俄罗斯艺术就是"艺术装饰"的现实艺术。"现实艺术"在这里显然指的是俄罗斯世俗大众熟悉的艺术内容和形式。利哈乔夫还指出，无论是中世纪俄罗斯文学，还有近代俄罗斯文学，都存在着另一个典型现象，这就是俄罗斯作家固有的"形式的羞愧性"，即作者们为了完美地表达自己的思想而力求摆脱"过于成型的纯文学的形式"，他们在写作时大多用口语或公文语言，而不用文学语言写作。利哈乔夫反问道："而近代艺术总是追求将平常的'陌生化'吗？如果这是'陌生化'的话，那么，是从什么观点呢？"[①]

显然，与学术视野相对狭隘的形而上学偏激的形式文论者不同，俄罗斯文学史家是从更加"长远的时间"（巴赫金语）来看待文学的本质特征问题的。不仅古代俄罗斯和中世纪文学缺少所谓的"陌生化"，近代现实主义的文艺大繁荣也证明"陌生化"写作并不是作家们趋之若鹜的审美取向。的确，俄罗斯近代最伟大的作家普希金的创作也可以作证。诗人常常采用民众熟悉的题材、体裁和语言进行写作。他还经常鼓励果戈理等后辈作家到集贸市场上去学习俄语。他的现实题材和历史创作《驿站长》《叶甫盖尼·奥涅金》《普加乔夫史》《彼得大帝史》和《上尉的女儿》都是对俄罗斯人熟悉的生活现象的聚焦和浓缩，其表达手法绝无丝毫奇异陌生可言。这毫不奇怪，普希金语言的第一导师正是描绘民族传统生活的俄罗斯民间文学，而不是以所谓"陌生化"著称的"纯文学"。当然，即使在传统文学中出现了"陌生化"的转型，也是从熟悉的现实生活和人物中派生而来的。俄国大批评家别林斯基曾经提出过文学典型

---

① ［俄］利哈乔夫：《解读俄罗斯》，吴晓都等译，北京大学出版社，2003年，第313页。

的著名定义，典型即所谓"熟悉的陌生人"。显而易见，别林斯基的这个典型定义的逻辑重心并不在陌生化上，而是在"熟悉化"上。其实，从西方最早的文艺理论"模仿说"来看，人类对艺术的接受从一开始．就是从"熟悉化"起步的。中国现代文学大师鲁迅的概括"哼约唹约派"和古罗马时代的劳动歌曲"划手歌"等文学形式，也恰恰证明了文学的最原生态是以"熟悉化"开始的。中国的"哼约唹约"和欧洲的"嗨约约"（"划手歌"歌词）即是劳动者的兴奋和喘息的再现。无可置疑，欧洲文论中的"模仿说""再现说"和"复制说"都是从"熟悉化"的文学现象着眼的。因此，利哈乔夫依据俄罗斯自古以来到近代文学创作的文学经验与史实对俄国形式文论的批评，不仅更加有理有据，而且充满着辩证思维的分寸感与文学史论者的严谨。

历史主义的方法论在俄罗斯文艺学界具有牢固的地位。利哈乔夫喜爱文学史和文论研究中也始终坚守这一传统。他在评价苏联马克思主义文论家弗里德连杰尔的文论著作时，就高度赞赏了他从历史具体的语境研究马克思主义的经典论述，指出弗里德连杰尔超越普列汉诺夫和梅林的地方在于他能够"注意到马克思、恩格斯有关文学和美学的具体言论"，而不仅仅是"马克思主义的一般方法"[①]。同样，他主张还原马克思、恩格斯使用"现实主义"术语的历史语境，并从学科意义上具体分析这个经典术语。因为"马克思主义经典作家是在广义上使用这个术语的，他们所指的不仅仅是19世纪的艺术的优点"[②]。利哈乔夫在《文学研究中的历史主义原则》一文中明确

① ［俄］利哈乔夫：《评〈马克思恩格斯和文学问题〉》，载［苏联］弗连德里杰尔：《马克思恩格斯和文学问题》，郭值京等译，上海译文出版社，1984年，第604页。

② 同上书，第605—607页。

地指出："文学作品是一种变化着的价值。"这不禁令人想起俄国革命民主主义批评家别林斯基的名言：文学批评是一种"运动中的美学"。在评价俄罗斯文本学成就时，利哈乔夫指出，"文本学中的历史主义也表现在文艺学多种多样的领域里。历史主义早就占据了古罗斯文学研究的前沿阵地。其光辉成就展现在德米特里耶娃献给古代罗斯的那部专著中"。他不仅鼓励学者在文学史研究中坚持历史主义方法论，而且坚信俄罗斯文学研究的这种富有成效的方法论会对现代结构主义的弊端加以清除。"重要的是在俄罗斯的解构主义研究系统中越来越顽强地流露出历史主义的态度，它归根结底将结构主义变成非结构主义，因为历史主义摧毁着结构主义，同时又允许从中吸收最好的因素"。在《文学的结构》一文中，他率先践行了历史主义的原则，指出"近代文学的结构就显著地不同于中世纪文学的结构"。所以，不可能像某些学者那样一成不变地抽象谈论文学的作品结构，而忽视文学结构的历史演变性。同样，在探讨文学作为交际和复调的时候也没有忘记历史主义的方法论原则。"俄罗斯文学越来越呈现出一种统一：历史的统一和在每个时代的内部既斗争又结盟的统一"。这充分显示了作为具有现代意识的和宽容态度的古典文学研究学者，利哈乔夫既坚守俄罗斯人文学科的优秀传统，同时又不失与时俱进的创新精神。他能够把历史主义的学科传统和现代人文学科的前沿观念有机融合在一起，以史论与文论兼容的方法推进文艺思想研究的发展。

布尔什维克与普希金崇高地位之确立

今天的世界文学读者对普希金在俄苏文学史上神圣而崇高的地位已经习以为常了。可是，人们并没有想到，岁月退回一百五十年余前，普希金虽然已是俄国最著名的诗人之一，但他绝没有 1937 年以后这样圣人般首屈一指的崇高文化地位。那么，普希金今日这样崇高的文化地位究竟是如何形成的？在近两百年的普希金接受史上都发生怎样的情况？他的声誉在他死后的俄国和苏联经历过哪些曲折而最终重至辉煌的？还是让我们来还原那一段历史吧。

普希金影响力在旧俄晚期的式微

普希金在他生前，的确是文坛一颗耀眼璀璨的星星，从古典主义的盟主杰尔查文，到感伤主义的代表茹可夫斯基对他的诗作都赞赏有加，与他同时代的十二月党人和诗界同仁都非常钦佩他，茹可夫斯基称他为"俄罗斯诗歌的太阳"，丘特切夫称他为"俄罗斯的初恋"，晚些的作家阿波罗·格力高利耶夫说"普希金就是我们的一切"，他的诗名更由于俄国革命民主主义文学批评大师别林斯基和车尔尼雪夫斯基的倾情解读与高度赞美而在俄国读书界乃至世界文学史上声名远播。尽管，从果戈理、莱蒙托夫到陀思妥耶夫斯基直至高尔基等文坛名流对普希金都极为崇拜，但终究因为沙皇政界和反动文人的打压，加之诗人英年早逝，他在俄国读书界的影响力多少受到了挤压并随着岁月的流逝而逐渐式微减弱。沙皇制度是压低普希金文学影响力的第一个重要因素。当代一位俄罗斯文学批评家以反讽的口吻写道：沙皇"亚历山大一世因为诗人写了无神论书信就以多次流放来'歌颂'普希金，尼古拉一世通常把这位著名诗人变成了囚徒，沙皇自己亲自做诗人的检察官；亚历山大二世在读罢普希金的《自由颂》后几乎因为恼怒这位诗人而发疯；亚历山大三世通常对精神文化问题不感兴趣，而只对酒精感兴趣，他是唯一一个死于酒精的君主；尼古拉二世在普希金作品中只感兴趣一点：他是不是写了《加百列颂》？"①众所周知，由于沙皇政府恐惧普希金颂扬自由和反对农奴制专制的诗歌，普希金身前身后在沙俄时代始终受到压制，反动的文学界也竭力缩小减弱普希金文学创作的影响力，普希金的塑像仍然不能在沙俄首都圣彼得堡建造树立，直到1880年，屠格涅夫和陀思妥耶夫斯基等敬重俄罗斯近代文学开创者文学家们才只能在远离彼得堡八百公里的老首都莫斯科树立诗人的第一个塑像。

诗人影响力减退的第二个重要原因是文学阅读与评论的更新换代。其实，普希金自己在生前就预感他可能被人们遗忘和冷落，在《叶甫盖尼·奥涅金》中就意识到他这一代诗人会像成熟的庄稼一样被收割且扔出田间。屠格涅夫对此解释说，曾经为普希金创作写下十一篇专门论述的最初的和最重要阐释者别林斯基已经被另一些不常评价诗歌的朋友所代替了。在普希金之后的40年代是俄罗斯中长篇小说崛起的时代。俄罗斯文化史家卢那察尔斯基就注意到，普

---

① 《苏维埃俄罗斯报》2017年6月6日 http://www.sovross.ru/articles/1558/33068.

希金作品在俄国平民知识分子革命时期"暗淡无光"的低谷现象。"普希金的作品就经历过这样的命运。在伟大的60年代，当我们的直系先驱，平民知识分子空想家领导一支新的（不再是贵族的）队伍向旧俄国冲击的时候，他们对俄国贵族文化中的这个最伟大的诗人抱着某种怀疑的态度。"① 尽管，车尔尼雪夫斯基和杜波罗留波夫还比较敬重普希金，前者把普希金尊为生活的导师，写过普希金的专论，但后者却几乎没有写过普希金的专门文章，他们都更推崇诗人涅克拉索夫，而认为在普希金的作品中找不到当代的主题，而皮萨列夫就更极端一些，认为普希金是一个很少"有用的"作家②。

冈察洛夫在1871年评论格里鲍耶多夫的文章《万般苦恼——评格里鲍耶多夫的〈智慧的痛苦〉和莫纳霍夫的纪念演出》中也披露了普希金声誉下降的客观事实："尽管普希金具有天才，他的先进的主人公，作为他的时代的主人公，已经渐渐逊色，成为过去。他的天才的创作固然还是艺术的典范和源泉，但是它们本身也将成为历史。我们研究过'奥涅金'、他的时代和他的环境，我们衡量并且确定这个典型的创造在文学中总是不可磨灭的，但我们却不能在当前的时代中找到这个人物活生生的形迹。"③ 尽管，冈察洛夫在总体上还是肯定普希金那些经典的意义，但是文中的"已经渐渐褪色，成为过去"和两个转折意义的"但是"才是这篇评论的重点，是对普希金的文坛影响力在1870年代式微衰减这个残酷现实的客观反映，也是一种无可奈何的承认。20世纪的某些普希金爱好者认为冈察洛夫的这段话"是对普希金的贬低"④，而这种理解恰恰是因为这些偏爱普希金的人没有正视或不愿意正视普希金的文学地位曾在19

①②《卢那察尔斯基论文学》，蒋路译，人民出版社，1978年，第146页。

③《普希金评论集》，冯春编选，上海译文出版社，1993年，第506页。

④《普希金评论集·题解》，冯春编选，上海译文出版社，1993年，第509页。

世纪中叶被冷落并相对下降的文学史实。

作为普希金抒情传统接触的后继者，屠格涅夫对此更是忧心忡忡。他注意到，"然而普希金也没有逃脱诗歌艺术家和首创者的共同命运。他遭到同时代人的冷遇，下一代更加疏远他，不再需要他，不再从他那里得到教育"。①的确，诚如，屠格涅夫所分析的那样，一个时期以来，普希金诗歌的音韵感和和谐感被俄国社会看作是古典主义旧时代的"残余"，从处于中心地位的"回声诗人"变成了"远离中心"的诗人。屠格涅夫也坦然承认，他同时代的读者对普希金的"这种遗忘是不可避免的"，"我们不应忘记，已经有几代人连续从我们眼前经过，对于他们来说，普希金的名字不过是那些注定要被忘记的名字中的一个"②。尽管，屠格涅夫在他生命的晚年也看到了青年人中恢复了阅读普希金的兴趣，但他也预感或有新的优秀的人物"将超越他的导师，完全赢得世界性的民族诗人的称号"，所以，就还没有把这个称号"赠给普希金"。③

就这样，普希金被新一代"冷落""厌倦"的尴尬命运甚至一直持续到20世纪初俄罗斯现代派崛起的所谓"白银时代"，在俄国未来派的著名宣言《给社会趣味一记耳光》中，现代派就虚无主义地张狂地宣称要把普希金等古典艺术家们从"现代的轮船上一扔了之"。那时，俄罗斯文学界和读书界对古典文学的审美疲劳和在文学主题及形式上的追新厌旧不可避免地把普希金推到了文化的忘川之中。

当然，漠视冷淡普希金只是一个历时性的暂时的文化现象。珍视民族文化遗产的俄罗斯人民是不会永远无视这种现象的。所以，屠格涅夫等文学大师深信："我们同样希望，在不久的将来，我们的普通人民，他们的子孙会懂得普希金这个名字的意义！我们也希

---

① 《普希金评论集·题解》，冯春编选，上海译文出版社，1993 年，第 518 页。

②③ 同上书，第 520—521 页。

望，他们会有意识地重复不久前我们听到过的一句无意识的含糊的话：'这座纪念像是为导师而立的。'"①正如我们后来看到的那样，在19世纪晚期，俄国文学大师们也在努力维护民族诗魂的声誉，终于在莫斯科为他们的导师普希金树立起了一座高大的纪念碑。不过，普希金的影响力在19世纪末20世纪初却依然不如他生前那样巨大。他的声誉在俄罗斯社会的隆重回归还有待未来的时日。

列宁的文学爱好与普希金地位之再恢复

熟悉布尔什维克历史的读者一定还记得俄国以及后来苏联共产党的有一份机关报《真理报》，而它的前身是列宁创办的《火星报》，这份著名报纸的名称与普希金及十二月党人有着深度的历史文化的渊源，更与无产阶级的革命导师列宁对普希金的敬重与偏爱有关。"火星"这个报名就取自被流放在西伯利亚的十二月党人奥多耶夫斯基给友人普希金和诗中的一句——"星星之火就会燃成熊熊烈焰"。十二党人革命被列宁的布尔什维克党视为俄国社会革命具有民族文化内在联系的精神先驱，是俄国革命者在近代图谋民族复兴变革的第一个阶段，即贵族革命阶段。十二月党人起义失败后，作为精神同道的进步诗人普希金并没有意志消沉，更没有忘记从前的革命诗友，他在奥多耶夫斯基被流放的第三年，1827年就给远在西伯利亚受苦受难的友人写下著名的诗篇《寄西伯利亚》，用诗歌倾诉真挚友谊，激励革命斗士，表达对光明必将到来的信心。"望你们高傲地忍辱负重，你们凄苦的劳作并非徒然，你们崇高的理想绝不会落空。灾难忠实的姊妹——希望在黑暗的地底下潜藏，她会唤起你们的勇

---

① 《普希金评论集》，冯春编选，上海译文出版社，1993年，第522页。

气和欢乐，渴望的时刻必将降临。"奥多耶夫斯基紧紧承接普希金的诗句，回复了以下的信念："我们的劳动并非徒然，星星之火终将燃成熊熊烈焰。"列宁和他的战友们都很喜欢普希金和他的十二月党人的革命诗篇，他们就以前辈宣誓的革命情怀与信念的诗意为自己的第一份报刊命名，体现了俄国革命信念的薪火相传。

据列宁夫人克鲁普斯卡娅回忆，列宁在西伯利亚流放期间非常喜欢读普希金的诗歌。革命导师不仅爱读普希金，而且在自己的论著中经常引用和化用普希金的著名诗句。在巴黎公社的著名诗人，《国际歌》的词作者欧仁·鲍狄埃一百周年诞辰的时候，列宁深情地写下了《纪念欧仁·鲍狄埃》，文章中写道："一个有觉悟的工人，不管他来到哪个国家，不管命运把他抛到哪里，不管他怎样感到自己是异邦人，语言不通，举目无亲，远离祖国，他都可以凭《国际歌》熟悉的曲调，给自己找到同志和朋友。"[①] 其中，"不管命运把他抛到哪里"这一句就直接引自普希金的《叶甫盖尼·奥涅金》。这不仅显示了列宁对普希金作品的热爱和谙熟程度，而且在语境上运用得十分得心应手。还是在这篇纪念文章中，列宁又引用了普希金人生总结的《纪念碑》诗歌中的那个名句"我为自己建造了一个非人工的纪念碑"，深情地缅怀道："鲍狄埃是在贫困中死去的。但是他在自己身后留下了一个非人工所能建造的真正的纪念碑。他是一位最伟大的用歌作为工具的宣传家。当他创作他的第一首歌的时候，工人中社会主义者的人数最多不过是以十来计算的。而现在知道欧仁·鲍狄埃这首具有历史意义的歌的，是千百万无产者。"[②] 无产阶级的革命导师还在其他一些文章和演说中经常援引普希金的诗句及经典形象来阐发自己的思想。1920 年 2 月，苏俄与爱沙尼亚签订了

---

① 《列宁选集》（第二卷），人民出版社，1972 年，第 434 页。

② 同上书，第 435—436 页。

和平条约，为年轻的社会主义共和国稳固了西北边境，率先从这个方向冲破了帝国主义的包围圈。列宁高兴地化用了普希金在《青铜骑士》序诗中一句揭示了这个外交成果的历史意义——"我们已经打开了一扇通往欧洲的窗户"①。列宁像许多俄国文学爱好者一样，十分喜欢普希金最著名的作品《叶甫盖尼·奥涅金》，作品中的不少名句都成为列宁著作借来表达自己思想的生动的语言利器，例如，那句为俄国知识界耳熟能详的名言"那么可能，那么接近"就被列宁在《立宪民主党人的胜利和工人阶级的任务》中用来阐明布尔什维克当前面临的形势特点。②在批判托洛茨基的《论高喊统一而实则破坏统一的行为》这篇檄文中就借用普希金讽刺奥涅金的那句"以博学的专家姿态"讽刺托洛茨基"说些夸张漂亮的词句，给历史现象作些抬高托洛茨基的身价的解释"③。普希金倡导的"老老实实"的人生态度也是列宁敬重这位民族文学先贤的一个重要原因，他常用诗人的名句教育布尔什维克党人要谦虚谨慎，求实严谨，他在《全俄政治教育局第二次代表大会上的讲话提纲》中借用普希金《鲍里斯·戈杜诺夫》的著名台词告诫他的同志们"不要玩弄聪明"，"不要以大话掩盖疏忽大意、无所作为、奥勃洛摩夫精神和落后性"。这样，列宁就把普希金创作的思想精华推陈出新地运用到苏维埃时代的布尔什维克的思想教育中。

由于十月革命的成功和列宁领导的布尔什维克执政党的巨大影响力，普希金在社会主义苏俄这个新国家的社会文化里的地位较之从前有了很大提升。普希金的文学史上的意义也开始从一个新的语

① ［苏联］梅拉赫：《列宁和俄国文学问题》，臧仲伦等译，中国社会科学出版社，1982年，第276页。

② 《列宁著作典故》，人民出版社，1984年，第264页。

③ 同上书，第263页。

境和视角中得以更宏阔的阐释。正如长期在苏联科学院高尔基文学研究所工作的著名马克思主义文学批评家乔治·卢卡奇所指出的那样："俄国文学（包括普希金在内的意义）只能从 1917 年十月革命的观点来理解，只有这样，才能真正了解俄国文学上的主要趋向：了解它发展全貌及其伟大人物的地位和作用。当时那些大作家的，特别是普希金的客观的世界历史意义，因为他们还看不清这条道路的尽头。……只有伟大的十月革命才能对认识俄国文学的作用给予正确的概观。伟大十月的本身，及对俄国人民及全世界人民所产生的后果才能给予这种概观。……必须由此出发，往回看，来看俄国文学的发展，必须由此出发来理解普希金在世界文学上的意义。"①

　　普希金的文化地位，因为十月革命的发生，更由于列宁和布尔什维克的崇高评价和推动，在苏联时代有了根本性的改变。首先，列宁和苏俄政府鼓励人们，特别是青年读者阅读普希金。与列宁同时代的不少著名文化人士都回忆过列宁到彼得格勒高等美术技艺工作坊访问时与青年艺术工作者交谈的情景。在那次访问中，列宁问起青年朋友："你们都阅读什么？阅读普希金吗？""不，"一个青年艺术家回答，"普希金可是资产阶级。我们现在读马雅可夫斯基。"列宁笑了起来，"在我看来，"列宁说，"普希金比他更好一些。"②尽管当时，现代派诗歌的阅读是很时兴的，但列宁仍然坚持鼓励苏俄青年人去阅读普希金。

　　苏联著名的鼓动艺术家和先锋派美术家谢尼金在《列宁在高等美术技艺工作坊公社》一文中还记述了这样的情景：青年们追新文学的兴致很高，却冷落甚至厌恶旧文学，"我们一致反对《叶甫盖尼·奥

①《卢卡奇文学论集》（二），中国社会科学出版社，1995 年，第 491—494 页。
②《列宁论文学与艺术》，人民文学出版社，1983 年，第 630 页。

涅金》，我们烦透了《叶甫盖尼·奥涅金》"，谢尼金说并得到同伴的齐心协力地附和，可列宁却哈哈大笑起来。"原来是这样啊！就是说，你们反感《叶甫盖尼·奥涅金》，可我却不得不表示'赞同'。"列宁与苏俄新青年的这次平等而友善的争论给他们留下了深刻印象，促使青年人思考，并激励他们开始重视俄国古典文化遗产。

必须指出的是，列宁领导的新生苏维埃政权要在苏联各大中城市为普希金树立雕像和纪念碑。这个文化举措超越了传统上对普希金文学作品出版和阅读的纸质层面与范围，使得普希金的形象在社会上更加直观化，影响开始进一步扩大。1918年在苏俄政府向列宁提交的俄罗斯和世界文化名人纪念碑名录里普希金的名字赫然排在前列。"在另一份名单中（在由列宁签署的一项决议中建议在莫斯科和俄国其他城市为这些作家修建纪念碑）中有：托尔斯泰、陀思妥耶夫斯基、莱蒙托夫、普希金……"①除此以外，在同时出台的苏俄政府宣布将古典作家的文学作品宣布为国家财产的一份命令中，列宁还敦促苏俄政府的人民委员会（相当于政府内阁）下属的教育人民委员会决定出版一部新编俄语辞典，他呼吁，"是制定一部真正的俄语辞典的时候了，比如说，收录从普希金到高尔基现在和古典时代都经常使用的词汇"②。非常值得强调的是，列宁在这里使用的俄语词不是简单的"出版"，也不"编纂"，而是创制，这极为庄重地体现了布尔什维克党的领袖对民族先贤普希金语言文化贡献的格外敬重。从此，普希金在苏俄文化界地位的隆重回归的序幕就被列宁的布尔什维克政府徐徐拉开了。

① ［苏联］梅拉赫：《列宁和俄国文学问题》，臧仲伦等译，中国社会科学出版社，1982年，第424页。

② 《列宁论文学与艺术》，人民文学出版社，1983年，第529页。

斯大林时代普希金空前崇高地位之确立

20世纪30年代，人民性思想在苏联文学文艺界的重新确认是普希金文化地位极大提升的重要时代背景，而诗人逝世百年祭是普希金在苏联升上文学圣坛的最重要的历史契机。人民性的理论在文学批评界新闻界得以再阐释。"文学的人民性概念得到恢复和发展，这是30年代苏联文学思想所取得的又一成果。"① 这个理论讨论是对列宁的"艺术属于人民"思想的一次重新学习与全面贯彻。从此，扫除了庸俗社会学文艺思想的障碍，普希金作为俄罗斯人民的诗人被再评价。早在1930年代，苏联政府教育人民委员会负责人卢那察尔斯基在新近编辑出版的普希金文集的序言中就称："普希金永远成了人类文化的一部分，人类通过社会主义而获得解放之后，绝不会对他加以打击。"② 卢那察尔斯基还借用列宁对托尔斯泰创作意义的阐述来阐明普希金对苏联社会及世界读者的重要意义："'甚至在俄国也只是极少数人知道艺术家托尔斯泰。为了使他的伟大作品真正为全体人民所共有，必须进行斗争，为了反对那使千百万人陷于愚昧、卑贱、苦役和贫穷境地的社会制度进行斗争，必须进行社会主义革命'，'托尔斯泰……创造了可供群众推翻地主和资本家的压迫而为自己建立了人的生活条件的时候和阅读的艺术作品……'。"卢那察尔斯基认为："列宁的这段话对普希金比对托尔斯泰关系更大。"③

在斯大林执政时期，普希金的文化意义不再仅仅局限于文学领域，更加注重他对俄罗斯近现代语言特殊而巨大的贡献，而这个重

---

① 吴元迈：《俄苏文学及文论研究》，中国社会科学出版社，2014年，第227页。
②③《卢那察尔斯基论文学》，蒋路译，人民出版社，1978年，第157页。

视首先来自布尔什维克的最高层。斯大林在谈及俄罗斯语言发展与正确理解语言属性的问题中就高度评价了普希金的语言文化贡献，他不仅把普希金的语言作为俄罗斯语言发展推陈出新的一个标志，而且把普希金看作是近代俄语的起点。他在《关于基础与上层建筑的问题》一文中指出："从普希金逝世以来，已经有一百多年了。在这个时期中，在俄国曾经消灭了封建制度、资本主义制度，并产生了第三个制度——社会主义制度。这就是说，已经消灭了两个基础及其上层建筑，并产生了新的社会主义的基础及其新的上层建筑。然而，如果拿俄罗斯语言来看，那么它在这个长时期中，并没有遭到什么破坏，并且现代俄罗斯语言按照它的结构来说，是与普希金的语言很少差别的。在这个时期中，俄罗斯语言发生了什么变化呢？在这个时期中，俄罗斯语言大大增加了词汇，有很大一批词从词汇中消失了，有很大一批词的意思改变了，语言的文法构造改进了。至于普希金的语言结构和他的文法构造及基本词汇，几乎完全保存下来，成为现代俄罗斯语言的基础。"[1]

斯大林对 19 世纪初叶到 20 世纪 30 年代俄罗斯语言发展史的这段宏观回溯，有一点值得特别注意，那就是，在简短而精练的俄语近代历史概括中，普希金作为关键词连续出现三次。无论这个历史时期如何变化，普希金都是俄罗斯语言的一个至高的也是最基础的一个标准，普希金的词汇、普希金的语言架构和文法构造着语言的三大要素决定了近现代俄语的基本面貌，因此，在斯大林看来，普希金不仅是俄罗斯文学的最高典范，更重要的是，他是从俄罗斯贵族革命时代到苏维埃时代俄罗斯标准语言的创立者。在斯大林心中，普希金语言就是现代俄语的代名词。苏俄国内战争结束后，需要集

---

① 《斯大林论文学与艺术》，人民文学出版社，1959 年，第 7 页。

中全国的精力来共同加强经济和文化建设，对于文化建设，特别是对于具有文学中心主义文化传统的苏俄社会而言，确立普希金语言的崇高地位，既关系到民族文化优秀遗产的继承，又涉及统一的具有全民族文化认同的现代语言确立和使用，普希金的文化象征和语言遗产被推举出来作为民族文化的精神聚合剂，就是最合适不过的文化抉择了。

随着普希金百年祭时刻的临近，布尔什维克党和苏联政府进一步加大了宣传普希金的力度，掀起了纪念民族文化先贤的大热潮。1935年12月16日苏联全苏中央执行委员会设立了全苏普希金委员会，主席由文坛泰斗高尔基担纲，其成员有苏联党和国家高层领导，包括伏罗希洛夫、日丹诺夫、古比雪夫等。在科学院组建了纪念委员会，由奥尔洛夫院士任主席，筹备各项纪念学术活动，其成员有著名的普希金学专家，布拉果依、日尔蒙斯基、维列萨列夫、托马舍夫斯基、迪尼亚诺夫、吉皮乌斯、皮克萨诺夫、斯洛宁斯基、格罗斯曼，委员会的重要任务是组织和领导纪念普希金的各项活动，普及出版普希金的全部创作。不仅如此，按照这个决议的精神，全苏各个加盟共和国、各个区、各个州、各个城市、各个高等和中等学校都设立了类似的纪念委员会，[①]形成了苏联全国纪念与宣传普希金的"全民"的文化运动，这在俄罗斯和苏联历史上是史无前例和空前绝后的，即便是列宁生前最偏爱的列夫·托尔斯泰也不曾享受这样的几近神像崇拜式的热捧。

苏联官方与民间的这些纪念活动在1937年，即诗人逝世的百年纪念日那些时日达到高潮。美术大师E.曼德尔伯格指导了普希金广场的庆祝装饰，在斯特拉斯内教堂上挂上了普希金朗诵诗歌情景的

---

① Пушкинский юбилей 1937 года — Википедия https://ru.wikipedia.org/wiki/.

巨幅肖像。苏联把一个信奉无神论的民族诗人①的肖像挂在东正教的建筑上无疑具有特别的象征意义。1937年2月10日，是普希金辞世的纪念日，白天，在莫斯科普希金塑像周围举行了数千人的群众大会，大会前举行了纪念碑碑文的更新仪式，恢复了诗人《纪念碑》这首诗歌的下列诗句："在残酷的岁月里，我讴歌过自由。"当晚，苏联政府在莫斯科大剧院举办了盛大而隆重的纪念晚会，布尔什维克党和苏联最高领袖约瑟夫·斯大林率领高层领导们亲自出席了这个纪念会。国家媒体，莫斯科广播电台向苏联全境做了直播。②在普希金辞世的圣彼得堡（1924年更名为列宁格勒），同样举行了格外隆重的纪念活动。同在2月10日，在普希金生命最后住宅里开了纪念会，同日，在旧俄交易所广场，即苏联科学院俄罗斯文学研究所（普希金之家）的大楼前面也召开了几千人的群众纪念集会，这个广场当天就更名为普希金广场，并为即将树立的普希金塑像举行奠基仪式。11日，在基洛夫大剧院③（原来的玛丽亚皇后大剧院又开了一次大型纪念会），在列宁格勒党政领导人发言后，著名作家，如诗人吉洪诺夫、小说家费定、普希金传记作家和研究家迪尼亚诺夫等都发表了热情洋溢的讲话。俄罗斯人和后来的苏联人特别重视自己民族经典作家的人生足迹，对文学家故地格外珍视，所以，在诗人百年祭日这个百年一遇的机会里，在普希金生活过的地方，更少不了隆重的纪念缅怀活动。高尔基亲率当代文化名流到诗人故乡的三山村墓地悼念。在诗人被幽禁的祖居地米哈伊洛夫斯克和他创作井喷的波罗金诺都举办了纪念文学会。米哈伊洛夫斯克周边区的人们云集一起，缅怀

---

① 普希金是一个无神论者。

② Пушкинский юбилей 1937 года — Википедия https://ru.wikipedia.org/wiki/.

③ 这个大剧院的现在俄语名称 маринскийтеатр 正确译名为"玛丽亚皇后大剧院"，即今天汉语媒体上所谓的"马林斯基大剧院"。

集会的人数惊人地多达一万五千人。

　　类似的纪念盛况风行在全苏各个城镇乡村，真正实现了普希金生前在《纪念碑》中预言的景象"我的诗歌会传遍整个俄罗斯"，而在布尔什维克的空前的推广下，普希金的诗歌不仅传遍俄罗斯的各个角落，而且推广到整个两千万平方公里的苏维埃国家的广袤地域。这些遍及全苏的纪念活动广泛深入到了大中小学、工矿企业、集体农庄和部队营房。如此的狂欢化的纪念和普及普希金的活动已然成为一项全国的重大的教育工程和文化运动。比如，在全苏普希金委员会里还专设了一个在小学和中学所有教学机构里举办纪念活动的委员会。各个学校的图书馆都充实了数以千计的普希金的作品的图书和画册，高等学校还增添了大量为百年纪念而出版的研究普希金的学术著作，中小学的课程表上专门增设了"普希金课时"，印制了九千万册有普希金童话故事插图的练习本，同时配以普希金诗歌及长诗片段。① 在这些教学单位开展形式多样的朗诵比赛和绘画比赛。苏联邮政部门发行了系列精美纪念邮票，音乐舞蹈界不仅把普希金的名著搬上全苏各个音乐厅和歌舞剧院，还举办了普希金主题的音乐比赛。

　　在百年祭前夕，苏联科学院俄罗斯文学研究所的主要普希金研究家纷纷在《真理报》《文学报》等文学报刊上撰文发表。以科学院和作家协会及高校为主的学术会议相继召开。在这些会议发言中，普希金不仅被作为伟大作家来颂扬，而且也第一次被作为杰出学者来崇拜。在 1937 年 2 月 13 日，在苏联科学院的普希金委员会研究工作隆重启动的仪式上，科学院院长卡马洛夫专门提到，1832 年，普希金当选为俄罗斯科学院院士这个鲜为人知的学术史上的重要史

---

① Пушкинский юбилей 1937 года — Википедия https://ru.wikipedia.org/wiki/.

实。① 高尔基的秘书吉尔波京、奥尔洛夫院士、日尔蒙斯基和阿列克西耶夫教授相继做了《普希金的世界观》《普希金——俄国标准语言的创立者》《普希金与世界文学》等重要的学术报告。2 月 22 日苏联作家协会在这年的第一次全体会议的主题就是纪念普希金，作协三位重量级的任务诗人吉洪诺夫、迪尼亚诺夫和阿尔特曼分别就普希金的诗歌小说和戏剧的成就与意义做了主旨报告。出版界也积极响应苏联政府的号召，出版了科学院版的 16 卷《普希金全集》，许多高水准的学术著作也在那一年面世，其中就有，托马舍夫斯基的《普希金与世界文学》，吉尔波京的《亚历山大·谢尔盖耶维奇·普希金评传》，迪尼亚诺夫出版了普希金的文学传记。

当代英国苏联文化专家普拉特新近出版了一部研究 1937 年普希金百年祭的专著《你好，普希金——斯大林与俄罗斯民族诗人》，在这本专著中作者对普希金百年纪念做了巴赫金式的文化分析。他运用巴赫金狂欢化理论考察这个文化事件，认为这既是斯大林时代苏联文化怀旧的一种浓烈表现，也是苏联文化构建过程中俄罗斯文化中心主义柔化的审美化的一个具体举措。② 这位作者的评价当然带有西方某种固有的偏见，不过，这倒从一个另一个角度显示了，普希金作为辽阔的旧俄罗斯疆域中最具文化和亲和力的象征所具有的凝聚力作用，而布尔什维克党和苏联政府正深刻地认识到普希金在苏联社会主义新文化建设中能够起到的不可替代的文化价值与意义。

由此观之，斯大林及其布尔什维克政府与全体苏联人民一起在 1930 年代空前隆重纪念普希金的意义在于：

首先，践行了列宁的社会主义文化建设观念，继承了列宁对待

---

① Пушкинский юбилей 1937 года — Википедия https://ru.wikipedia.org/wiki/.

② ［英］普拉特：《你好，普希金——斯大林与俄国民族诗人》，彼得堡大学出版社，2017 年，第 8 页。

古典文化遗产的辩证唯物主义的方法论立场，以纪念俄罗斯最重要的古典作家，进一步开掘了普希金这个最重要的文化宝藏，来引导苏联人民更加完整地保护民族文化遗产，弘扬俄罗斯民族文化的精神，使之成为社会主义文化教育发展的可贵资源。

其次，用苏联各个民族和各个阶层都敬重的民族诗人的作品凝聚全体民心，团结更多的文化教育人士，为苏联大规模的社会主义文化建设积聚力量。不管后来的学者，特别是苏联解体后一些普希金研究者和苏联文化研究者怎样从负面的角度看待1937年狂欢化式的普希金纪念活动，但这次全苏范围内对普希金的隆重纪念活动与声誉提高表明，布尔什维克党和斯大林对普希金尊崇评价与俄罗斯19世纪以来进步文学界和文化精英对这位杰出民族先贤的评价在文化认同上是总体一致的。普希金这一重要的文化象征业已成为凝聚苏联社会各个阶层和各个界别最大的精神公约数。布尔什维克党是俄罗斯进步文化的真传人与捍卫者。不是别的社会和国度，正是苏联社会主义社会和苏维埃国家真正实现了诗人普希金本人生前的预见和后继者的愿望：在通往普希金"纪念碑的人行道上青草将不再生长"（普希金：《纪念碑》）。

不仅如此，恰恰是从20世纪30年代起，普希金对于整个俄罗斯民族文明的意义也进一步真正得到阐明和确立，并延续到新俄罗斯，一个重要的例证就是，俄罗斯著名文化史泰斗苏联科学院利哈乔夫院士在阐明普希金对俄罗斯民族的意义时，呼吁要把普希金的生日6月6日设立为全俄的文化节，他问道"为什么正是普希金成为俄罗斯文化的一面旗帜，就像谢甫琴科是乌克兰文化的旗帜，歌德是德国文化的旗帜，莎士比亚是英国文化的旗帜，但丁是意大利文化的旗帜，塞万提斯是西班牙文化的旗帜一样。假如一定要确定俄罗斯文化的节日的话，那么再也找不到比普希金的生日更好的日子了！俄罗斯的普希金节将成为祖国的文化节"①。利哈乔夫的呼吁不仅是继承了别林斯基以来的关于普希金具有俄罗斯文化百科性质的经典评价，不仅是延续了把普希金尊为俄罗斯民族文化代表的愿望，而且在某种意义上，这个呼吁与倡议就是1937年布尔什维克党主导的"全苏普希金文化狂欢节"这个空前绝后的重大文化事件的长久的回响。将普希金的文化地位全面提升正是列宁主义的布尔什维克党具有世界影响的重要精神文化遗产之一。

① ［俄］利哈乔夫：《解读俄罗斯》，吴晓都等译，北京大学出版社，2003年，第286页。

俄罗斯文学的"苏维埃性"与普希金传统

十月革命对俄罗斯社会与文化的深刻影响

马克思在《法兰西内战》中阐明巴黎公社的历史意义时有一句众所周知的名言:"工人的巴黎及其公社将永远作为新社会的光辉先驱受人敬仰。"[①] 马克思主义创始人的这句名言对于评价列宁领导的十月革命的创举也完全适用。虽然十月革命距今已一百多年,列宁和他领导布尔什维克建立的世界上第一个社会主义国家也不复存在,但是,十月革命及其后由列宁开创的社会主义建设实践就像一首伟大的史诗,依然在人类社会发展史和文化史上熠熠生辉。

当代俄罗斯社会与学界从未忘却,原本落后的俄罗斯社会与人的精神面貌实实在在是在列宁领导的十月社会主义革命中得以焕然一新的。十月革命的深远影响在俄罗斯至今仍是一个无可争辩也不容回避的重大问题,这从当今俄罗斯社会对它的种种认知就可见一斑。今天,依然坚持马克思列宁主义的俄共对十月革命的态度无须多言,就连普京总统在 2016 年 12 月的国情咨文中也依然沿用苏

---

① 《马克思恩格斯选集》(第二卷),人民出版社,1975 年,第 339 页。

联时期对这一划时代事件最传统的称谓："伟大的十月社会主义革命"①。他早在2014年还这样表述："2017年我们将迎来伟大的十月社会主义革命，或称十月剧变100周年……这需要深刻的专业的客观评价。"②

作为当代俄罗斯大多数民意的代表，普京强调要诚实地研究十月革命，必须诚实地分析十月革命的本质。在苏联解体20多年来，俄罗斯社会在对待包括十月革命在内的历史问题方面，尽管评说不尽一致，但没有回避，而是十分关注。应特别指出的是，普京在这次国情咨文中使用"伟大的十月社会主义革命"这样苏联时期的标准称谓，在苏联解体以来，由最高领导人讲出来，还是首次。这可以看作是俄罗斯在祖国历史文化认同上的评价指针部分地向传统回摆，也是普京时代的十多年间，民间对苏联的怀旧思潮给官方话语的一种显著影响。

无独有偶，2014年索契冬奥会开幕式上，十月革命这一俄罗斯民族和国家历史重大事件的舞台呈现几乎还是苏联传统式的，舞台空间的光芒为鲜红颜色，一台巨大的火车头造型通过电视直播出现在千百万观众眼前，熟悉马克思主义文化语境的人们，一眼就明了编导是在展示苏联传统历史文化符号：革命是历史的火车头！的确，俄罗斯社会至今没有忘记改变旧俄国落后面貌的那场伟大革命。因为，人们不会忘记，这不仅是前辈工农大众的革命，也是他们崇尚的20世纪文化先哲当年呼唤的革命——高尔基、马雅可夫斯基、别德内依这些俄罗斯进步文学家不用说了，就连忧郁的乡村歌手、诗人叶赛宁也由衷地呼喊："我将把自己全部的心灵献给十月革命和

---

① 《普京声称必须诚实分析1917年事件》，俄罗斯《观点报》网，2016年12月1日。

② 《普京：1917年革命需要深刻与客观评价》，俄塔社新闻，2014年11月5日。

五一劳动节。"① 温和的"诗人中的诗人"帕斯捷尔纳克也曾把十月革命比作历史洪流，荡涤了沙俄与资产阶级肮脏的"奥吉亚斯牛圈"。"白银时代"的先锋勃洛克、勃留索夫们也都积极投入到开创俄罗斯乃至世界新纪元的社会变革中。特别是从旧俄国知识精英转向十月革命立场的象征派诗人勃洛克，他不仅写下了包括《十二个》在内的歌颂十月革命的不朽诗篇，而且在1918年初写的《知识界与革命》一文中，激情呼唤他的同伴们"用全部的身体、全部的心灵、全部的意识倾听十月革命"②。他是这样说的，更是这样做的。他参加了十月革命，还在俄罗斯第一个人民政权中担任教育人民委员部戏剧处处长，勤勤恳恳地为工农文化事业服务。知识分子之所以同情布尔什维克革命，是因为他们在这个改变俄罗斯的伟大创举中看到了自普希金到托尔斯泰近百年来知识界渴求解放下层民众的理想之光。

尽管苏联解体前后，苏联社会舆论或后苏联学界出现了一些质疑、否定十月革命的声音，但正直的学者还是能比较客观地评价先辈走过的那段艰难而光荣的路程。

苏联时期学者，爱沙尼亚美国商业学院主席瓦列里·帕里乌曼教授在十月革命九十周年出版的学术专著《人类命运的预测》中，批驳了攻击十月革命为"政变"的戈尔巴乔夫幕僚雅科夫列夫的谬论，实事求是地"还原"了十月革命爆发的社会内因，揭示了这场伟大革命兴起的历史必然性。他写道："1917年前在俄罗斯革命的局势成熟了。当然，这是长期的历史进程的结果。"③ 作者具体阐述了

---

① 《俄罗斯苏维埃诗歌选集（1917—1957）》，苏联国家文学出版社，1957年，第187页。

② 《亚历山大·勃洛克选集》，苏联国家文学出版社，1955年，第228页。

③ ［苏联］瓦列里·帕乌里曼：《人类命运的预测》，塔林克普德出版社，2007年，第161页。

十月革命爆发的五个原因与条件：第一，沙皇专制威信扫地并且注定倒台；第二，被沙皇体制和后来的临时政府用来镇压人民怒潮的军队的腐化在1917年夏天达到了极致，总部和参谋部越来越失去对军队的控制；第三，被地主和富农及沙皇政权压迫的俄罗斯农民极度失望，已开始自发地分地主的土地；第四，工人运动获得了前所未有的巨大规模；第五，加速革命局势成熟最强有力的催化剂是造成俄罗斯经济危机的世界大战。难怪人们说：战争与革命是一对孪生姐妹。[①]

关于十月革命必然胜利的当代认同，从政论作家伊波利托夫对居住在意大利的沙俄时代的大公尼古拉·罗曼诺夫的电话追问中也可得到证明。1999年，这个沙俄时代的遗老在卫星电话中也坦承，"在俄罗斯当时没有任何一个力量，除了布尔什维克党，能够夺取政权并对国家的事业肩负起责任"[②]。所以，伊波利托夫在专著《邓尼金》中直言："若想证明1917年政权归于布尔什维克是历史的捉弄，那就是对历史的强暴。"[③]

正是在铁一般的史实基础上，帕乌里曼指出："布尔什维克在俄国首都夺取政权只是在其规模宏大的进程上的一个环节（尽管是重要的），这个进程在1917年之前很早就开始了，并一直持续到1917年之后，其中包括国内战争的形式。十月革命扫除了剥削者的政权，剥夺了私有制，更换了政府，整个社会体制随之而得到了改造。"[④]

十月革命的胜利成果以及苏维埃国家后来社会改造和经济文化建设的巨大成就，在苏联解体多年后出版的一本流行著作《俄罗

---

① ［苏联］瓦列里·帕乌里曼：《人类命运的预测》，塔林克普德出版社，2007年，第161—163页。

②③ ［苏联］伊波利托夫：《邓尼金》，青年近卫军出版社，2000年，第492页。

④ 同①，第166页。

斯文化史——历史与现代性》中再次被承认。作者追述道："在世界历史上，妇女第一次在一切权利与自由中与男人平起平坐。……1930年我国消除了大规模的失业现象。劳动、休息、居住、健康与教育保障的权利是社会主义最伟大的成就。苏联人民前所未有的劳动激情，他们科学上的、劳动的和军事的胜利是这些成就的基础。"[①]"1929年在工会、党和共青团组织的积极参与下开展了大规模的社会主义劳动竞赛"，包括劳动突击队、斯达汉诺夫积极分子等社会主义新型劳动力量的工作产出了"真正神奇的结果"[②]"苏联学者在20年代在许多领域都取得了巨大的成就"[③]。格奥尔吉耶娃对十月革命给俄罗斯及其他加盟共和国带来的社会发展的历史回溯，在苏联时代司空见惯，但在苏联解体后思想舆论一度混乱的俄罗斯文化界、教育界，就显得难能可贵了。

十月革命与巴黎公社一样，是俄国无产阶级和社会主义者在人类历史上的一次伟大探索，一次艰辛实践，它有失败、有教训，也有胜利、有经验。其实，只要不带偏见，就可以看到十月革命给俄罗斯及原来沙俄统治下地区的广大劳动者带来新生活的事实，是受到包括泰戈尔、罗曼·罗兰等东西方进步人士高度赞扬的，他们在访苏中亲眼见证了苏联人民沿着十月革命伟大道路所取得的成果，亲身体验了下层民众生活的根本改善。泰戈尔写道："1917年这里爆发了革命，在这之前，这个国家的农民有百分之九十的人没有见过现代的农业机械。那时候，他们也同我国农民一样，完全是虚弱的大力罗摩形象，他们忍饥挨饿，孤立无援，不声不响。而今天，在他们的土地上出现了成千上万部农业机械……在他们这里，土地

---

① ［俄］格奥尔吉耶娃：《俄罗斯文化史——历史与现代性》，俄罗斯，优耐特出版社，1999年，第424页。

②③ 同上书，第426页。

开发和智力开发同时并举。这里的教育事业充满了生气。"[1] 他还写道："我亲眼看到，俄国农民超过我们印度农民多远啊！他们不仅学会了读书，而且精神面貌也发生了变化，他们成了真正的人。"[2]

俄罗斯"共产党人网站"当下对十月革命的评价是："伟大的十月社会主义革命至少是 19 世纪中期以来在俄罗斯社会积累的社会内在矛盾的结果，是由这些矛盾产生的革命进程迟至第一次世界大战后的结果，十月革命在俄国的胜利保证了在全球实验建设社会主义的可能性，十月革命具有全球化的性质，而在事实上完全改变了 20 世纪的人类历史，并且在世界政治版图上导致社会主义阵营的形成。"[3] 这是从当代全球化语境来阐释十月革命。

诚然，苏联解体后，俄罗斯舆论界出现了有关十月革命的另类称谓与表述，例如，有影响的俄罗斯百科全书网站对这个重大历史事件的表述，除了"十月革命"，还列举有"十月剧变"，或称"布尔什维克的政变""第三次革命"等。这里，"剧变"或"政变"称谓使用的俄语词汇是"Переворот"[4]，这个俄语词原本不具有褒贬之义，比较中性。该网站还回溯了"十月革命"这个称谓的缘起及其演变历史，"最初，布尔什维克及其盟友把十月事件称为'革命'，因为在 1917 年 10 月 25 日（11 月 7 日）彼得格勒工人和士兵苏维埃代表会议上列宁发表了著名演说：'同志们！布尔什维克一向谈论有必要进行的工农革命成功了。'而'伟大的十月革命'（十月这个词是大写的）最初是在制宪会议上拉斯科里尼科夫以布尔什

---

① ［印度］泰戈尔：《俄罗斯书简》，董友忱译，广西师范大学出版社，2004年，第 50—51 页。

② 同上书，第 44 页。

③ "伟大的十月社会主义革命"词条，俄罗斯共产党人网站，百科知识。

④ "十月革命"词条，俄罗斯百科全书网。

维克名义宣读的宣言里出现的。直到 20 世纪 30 年代末期在苏联官方的历史文献中才确定下来'伟大的十月社会主义革命'（其中"伟大"与"十月"两个词的首个字母为大写）。在革命后的第一个五年计划中'十月革命'也曾被称为'十月剧变'，因为，这个称谓不具有负面的含义（至少在布尔什维克自己口中），在 1917 年统一的革命概念中，这个称谓呈现出更学术化的意义。列宁 1918 年 1 月 24 日在全俄中央执行委员会的会议上也曾说：'当然，工人、农民和士兵常常愉快而轻松地观察到在十月剧变后，革命在继续向前进。'同样的称谓在托洛茨基、卢那察尔斯基、富尔曼诺夫、布哈林和肖洛霍夫的言论中也可以见到。在斯大林为十月革命一周年（1918 年）撰写的文章中，其中一个段落的题目就是'论十月剧变'。"[①] 后来，二月革命和十月革命在苏联官方历史文献中被正式确立下来。至于当代俄罗斯谈论十月革命时把俄语的"Переворот"一词用作"政变"含义的负面表述，则始于戈尔巴乔夫"重建时期"的俄国侨民和反对派对苏联政权的批判。[②]

新世纪前后，还有把十月革命看作是全球化进程的一种表现，这种文化历史定位的观点，在俄罗斯学术界也时有所见，只是在这种观点中，十月革命被视为俄罗斯在 20 世纪初对全球化反应的俄国方案，而且是一种布尔什维克的方案。[③]

十月革命的文化使命：从精英文化到人民文化

如果说，十月革命在俄罗斯和后来苏联的文化上完成了什么具

①② "十月革命"词条，俄罗斯百科全书网。

③ 参见［俄］斯捷皮扬：《理解世界的意义》，梁展主编：《全球化话语》，三联书店，2002 年。

体的历史任务，那就是开始全面实施列宁设想和计划的重大文化举措：实现从精英文化到人民文化的根本转变，使获得解放的俄国劳动民众掌握全人类文明成果（在文学上是从俄罗斯文学到世界文学），给予最广大的劳动大众，特别是下层民众充分享受文化和受教育的权利。列宁十分重视普希金的文学传统。他著名的纪念《国际歌》词作者欧仁·鲍狄埃的文章《纪念欧仁·鲍狄埃》的那个著名论断"一个有觉悟的工人，无论命运把他抛向何方，语言不通，举目无亲，无论怎样感觉自己是异邦人，他都可以凭借国际歌熟悉的旋律给自己找到同志和朋友"，其中，"无论命运把他抛向何方"，就是普希金最著名的作品《叶甫盖尼·奥涅金》中的著名诗句。列宁显然已经对普希金的思想和语言耳熟能详并融会贯通了。

首先，苏维埃国家在教育领域给予全体人民受教育的权利，培养全体民众崇尚劳动的社会主义意识。在列宁起草的《党纲中关于国民教育的条文》中我们可以看到，布尔什维克要求落实这样的任务："在国民教育方面，俄共给自己提出的任务是：把 1917 年十月革命时开始的事业进行到底……（1）在苏维埃政权的全面帮助下，进一步发挥工人阶级和劳动农民在教育方面的主动性……（3）对未满十六岁的男女儿童实行免费的普遍义务综合技术教育（从理论上和实践上熟悉一切生产部门）……（6）吸引劳动居民积极参加国民教育事业（发展国民教育委员会）。"[1]列宁还在给人民教育委员卢那察尔斯基的信中明确指示不能给富人教育特权。[2]列宁不赞成在苏维埃国家经济困难、印刷纸张匮乏时出版只有少数精英才读得懂的现代派诗歌，主张把有限的文化资源首先用于工农的文化普及。列宁的名言是："难道当工农大众还缺少黑面包时，我们要把精致的

---

① 《列宁选集》（第三卷），人民出版社，1972 年，第 765 页。

② 参见《列宁论国民教育》，人民教育出版社，1958 年。

甜饼干送给少数人吗？……我们必须经常把工农放在眼前。我们必须学会为他们打算，为他们管理。即使在艺术和文化的范围内也是如此。"[1]

其次，在文艺领域把创作和欣赏的权利归还给劳动人民。关于在苏维埃国家里劳动人民开始尽享艺术权利的史实，最有力的证据只能是那些亲历者的所见所感，假如有人对新生的苏维埃俄国劳动人民成为文化主人有质疑或偏见，那么，还是让当年亲自访问社会主义苏联的泰戈尔来"现身说法"吧："你一定很想知道这里的美术馆的详细情况吧。在莫斯科有一个著名的绘画收藏馆，名叫特列吉亚科夫美术博物馆。从 1928 年至 1929 年的一年时间里，就有三十万人来这里参观画展……在 1917 年苏维埃政权建立以前，能参观这一类画展的都是一些有钱的贵族和受过教育的趾高气扬的人，还有那些被称为资产阶级，即依靠别人的劳动而生活的人。现在来这里参观的人，多数是依靠自己劳动为生的人，如石匠、铁匠、裁缝、食品店店员等。此外，还有苏联军队的士兵和军官，以及学生和农民。"[2]十月革命后，在社会主义文化政策保障下，苏维埃国家真正成为由劳动人民做文化主人的国度。

苏联著名文艺学家梅特钦科在回忆当时的情景时写道："十月革命一胜利，人民就表明他们这些勤奋的当家人是能够正确评价成功的艺术品的。我们还记得 1918 年 4 月 11 日大包尔廷农民大会记录中的一段话：'在这儿'要永久纪念伟大的诗人普希金，'跟纪念我们伟大的俄国革命节日一个样'。这样，在人民心目中普希金就和社会主义革命合成一体。包尔廷的农民不可能知道列宁的名言：'艺

① 《列宁论文学与艺术》，人民文学出版社，1983 年，第 435 页。

② ［印度］泰戈尔：《俄罗斯书简》，董友忱译，广西师范大学出版社，2004 年，第 66—67 页。

术属于人民。'但是他们正确地懂得了伟大革命对于他们精神上的觉醒所具有的意义。"①是十月革命和苏维埃国家的文化政策为普通劳动者构建了分享文化艺术成果的人民文化空间,实现了俄罗斯劳动者做自己民族文化主人的梦想。

十月革命后的新俄罗斯面临着新文化建设的艰巨任务。新的文化环境充满生机却又十分复杂,一方面社会主义文艺思潮逐渐占据了文艺舞台,然而,在创建无产阶级新文化的过程中还存在着初步实践和探索方向不清晰不成熟的幼稚状态;另一方面,古典文化遗产遭遇现代文艺思潮的强烈冲击,从普希金和托尔斯泰的"黄金时代"转入20世纪新文化时代的俄罗斯文坛面临考验,文化重建的道路并不平坦。正如列宁所言,"新一代人所面临的任务就更复杂了"②。

就俄国现代主义冲击古典遗产而言,古典作家和批评家都遭到现代派文艺家形而上学式的横冲直撞,未来派诗人无知又傲慢地声称要把普希金、陀思妥耶夫斯基和托尔斯泰从现代轮船上抛下去;形式主义的文艺理论"创新者"也蔑视雄踞俄罗斯文论高地近一个世纪的别林斯基的革命民主主义文学理论,自以为是地践踏揭示艺术本质与规律的形象思维论。对古典文化采取虚无主义态度的还有自封的无产阶级文化派,他们从极左的文艺观念出发,"天真地"要建立所谓"纯而又纯"的"无产阶级新文化",他们不仅否定优秀的古典文化遗产,还错误地要在新文艺中取消创作个性的地位,极端虚无主义地把社会主义文艺与古典遗产对立,把创作个性与集体主义对立,制造虚假的"集体主义"。波格丹诺夫妄言:"诗人如果用了'我'这个名义的话,他就不是无产阶级。'我们'——

① [苏联]梅特钦科:《继往开来——论苏联文学发展中的若干问题》,石田、白堤译,中国社会科学出版社,1983年,第50页。

② 《列宁选集》(第四卷),人民出版社,1972年,第350页。

这就是无产阶级的标志。"[①]

针对形形色色的错误文化思潮，列宁做了最犀利的批判，同时对在苏维埃国家如何创建社会主义新文化，创建为人民大众的文化指明了正确的方向和科学的路径。他指出："应当明确认识到，只有确切地了解人类全部发展过程所创造的文化，只有对这种文化加以改造，才能建设无产阶级的文化，没有这样的认识，我们就不能完成这项任务。无产阶级的文化并不是从天上掉下来的，也不是那些自命为无产阶级专家的人杜撰出来的，如果认为是这样，那完全是胡说。无产阶级文化应当是人类在资本主义社会、地主社会和官僚社会压迫下创造出来的全部知识合乎规律的发展。"[②]

其实，关于文艺创作个性权利的问题，列宁早在 1905 年就给出了答案："在这个事业中，绝对必须保证有个人创造性和个人爱好的广阔天地，有思想和幻想、形式和内容的广阔天地。"这就从指导思想上确保了作家的创作个性和自由。"……这将是自由的写作，因为把一批又一批新生力量吸收到写作队伍中来的不是私利贪欲，也不是名誉地位，而是社会主义思想和对劳动人民的同情。这将是自由的写作，因为它不是为饱食终日的贵妇服务，不是为百无聊赖、胖得发愁的'几万上等人'服务，而是为千千万万劳动人民，为这些国家的精华、国家的力量、国家的未来服务。这将是自由的写作，它要用社会主义无产阶级的经验和生气勃勃的工作去丰富人类革命的最新成就，它要使过去的经验（从原始空想的社会主义发展而成的科学社会主义）和现成的经验（工人同志们当前的斗争）之间经

---

① ［苏联］伊万诺夫：《苏联文学思想斗争史》，作家出版社，曹葆华译，1957 年，第 76 页。

② 列宁：《青年团的任务》，《列宁选集》（第四卷），人民出版社，1974 年，第 348 页。

常发生作用。"① 十月革命后，在列宁倡导下，由高尔基领衔，苏联在1918年就成立了世界文学出版社，专门出版世界文学经典作品普及本，向工农读者普及世界文学知识，为工农作家开设文学培训学校，提供发表园地，在后来的苏联科学院成立了高尔基世界文学研究所，开展对包括俄罗斯文学在内的世界文学的广泛系统的科学研究，这些文化举措是对俄国文坛虚无主义态度的有力回击，践行了列宁关于无产阶级文化是对人类全部文明成果的合乎规律继承的思想与政策，让劳动大众享受世界文化的丰富成果，让劳动大众的新文艺吸纳与传承世界文艺的精华，切实推进由精英文化向人民文化的转变。

　　当今，尤其值得我们学习的是，列宁是带着马克思主义理论家和战略家的文化自信开启俄罗斯人民新文化建设的伟大征程的。列宁的文化自信来自三个方面：首先是马克思主义的科学理论指导；其次是以包括俄罗斯民族文化在内的欧洲文化遗产作为新文化建设的坚实基础；再次是拥有以高尔基为代表的进步知识分子和积极参与社会主义文化创新实践的新一代俄苏新人。列宁说："我们在天然财富方面，在人力后备方面，在伟大革命为人民创造力提供的广阔天地方面，都有足够的材料来建立真正强大又富饶的俄罗斯。"② 列宁对苏维埃国家的物质文明建设是这样充满自信，对社会主义国家的精神文明建设也同样如此。积极参与实施列宁文化建设构想的俄苏文学家们也充分认识到，苏维埃共和国文化建设的"主要任务之一就是把民族文化和世界文化的财富送给人民"③。

---

① 《列宁论文学与艺术》，人民文学出版社，1983年，第71—72页。

② 《列宁选集》（第三卷），人民出版社，1972年，第489页。

③ ［苏联］伊万诺夫：《苏联文学思想斗争史》，作家出版社，曹葆华译，1957年，第103页。

从苏维埃到"苏维埃性"

"一切权力归苏维埃",是十月革命时代最著名的政治口号。苏维埃俄国、苏维埃政权、苏维埃联盟,乃至苏联国名的全称"苏维埃社会主义共和国联盟",这一系列由十月革命产生的政体术语,其关键词就是"苏维埃"(совет),它的核心意涵是布尔什维克领导的由劳动人民选举出来的新型工农政权的组织形式。在列宁创建的工农新型国家中,它体现、充溢、象征着社会主义的政治内涵和文化内涵。随着苏联的建立与长达七十余年的发展,原本以工农革命政权为核心的苏维埃体制、以革命工农为主体的苏维埃、苏维埃文化也渐渐有了更复杂多样的内涵与外延。苏联解体后,俄罗斯文化界出现了一个以苏维埃(совет)为词根的社会学术语——"苏维埃性"(советскость)。与西方的文论家相比较,俄罗斯的现代文论家有一个理论思维特点,似乎更喜欢提炼文化现象的抽象性质。形式主义文论家的一个理论发明就是"文学性"概念,雅各布森希望文学研究者,特别是理论研究者不止于研究文学作品与流派,而要更深入研究使文学成为文学的那个东西,即"文学性"。而早在十月革命四十周年的 1957 年,苏联人文学界又提出了"文化性"的问题,"我国工人和农民的高度文化性在类似大规模的社会主义竞赛的出色生产生活现象中得到了鲜明的体现"[1]。与此相类,后苏联的人文学界近些年则提出了"俄罗斯性"这个概念。苏联学研究中,这些新术语主要在新俄罗斯的社会学和人类学层面展开。例如,在人类学研究中,"苏联性"被认为是一种新的民族族群。2008 年《莫

---

① 〔苏联〕М.П 金:《苏联文化四十年》,苏联政治书籍出版社,1957 年。

斯科大学导报》第 7 辑发表了《俄罗斯灵魂与苏联精神作为我国文化的两种现象》，古德科夫在《社会科学与当代》2007 年第 6 期上发表了《列瓦达社会学中的苏联人》，此外还有扎雅尔纽克针对当今俄罗斯社会出现的怀旧现象（主要是怀念苏联）推出网文《后苏联时代日常生活中的苏联性》。2015 年的俄罗斯《社会学研究》第 2 期土尼热哥罗德国立大学历史系教授索莫夫就以"苏联性现象：一种历史—文化观点"为题探讨了他所理解的"苏联性"。索莫夫建议对苏联的社会历史要避免情绪化政治作秀式的评价，对作为社会和文化现象的苏联，应该做冷静的研究。他认为 30 年代是"苏联人"形成的"摇篮"。"苏联人"现象的起源与苏维埃国家让青年一代预见第二次世界大战有关。[①]

当然，"苏维埃性"或"苏联性"在文学批评和教学领域也有所论及。例如在喀山联邦大学就举办了一场有关当代作家叶里扎罗夫创作中的"苏维埃性"的学术讨论会，参加讨论的学者把叶里扎罗夫的作品《天国联盟》中的"苏维埃性"与苏联文学中的乌托邦传统联系起来，认为其创作为探讨"苏维埃性"提供了非常丰富的材料。[②] 与此相类似，还有一些学者把"苏维埃性"理解为"充满未来想象的现在"。尽管一些学者对"苏维埃性"或"苏联性"有这样那样的理解，有些甚至是完全负面的阐释，但对十月革命后不久出现的近十年的新经济政策时代的苏维埃文化还是持肯定态度的。"1920年代在苏维埃文化史上尽管有共产党专政的军事管理文化的风格，但仍然是一个繁荣的时代。"[③] 当代著名文化学者康达科夫如是说。

① ［俄］索莫夫：《"苏联性"现象：一种历史—文化观点》，俄罗斯社会学研究网。

② 《当代文学中的"苏联性"在课堂讨论》，喀山联邦大学网。

③ ［俄］康达科夫：《文化学——俄罗斯文化史》，莫斯科，奥梅加—艾尔出版社，第 352 页。

然而，对于文艺学来说，究竟什么叫"苏维埃性"或"苏联性"依然不是一个简单的问题。笔者也想结合对十月革命的历史文化回顾简单谈谈我所理解的文学中的"苏维埃性"。我的粗浅体会是，文学中的"苏维埃性"首先是与十月革命前后那个特定时代相联系的，这个概念让我们联想到高尔基的《母亲》、马雅可夫斯基的《好》、勃洛克的《十二个》、绥拉菲莫维奇的《铁流》、法捷耶夫的《毁灭》、富尔曼诺夫的《夏伯阳》、巴别尔的《骑兵军》、拉夫列尼约夫的《第四十一》，也就是说，这个概念主要是与革命文学及后来的社会主义现实主义文学联系在一起的。另一方面，文学中的"苏维埃性"和"苏联性"不是天上掉下来的，它与文学中的"俄罗斯性"有千丝万缕的血脉联系，特别是与19世纪的俄罗斯进步文学有直接的继承关系。2000年《苏维埃俄罗斯报》发表过一篇当代文学评论，在这位评论者看来，"苏联文学才更像是俄罗斯文学"。显然，他指的是苏维埃文学才更像19世纪的俄罗斯文学，比如普希金、陀思妥耶夫斯基所倡导的要敢于写生活的理念，以及高尔基提倡的写劳动者所期盼的理想生活的那种文学传统。而后苏联的某些作家盲目跟风西方后现代主义，结果他们的某些作品"非驴非马"。

笔者以为，如果不是曲意理解苏联进步文艺，而是历史主义地理解苏联文学的光明面的话，大体还是可以从高尔基的《海燕之歌》、马雅可夫斯基的《放声歌唱》、法捷耶夫的《青年近卫军》、波列伏依的《真正的人》、肖洛霍夫的《静静的顿河》、奥斯特洛夫斯基的《钢铁是怎样炼成的》、伊萨科夫斯基的《喀秋莎》、西蒙诺夫的《等着我吧》、帕乌斯托夫斯基的《金蔷薇》、瓦西里耶夫的《这里的黎明静悄悄》等苏联经典作品中抽象出作为苏联文学共同特征的"苏维埃性"，这些作品大多以革命者、社会主义劳动者、革命战士和进步知识分子为主人公，充满革命理想信念，崇尚坚毅品格，歌颂劳动光荣，鄙视自私自利，情调明亮或略带感伤，文字清新质朴且诗意盎然，等等，满满正能量的这些文学品质似乎就应该是文学中"苏维埃性"的最好注解。有学者把苏联文学的这种文化特质称作苏联文学的"光明梦"。其实，要说苏联文学有光明梦的特点或传统的话，其源头也不完全在苏联时代，或许应该在十月革命后文化史地位更加崇高的普希金的文学传统中。"同志，请相信，那迷人的星辰就要升起"，由普希金政治情诗开创的积极浪漫主义理想之光在十月革命后的苏维埃文学中依然闪亮，它闪烁在高尔基笔下丹柯的红心上，闪烁在伊萨可夫斯基的《灯光》里，闪烁在瓦西里耶夫的《这里的黎明静悄悄》的晨曦中……

当今俄罗斯左翼评论界之所以认为苏联文学才更像从普希金到契诃夫时代的俄罗斯文学，是因为作为俄罗斯民族文学的忠实继承者，经过十月革命洗礼或受十月革命精神哺育成长起来的苏联文学这些大家们，忠实地践行了列宁对待古典文化遗产的光辉思想。因而，他们创作中的"苏维埃性"又怎能不与普希金、莱蒙托夫、屠格涅夫、托尔斯泰、契诃夫的作品中的"俄罗斯性"的光明基因一脉相承呢？当然，苏维埃文学也好，苏联文学也罢，不可能用一个抽象的"苏维埃性"概括出一个有近80年历史的文学传统的全部特征。苏维埃文学是一个流动的创作过程，时而辉煌，时而暗淡，经验很多，教训也不少，这也是在阐释"苏维埃性"时必须注意的。

苏联文学史家利哈乔夫院士在《沉思俄罗斯》中写道"俄罗斯古典文学就是俄罗斯知识分子与人民的宏大对话"，这个传统是从普希金、陀思妥耶夫斯基和列夫·托尔斯泰那里传承下来的。十月革命时代开创的苏维埃文学继承了这个传统，并在马克思主义文艺观引领下为这个传统注入了新的内涵——苏维埃文学深化和扩大了普希金开启的文学与劳动者的精神联系，提升了劳动者的审美素养，培养了社会主义时代的一批文学新人，为世界文学宝库贡献了新的经典。这就是列宁领导的十月革命最为重要的文化贡献之一，这个贡献现特别体现在苏维埃文学中。笔者认为，特别是青年读者十分熟悉和喜爱的反映俄苏革命时代英雄业绩的苏联文学名著，《钢铁是怎样炼成的》又不仅仅是一部形象化的苏联革命历史书籍，它也是一部真正继承了俄罗斯文化优秀传统的文学经典，又充分彰显俄罗斯文学"苏维埃性"的苏联文学标本。

由普希金开创的俄罗斯文学理想光明梦的传统，车尔尼雪夫斯基在小说《怎么办》中开启的"新人"刻画的传统，高尔基把俄国现实主义和积极浪漫主义结合起来的社会主义现实主义创新美学原则都充分显现在奥斯特洛夫斯基的这部经典小说的创作中。这部经典是20世纪30年代苏联作家对俄罗斯文学同时也是世界文学优秀传统继承的杰出代表作之一。苏联解体后，俄罗斯文坛兴起了一股模仿西方后现代创作的潮流，但为当下俄罗斯读者认可的真正精品却未能出现，评论界认为，比起这些所谓的"新潮"文学，苏联时代文学的经典更加接近俄罗斯文学的古典传统。不是有论者在《钢铁是怎样炼成的》这部作品主人公的形象中读出了古罗斯《圣徒传》的韵味吗？不是有论者在保尔名言中体会到19世纪俄罗斯文学家对生活的哲理感叹吗？主人公传奇的成长经历、曲折动人的青春故事、浓郁的抒情氛围、振奋心灵的人生格言，作品所蕴含的这些思想和艺术的魅力，都让当年向往光明进步的革命青年读者们倍感新颖、亲切和振奋。这部充满革命浪漫主义情怀和异国情调的俄苏文学佳作又给热爱文学的世界各国读者以另一种难得的艺术享受和理性启迪。著名作家王蒙在比较中苏革命文学同类题材的作品时，就认为苏联文学在表现革命的同时，也大胆地承认爱情，承认人道主义，写得更温情些，这些思想和艺术特点正是俄苏文学的一种相对优势^①。笔者以为，王蒙先生的这个恰如其分的评价对于《钢铁是怎样炼成的》这样革命现实主义加革命浪漫主义的经典的确是很适合的。我们不禁感叹，在那艰难而寂寞的岁月里有多少青年读者正是通过具有当时革命新时代"苏维埃性"的文学形象而感受了苏联青年的浪漫情怀和世界文学的优秀传统啊！多少年过去了，《钢铁是怎样炼成的》当年给这些读者的温存依然在心。

高尔基说："书籍自有自己的命运。"进入 20 世纪下半叶，特别是新世纪前后，随着世界风云的变幻，《钢铁是怎样炼成的》这部公认的世界名著在俄罗斯国内外也经历了另类评价，甚至遭到诋毁和攻击。经典文艺作品引起争论在文学史、文艺史上并不是什么罕见的现象，大文豪列夫·托尔斯泰就质疑和批判过莎士比亚的经典。但是，真正的文艺经典并不会因为有人质疑就失去光彩，相反，真金从来不惧火炼。

苏联解体前后，在俄罗斯国内外的文化界传统文学史上的许多必读作品遭遇了质疑，在中国俄罗斯文学研究界传承了几十年的苏联文学经典也受到了某些"风派"学者"赶时髦"的评论的嘲弄。《钢铁是怎样炼成的》竟被有的评论者说成是"个人崇拜"的文学产物，企图将这部优秀的作品从经典文学之列中删除，更有偏激的论者竟然妄称这部经典是"一本坏书"。但真正的文学经典是经得起任何风吹雨打的，正如高尔基在《海燕之歌》中信心百倍地预言的那样："乌云是遮不住太阳的，是的，遮不住的！"普希金曾经坚信，他的诗歌一定会被后世广为传诵，因为，他的诗心与俄罗斯人民的心灵相通。同样，从人民大众中成长起来的作家尼古拉·奥斯特洛夫

---

① 王蒙：《苏联文学的光明梦》，《读书》，1993 年第 7 期。

斯基的心也是与俄罗斯人民的心相通的，他的奋斗经历和人生价值观也是与人民信念连在一起的，体现着对人民的忠诚，他奋力地工作，又克服病痛的折磨顽强生活下去，不是为了自己，而是为了人民，所以，他也将不朽。笔者重读这部经典时感到，除了保尔为人们耳熟能详的那段人生格言外，主人公下面这个内心沉思和精神境界同样会让我们永远刻记铭心："即使生活到了实在难以忍受的地步，也要能够活下去，使生活变得有益于人民！"这里没有任何豪言壮语，只有对人生价值的守护和对人民的无限忠诚。在《钢铁是怎样炼成的》遭到错误的理解和评价的时候，2003年梅益先生亲自撰写文章，有理有据地批驳那些求全责备或无端攻击这部优秀名著的错误言论，执着地守护在中国革命和建设时期在青少年教育培养中起过积极而重要作用的保尔精神。我们要真诚地感谢梅益先生！梅益先生是弥足珍贵的保尔精神的捍卫者，也是保尔精神的实践者。

其实，历经苏联解体后十年的动荡，在叶利钦时代后期俄罗斯人文界就开始了对苏联文化传统再反思，俄罗斯文化界和读书界现在逐渐重新评价了俄苏文学经典的思想与艺术价值，包括对《钢铁是怎样炼成的》这部经典小说的评价也重新回归理性。《钢铁是怎样炼成的》这部名作及其作者在其诞生的祖国俄罗斯也终于得到公正的对待。2004年，恰逢作者尼古拉·奥斯特洛夫斯基一百周年诞辰，俄罗斯《文学报》用专栏文章隆重纪念了这位胸怀理想身残志坚的杰出战士和作家，充分表达了俄罗斯人民对文学史上这位英雄作家的缅怀之情。当代正直的俄罗斯教育工作者、学者和出版人认识到，仅仅靠否定或咒骂苏维埃时代的前辈，"俄罗斯是绝不会在废墟上重新崛起的"，应该以历史主义的态度对待包括高尔基、法捷耶夫、尼古拉·奥斯特洛夫斯基在内的苏联革命作家的文学成就，客观公正地评价他们的历史文化功绩。在普京时代，莫斯科教育当局又重新将这部名著列为中学文学教育的阅读书目。1999 年由莫斯科大学教授 T. 格奥尔吉耶娃撰写并由俄罗斯联邦教育部推荐出版的《俄罗斯文化史》就称赞《钢铁是怎样炼成的》是俄罗斯文化史上"一部不可多得的耀眼的文献"。2000 年由俄罗斯国立赫尔岑师范大学审定出版的《祖国 20 世纪文学史》也高度评价尼古拉·奥斯特洛夫斯基的文学功勋。作者认为，"仅仅凭一个残疾作者能写出这样一部著作本身，就是了不起的文化事件"。事实证明，《钢铁是怎样炼成的》这样一部充满正义理想且以超常毅力写出的世界文学经典是经得起历史检验的。

诚然，每个时代都有自己新的时代偶像，新的时代楷模。毋庸讳言，保尔·柯察金这个 20 世纪上半叶诞生的青年偶像在新世纪来临之际同样也遭遇了新时代新观念的挑战。如何看待保尔的精神？需要我们做出新时代的回答。在市场经济时代，究竟是学保尔·柯察金，还是学习现代创业者的典范比尔·盖茨？这个青少年成长中的新问题曾经在国内媒体中掀起了争论波澜。实际上，这是人们习惯于二元对立思维在学习对象选择中的一种非此即彼的简单化的表现。笔者认为，保尔精神象征着人类为理想社会的实现而顽强奋斗的坚定信念，体现着珍惜宝贵生命且积极有为的人生态度。无论在什么时代，这种积极的人生观和价值观都会发挥正能量的作用。无论是面对工作中的困难，还是生活中的困难，这种精神从来都是需要的，也绝不会过时。而美国的时代精英比尔·盖茨善于抓住机遇，用自己的智慧利用新技术创业积累财富，也是新时代的创业人可以学习借鉴的一种榜样。其实，不同时代的这两个偶像所蕴含的人生价值意义并不矛盾，为何一定要进行非此即彼地排他性取舍呢？因此，在我们这个生活与发展方式具有多样选择的新时代，既需要保尔顽强精神之坚毅，也需要比尔·盖茨的现代创业经营理念之精明，继承优良传统，奋力开拓创新，相辅相成，相得益彰，才是当代青年发展的明智抉择。

今天的时代与保尔战斗的年代已经有了很大的不同，但保尔的精神却依然可以激励处在困境中的人们坚韧不拔，永不言弃。20世纪90年代，北京卫视曾经播放过对一个当代成功商业人士的采访录，当年，这个从内地初到香港发展的青年创业者很不顺利，他回忆说，恰恰是保尔·柯察金的精神给了他无穷的力量。每当他遭遇挫折时，在他的脑海里总是会浮现出《钢铁是怎样炼成的》中革命者和人生启蒙导师朱赫来教保尔打拳的那段经典的难忘情形：保尔一次次地被击倒，但在朱赫来的激励下又一次次地站了起来，直至学会了拳击，并在学会拳击运动的同时也锤炼了顽强不屈的奋斗精神。这个创业者深有感触地说，正是这个苏联文学的经典形象，不屈的英雄性格始终激励着自己。显然，保尔·柯察金精神和小说《钢铁是怎样炼成的》的阅读经历成为这个创业者日后宝贵的精神财富，是他创业成功的重要精神因素之一。

从传统经典中汲取有益的人生观价值观，学习和发扬前辈英雄的奋斗精神，只会有助于新时代青年人的成长。当用保尔精神激励自己为祖国为人民奋斗而事业有成时，我们不会忘记保尔·柯察金人生名言给我们的鼓舞力量。奥斯特洛夫斯基的新人就典型地体现了俄罗斯文学的苏维埃性。

苏联卫国战争经典文学与苏维埃性

一、战时抒情诗与民族文化元素的完美融合

苏联卫国战争文学是世界反法西斯文学的重要构成之一。卫国

战争伊始以俄罗斯作家为主体的苏联作家们就表现出了对苏维埃祖国高度的责任感。他们在《真理报》上发出倡议："每个苏联作家都准备为抵抗我们祖国敌人而进行的神圣人民战争献出自己全部的精力，全部的经验，全部的才华，全部的热血。"①法捷耶夫、西蒙诺夫、米哈尔科夫、伊萨科夫斯基、肖洛霍夫、爱伦堡、阿·托尔斯泰、特瓦尔多夫斯基、列别杰夫－库玛奇、阿·苏尔科夫、吉洪诺夫、阿赫玛托娃、别尔戈丽茨等一大批杰出的作家都积极响应苏维埃祖国的号召，或亲赴前线，或坚守后方，用文学为武器向法西斯开火，以爱国的激情篇章激励将士斗志，鼓舞人民士气，用正义的精神力量参与卫国战争，助力苏联胜利。

卫国战争的年代对于俄罗斯文学家来说是严峻的时期，也是深沉思索人生的时期，是作家更加热爱祖国和人民的时期。正像苏联英雄朱可夫元帅 1945 年胜利阅兵式前一天在《文学报》上发表的《为自己的人民服务》这篇文章里所说："在撤退和胜利的时日里，在考验和喜悦中苏维埃作家与人民站在一起。他们没有当历史事件冷漠的看客，而是做了斗争的积极参与者。他们以艺术的语言帮助了我们胜利的事业。这使人们有理由相信，作家们与人民保持了血肉的联系。现在，在和平的时期他们也能够概括伟大卫国战争年代的经验并创作出继续教育后代斗争并且胜利的作品。"②而苏联另一位在远东领导对日作战的统帅华西列夫斯基元帅也在《文学报》撰文称赞苏联作家的功勋，"在鼓舞红军去建立伟大的战斗功勋，激励全体苏联人民进行神圣的战争，争取我们祖国的独立的时刻，苏联作家为胜利的事业做出了无可估量的贡献"③。在卫国战争的那些"日

---

① 《真理报》1941 年 6 月 24 日。

②③ 苏联《文学报》1945 年 6 月 23 日。

日夜夜"①苏联抒情诗人们正是其中的主力。

俄罗斯近代以来为世界文坛贡献了无数优秀的爱国主义抒情诗，这个由普希金和莱蒙托夫开创的传统在苏联卫国战争的文学中上升到又一个新的高峰。在战争风暴突然袭来，在苏维埃国家遭受考验的危难时刻，苏联爱国的诗人们没有置身事外，袖手旁观，而是立刻与苏联军民一道挺身而出，用诗作投入抗战，把自己对社会主义祖国、民族、土地和亲人之爱凝结在深情而优美的诗篇之中，这些诗篇或成为唤起军民战斗决心的征战檄文，或称为安慰受难心灵的诗意家书，或变成预言终将胜利的坚定信念。伊萨科夫斯基、西蒙诺夫、列别杰夫－库玛奇、特瓦尔多夫斯基、苏尔科夫、阿赫玛托娃、别尔戈丽茨都为壮烈的卫国战争贡献不朽了诗歌名作。在战时涌现了许许多多的那些抒情诗和歌词，它们至今是俄罗斯诗歌文化的杰出代表。而列别杰夫－库玛奇的《神圣的战争》、伊萨科夫斯基在战前即出名而战时更广为传诵的《喀秋莎》和西蒙诺夫的《等着我吧》这三首抒情诗歌已然化为苏联卫国战争的三座诗歌文化纪念碑，成为俄罗斯和苏联爱国主义传统和战时抒情诗的经典象征。这三首经典诗作集中体现了卫国战争时期苏联战时歌诗的宏大的抒情－檄文性、抒情诗与民族文化元素的紧密关系和传统主题及体裁的积极演进三个方面的重要特征。

二、宏大的檄文史诗的激情

法国艺术哲学家丹纳在《艺术哲学》中提出过文化的地理环境决定论。这是符合存在决定意识及其意识特点的朴素的文化哲学观。俄罗斯文学的宏大气势的确是与文学产生在这个国土辽阔的地理疆

---

① 《日日夜夜》是苏联作家西蒙诺夫一部著名的卫国战争小说。

域有关。列别杰夫－库玛奇和亚历山德罗夫合作的歌诗《神圣的战争》是代表战争初期号召苏联军民奋起抗战的诗篇中最杰出的一首，它堪称"苏联的战时国歌"。这首歌诗体现了世界上第一个社会主义大国面对突如其来的战争风暴袭来无所畏惧，愤然抵抗，有所担当的民族豪情和巨大勇气，它气势庞大，壮怀激烈。

　　　　起来，巨大的国家，
　　　　起来，作殊死的战斗，
　　　　与法西斯黑暗的力量
　　　　与可咒的匪帮。
　　　　让高贵的愤怒，
　　　　像洪涛一般喷发，
　　　　正在进行着人民的战争，
　　　　神圣的战争！
　　　　……………
　　　　我们为光明与和平而战
　　　　而他们是为黑暗的王国。
　　　　……………
　　　　我们要用全部的心灵，
　　　　我们要用所有的力量去战斗，
　　　　为了我们亲爱的祖国，
　　　　为了我们伟大的联盟！

　　列别杰夫－库玛奇的这些歌词如此壮阔而宏大，其气势典型地表现了一个拥有 1.5 亿人口和 2200 多万平方公里的世界社会主义工业大国在抵御法西斯德国入侵时人民团结一致共御外敌的巨人情怀与坚强决心。1941 年 6 月 24 日，诗歌同时发表在《红星报》和《真理报》上，《红星报》的战时的主编和他的同事从一开始就渴望能有一首反映伟大的卫国战争时期的主旋律歌曲，列别杰夫－库玛奇的创作正好回应了时代的要求。这是神圣的战争，这正是当时作战的苏联军民心中想表达的思想，"列别杰夫－库玛奇第一个大声地向全国发出了这些思想"。①这首战歌被苏联文化界公认为卫国战争初期的第一首宏大的作品。直书胸怀，无须修辞，放声呐喊，马雅可夫斯基号召式的直率诗情是这个宏大战斗抒情诗的特点之一。"在《神圣的战争》这首诗里，没有任何修饰，更没有任何修辞的形式，一切都那么严峻、严厉，但是却充满了真情，运用了最平常的词汇语言——'巨大的国家''炽热的思想''高贵的愤怒'等等。……但在这首诗歌里却有史诗般的音调，这个音调造就了诗歌的规模和广度。"②

鲜明、简洁，富于强烈的感召力和宏大的史诗渲染的氛围使《神圣的战争》仿佛一夜之间就成为一座刻有史诗般檄文的卫国战争抒情诗纪念碑。由于这首诗歌巨大的爱国主义感召力和完美的艺术形式，《神圣的战争》在抒情诗的创作体裁上也成为当时独特的"体裁中心"，以这首"战时国歌"为代表的卫国战争抒情诗"开启了自己与颂歌融合的战斗的步态"，即宏大的壮歌与军队进行曲有机完美地结合的"战时抒情诗模式"③。

与此相配合，另一位特别重要的前线诗人，战时《文学报》主编阿·苏尔科夫的作品（著名歌曲《在战壕里》的词作者）也体现出"宏

---

① 《战争燃起的歌曲集》，苏联，军事出版社，1984 年，第 195 页。

② ［苏联］梅特琴科主编：《俄罗斯苏联文学史》（第二卷），1963 年，第 12 页。

③ ［苏联］维霍采娃主编：《俄罗斯苏联文学史》，高等教育出版社，1986 年，第 319 页。

大壮阔的抒情—叙事风格特征"。宏大的抒情—史诗气魄是以列别杰夫－库玛奇、苏尔科夫作品为代表的诗歌的最显著的特点。像苏尔科夫《勇敢者之歌》这首抒情诗是战时初期仅次于《神圣的战争》的抒情动员歌词。这首抒情战歌蕴含着悲怆—浪漫的激情，它发表在1945年的6月25日的《真理报》上，仅比《神圣的战争》晚一天，诗歌一经发表就吸引了包括著名音乐家普罗科菲耶夫和索洛维约夫－谢多伊在内的作曲家前来作曲配乐。

> 祖国在召唤勇敢者，
>
> 勇敢者向胜利冲，
>
> 前进之路向勇敢者敞开，
>
> 子弹惧怕勇敢者，
>
> 刺刀躲避勇敢者……
>
> 歌声像展翅的飞鸟，
>
> 召唤着勇敢者踏上征程，
>
> 子弹惧怕勇敢者，
>
> 刺刀躲避勇敢者。

在短短的三节歌词中，"勇敢"这个关键词的词根是以密集排比的形式连续九次出现，犹如战场上紧急的冲锋号角连续吹响了八次，激励着人们争先恐后地应征入伍奔赴前线。这首战歌与俄罗斯古代的壮士歌在民族文化精神层面有高度的契合。

尽管，随着卫国战争战事的快速发展和战时文学创作主题与形式的逐步深化，后来的抒情诗歌创作在体裁形式上有所变化和扩展，但战争之初的这种宏大的、史诗性的、檄文号召式的抒情诗歌的确在苏联诗歌史上独树一帜、印记深刻，成为整个苏联诗歌文化的最有力的主要标志之一。

　　苏联战时抒情诗繁荣的另一个因素是依托民族文化的强大传统，彰显了苏维埃歌诗真正的人民性和民间性的特征。伊萨科夫斯基的抒情诗最能代表苏联文学与俄罗斯民族文学紧密传承关系的特征。在战时这种创作思想与审美的特点更加突出。著名歌曲《喀秋莎》就是典型代表作。它虽然写于卫国战争爆发前的 1938 年，但此时，苏军与盘踞远东的日寇的战斗已经是第二次世界大战的主要战役之一，即早已成为世界反法西斯战争的有机组成部分了。因此，伊萨科夫斯基此时的军旅诗歌自然也是苏联卫国战争抒情文学的重要代表作。

　　在伊萨科夫斯基抒情诗里到处体现了俄罗斯民族的和古典文化的丰厚营养滋润。伊萨科夫斯基的军旅情诗在苏德战争前就已经蜚声苏联国内外诗坛。卫国战争爆发后，他更是以自己擅长的军旅抒情诗参与战时的鼓舞行动。战前，他诗歌的基本主题大多是讴歌青春，赞美爱情，但是，这些抒情主题都总是与对祖国的爱结合一起体现的，在战时他创作这种倾向更加突出，就更加适合表达战争时期的抒情主题。而这正是俄罗斯古典爱国诗歌的传统对诗人的深刻启示，《喀秋莎》恰是俄罗斯古典爱国抒情诗样式在苏联时代的艺术复活之作。

　　著名的伊萨科夫斯基的研究专家 A. 恰金就指出："《喀秋莎》奇特的命运众所周知。它等来了特别的荣誉。"它不仅在 20 世纪 30 年代末已被广泛接受，而且在战时几乎只有特瓦尔多夫斯基的《瓦西里·焦尔金》与之齐名，而后来这首名曲甚至影响到苏军将士喜爱的震耳欲聋的可怕的火箭炮的命名。在诗人的故乡，乌戈拉河岸上还特地为这首著名的诗歌树立了一座纪念碑。这是苏联境内唯一的一座诗歌纪念碑。这的确是卫国战争时代的一个文化传奇了。

伊萨科夫斯基的《喀秋莎》的成功后面是俄罗斯诗歌文化，特别是民间歌谣文化、史诗文化的强大传统。恰金指出："在这个形象后面是一个巨大的传统——这个形象几个世纪以来植根于人民的意识之中，活在民间作品当中；就在文学中这个形象的'生平'开始于久远的历史创作文献，开始于《伊戈尔远征记》。"[①]伊萨科夫斯基完成了俄罗斯民众期待的理想形象的塑造。他塑造了一个心爱的姑娘在忠实地等待自己的情郎，祖国的守卫者。在这里体现俄罗斯人民自古以来久远的爱国主义价值观传统与颂扬忠贞情爱传统的完美结合。

俄罗斯文学史专家发现，伊萨科夫斯基把《伊戈尔远征记》的史诗传统元素巧妙地融进了自己这首抒情诗篇。史诗女主人公罗斯大公夫人雅罗斯拉夫娜，在古老公国的高高的城墙上祈祷远方征战的伊戈尔王公的情境变形地再现于喀秋莎的形象之中。喀秋莎在陡峭河岸上思念并祝福在远方与日寇作战的苏联边防战士。

对传统诗歌象征元素的广泛运用也是伊萨科夫斯基诗歌的特色之一。苏联文学批评家温格洛夫还发现伊萨科夫斯基在诗歌"象征对应"的运用上继承了俄国革命诗人涅克拉索夫的民间诗歌传统。如在《喀秋莎》等诗歌里反复地对"雾气与忧郁""河流与分流""星辰与幸福"的象征对应意象的运用，增强了诗歌明亮的思绪，等等。

当然，伊萨科夫斯基的这首诗歌注入苏维埃当代的主题，即苏联人民必胜的主题。温格洛夫指出："伊萨科夫斯基的抒情诗中苏维埃爱国主义的主题，社会主义祖国的主题是以苏维埃人的形象体

---

① ［苏联］恰金：《道路与人物论——20 世纪俄罗斯文学》，高尔基世界文学出版社，2008 年，第 456—457 页。

现出来的。"①"艺术家怀抱着一个强烈的愿望，亦即表现自己今天，此刻必胜的信念从而增强了战斗着的人民的斗志，而这种信念正是来自于人民的丰功伟绩。在同法西斯进行战争的年代里，苏联文学不曾表现过失败主义的情绪。"②《在前线的森林里》《灯光》正是这样的代表作。对生命的信心，生命必将战胜死亡，这是许多苏联作家都坚守的信念，这也成为伊萨科夫斯基的抒情的主导思想。

伊萨科夫斯基的军旅诗歌还是俄罗斯和苏联文学追求光明传统的典型体现。正如我们所见，在伊萨科夫斯基的《喀秋莎》《柳布什卡》和《灯光》这一类诗篇中贯穿如一的是光明对抒情主人公情感的照耀，是苏联军民对光明的不倦的追逐，对光明的永恒的守卫：

啊，这歌声，

姑娘的歌声，

向着光明的太阳飞去吧！

（《喀秋莎》）

在那遥远的边疆，

曙光从那里升起。

（《柳布什卡》）

在姑娘的窗前，

始终燃烧着那盏灯光，

---

① 《俄罗斯苏联文学史》，苏联科学院高尔基世界文学研究所编，苏联科学院出版社，1960年，第378页。

② ［苏联］梅特琴科：《继往开来——论苏联文学发展中的若干问题》，石田、白堤译，中国社会科学出版社，1983年，第288页。

…………

你究竟在何方？

亲爱的姑娘，

你究竟在何方，

我亲爱的灯光？……

始终不会熄灭

那金色的灯光。

…………

为了苏维埃祖国，

为了亲爱的灯光。

（《灯光》）

这些光明梦的诗句很自然令读者联想起普希金的诗句"同志，请相信，那迷人的星辰即将升起"（《致敬恰达耶夫》），而伊萨科夫斯基执着光明意象的诗句表达正是继承了普希金等俄国启蒙时代古典作家对祖国未来充满自信的文学传统，是俄罗斯进步文化的光明梦信念在20世纪苏联诗歌创作的再现和继续，是战时苏维埃俄罗斯文学思想正能量的典型体现。

战时苏联歌诗的互动性早就出现在伊萨科夫斯基的歌曲热现象中。"伊萨科夫斯基的歌曲很早就成为人民的歌曲，它们不仅是诗人创作的高峰，而且成为苏维埃时代的高峰。人们在工作和休息的时候都尽情地传唱，无论快乐还是忧郁。人们微笑地倾听它们熟悉的旋律。"[1]"人们自己创作歌曲的新的版本，时而继续歌曲的情节。研究者们已经收集到《喀秋莎》和《灯光》的几百种变体。在前线

---

[1] 《俄罗斯苏联文学史》，苏联科学院高尔基世界文学研究所编，苏联科学院出版社，1960年，第385页。

那些歌手即兴地把战士与情人在战后相逢的情景编到歌曲的结尾中演唱。"①而这种诗歌文化的互动性现象在西蒙诺夫的《等着我吧》等战时抒情诗发表后达于高潮。

三、传统主题的积极演进个性情感的高尚升华

众所周知，西蒙诺夫的《等着我吧》也是在战时和战后都广为传诵的一首著名情诗，它和这位作家的著名小说《日日夜夜》《生者与死者》一样，几乎成了西蒙诺夫文学巨大成就和声誉的代名词。这首情诗在苏联文学史上被看作是对《神圣的战争》诗意征战号召的回应。在整体的卫国战争诗歌时空格局上有一种对应关系，前者是壮怀激烈的宏大豪情，后者是柔情似水的细腻的温情。但两者都真实地展现了战时苏联军民的普遍心理和情绪，诗人们从不同的诗意视角和以不同的诗情表达了爱祖国、爱人民、爱亲人的真情实感。从这种诗情对应格局来看，苏联文学对集体主义的推崇和对作家创作个性的尊重即使在战争时期也得到了辩证的统一和完美的实现。作为战士的责任感和作为情感丰富的活生生现实的人的隐秘内心也得到了充分的表达。诚如苏联著名文学史家梅特琴科指出的那样："在战争年代里，诗歌，特别是抒情诗的广泛流传，证明了全民的东西不仅没有压制个人的东西，而且还为它的自由表现创造了前提。"②西蒙诺夫的《等着我吧》的发表和流传就是一个明证。

其实，从俄罗斯 20 世纪宏大的文学史语境来考察，西蒙诺夫的这首最著名的情诗不仅是对战时诗歌创作时代呼唤的积极响应，而

---

① 《俄罗斯苏联文学史》，苏联科学院高尔基世界文学研究所编，苏联科学院出版社，1960 年，第 385 页。

② ［苏联］梅特琴科：《继往开来——论苏联文学发展中的若干问题》，石田、白堤译，中国社会科学出版社，1983 年，第 288 页。

且还是对苏联早期革命诗情主题的延续和深化，是俄罗斯诗歌文化中的一次潜在而深沉的审美诗意的对话。

在 1905 年俄国革命到十月革命的时期，俄罗斯著名的无产阶级诗人阿·格梅列夫（1887–1911）曾经写下了一首著名情诗《别等我啦》，这首诗歌充溢着革命者大义凛然、义无反顾投奔革命战场的坚定情怀。格梅列夫是一位布尔什维克革命家，马克思主义的宣传家，在革命生涯中同时也从事文学创作活动。《别等我啦》革命者向自己亲爱的伴侣诉说了爱情诚可贵，但献身祖国正义事业更重要的毅然豪情：

> 别等我啦……我将毫不怜惜地
>
> 自主地离你而去……
>
> 斗争在召唤我。原谅我，亲爱的，
>
> 最后一次，无须相互起誓，
>
> 我爱你！但是为了故乡的土地
>
> 我应该献出生命。别等我啦……
>
> （格梅列夫：《别等我啦》）

"战士自有战士的爱情"（郭小川诗语），这位俄罗斯革命诗人为自己故乡的解放，毅然决然地告别了曾经的爱情，告别了亲密的人生伴侣，不愿意再做爱情的俘虏，而愿当革命的烈士，让恋人放弃对他等待，此时无情胜有情，此处无情有大爱，在别离的时刻诉说一种别样的爱情，舍弃小爱献大爱，这里表达的正是俄国第一代无产阶级革命诗人的典型高尚情怀。革命的主题与爱情的主题以一种深情而悲怆的坚毅情调融合在一起，而成为苏维埃诗歌史上的经典抒情之作，它对西蒙诺夫这些革命后成长起来的苏维埃诗人产生了深深的影响。

显然，西蒙诺夫在卫国战争初期写下的《等着我吧》这首新作从主题和形式上看，正是在回应先辈的创作，虽然西蒙诺夫用其反义，但在深沉的内涵上，与苏联革命文学的不屈斗志情怀是一脉相承的。而在情愫上更加委婉温存，时代的不同，诗歌主题的深化和变化也是必然的。与格梅列夫《别等我啦》诗歌有别的是，在西蒙诺夫情诗的款款柔情中首先蕴藏着的是对反法西斯战争必然胜利的信心，从而是建立在这种胜利信心基础上的对情人深切而复杂的期许。正如战后苏联文学史家指出的那样，在卫国战争时期的文学中号召军民保家卫国的同时，普通士兵的生存伦理问题也提到前面，"士兵奔赴前线不是去送死，而是去生存"，"伦理问题并没有与军事—战略问题对立起来"。[①] 这些观念也体现在西蒙诺夫的抒情诗中，战斗意味着去争取胜利，意味着期待将士的凯旋，所以，"等着我吧，我会回来的"的抒情主旨已经不再是前辈诗人的那种"别等我啦"壮士一去不复返的悲壮诀别主题与情绪。这样的诗意主旨的变化预示了战时苏联作家心中充满了卫国战争终将必胜的坚定自信。当年布尔什维克传统的革命抒情主题在苏维埃国家日益强大的新形势下有了一种积极的演进，从而推进了苏联诗歌思想主题的进步。

> 等着我吧，我会回来的。
> 只是要苦苦地等待。
> 等着我吧，我会回来的：
> 死神一次次被我挫败，
> ………………

> （《等着我吧》，苏杭译）

---

① 《俄罗斯苏维埃文学史》（第二卷），莫斯科大学出版社，1953 年，第 99 页。

西蒙诺夫用执着的苦情表达的是对苏联军民必胜的信心,是这首战争初期就赢得前线与后方读者普遍欢迎的首要因素。自信与胜利终将战胜死亡,是整个卫国战争文学的主题,同时也是这首著名情诗所要努力表现的首要主题。

不能不承认,苏联卫国战争的战时情诗已经不完全同于早年十月革命时期革命者单纯的情愫了,而体现出一种更加复杂、更加真实的个性情感存在。据文学史家考证,诗人西蒙诺夫的这首情诗是原是写给他挚爱的新婚妻子的,表达了当时抒情主人公的一种颇为纠结特别的离别之绪。叔本华说"久离情疏",情人的情感关系如何经得起时空距离的考验,这的确是一个常见的情感生活问题,更何况是面临战时的生离死别如此的重大考验,西蒙诺夫借助情感逐渐加深的排比的祈使诗句,绵绵不断地倾诉了离别战士的衷肠。无须讳言,在诗歌开始和中间部分,这种诉说与祈使中也隐隐地流露出抒情主人公对可能失去情爱的种种担心,这样的内心情愫袒露显现了苏联战时浪漫的现实主义创作的高度真实性。于是,我们在诗中读到抒情主人公千叮咛万嘱咐:

> 等到别人不再把亲人盼望
> 往昔的一切。一股脑儿抛开,
> …………
> 等着我吧,我会回来,
> 不要祝福那些人平安
> 他们口口声声地说:
> 算了吧,等下去也是枉然!
> 纵然爱子和慈母认为

我已不在人间

纵然朋友们等得厌倦，

在炉火旁围着

啜饮苦酒，把亡魂追念……

你可要等下去啊！

千万不要同他们一起

忙着举起酒盏。

…………

（《等着我吧》，苏杭译）

上述两节诗歌，很明显，委婉地表达了抒情主人公预感的可能的隐忧。不过，这样真实的贴近生活的表白不仅没有消解抒情主人公的作为战士的勇敢形象，这种真情的流露，反而赢得了读者更加普遍的情感认同，扩大了这首抒情诗歌在战时在前线参战和后方等候的读者中的艺术影响力。

尽管，在这首继承了苏联革命情诗风格的真情诗歌里，曲折地表达了作为战士对情人或妻子情变的隐忧，深沉地传递爱慕者温柔的祈求，但是，在这种复杂情感的表达之后，作品抒情的基调再次转向积极的一面，转为体现抒情主人公对抒情对象的深沉信任：

从死神中，是你把我拯救出来

只有你和我两个人明白，

因为你同别人不一样，

你善于苦苦地等待。

（《等着我吧》，苏杭译）

而在最后的一节诗歌里，作者已经把个人的情感经历转化为对战时广大苏联女性勇敢坚韧的性格与品行的概括与赞美，从而将个性的情感经历记录升华到对苏维埃社会高尚的情感道德的礼赞。抒情诗光明的结尾正彰显了苏联进步文学对苏维埃社会新的道德力量的形成的信心，体现了苏联时代文学光明梦传统的典型特征。

　　实际上，西蒙诺夫的这种回应式、对话式的诗歌创作在卫国战争时期成为一种特别盛行的抒情创作现象。《等着我吧》和苏尔科夫的《在战壕里》以及伊萨科夫斯基的《灯光》这三首最著名的抒情诗一经发表不仅在苏联全国被广泛传抄，而且还得到前线与后方业余诗歌作者难以计数的诗意的"回答"[①]，形成了一种蔚为壮观的战时抒情诗歌对话的文化大观。作者和读者的诗歌对话证明，在卫国战争的卓绝时代，苏联抒情诗人们与人民的心灵的完全契合。这在世界诗歌史上也是十分罕见的文化盛景。

　　诗人阿·苏尔科夫在战时的一篇政论中写道："在苏维埃诗歌时代还没有任何一个时期，像战时的这些年代里写出了那么多的抒情诗。"[②]这些写于前线和后方的战时抒情诗全景式地诗意地记录和描绘了苏联人民在战争年代的英勇壮举，展现了他们不屈不挠的战斗精神和丰富的内心世界，丰富了俄苏诗歌的创作经验，提升它们的审美品质，从而成为世界诗歌文化的宝贵遗产。

---

①② ［苏联］维霍采娃主编：《俄罗斯苏维埃文学史》，高等教育出版社，1986年，第309页。

结语：关于新时代外国文学研究的思考

　　普希金的艺术成就与俄罗斯当年作为文化大国的崛起充分说明了文化自信对于一个民族文化发展的重要性，我们的外国文学研究也应该充分认识和研究这个文化发展规律。

　　从新文化运动和五四以来，我国的外国文学研究已经走过了百余年辉煌历程，新中国的外国文学研究在马克思主义的指导下焕然一新；改革开放后，新时期以来外国文学研究和学科建设获得了更广阔的学术发展空间，学术资源愈加丰厚，文化视野更为宽广，研究方法也更加多样，近四十年来取得了丰硕的研究成果。在繁荣和发展社会主义文艺和社会科学新的历史机遇期中如何进一步建设好外国文学研究学科，推动学科朝着更加充满活力的空间发展，值得当代外国文学研究者倾力思考。

一、文化自信与民族文学的崛起

　　中国是具有上下五千年悠久历史的文化大国。我们具有接受和吸纳世界文化优秀成果的宽厚的文化平台。新世纪的外国文学学科建设，在了解、吸收、借鉴和研究外国文学的过程中，特别需要的正是这种文化自信。而以鲁迅为代表的中国现代文化先驱正是站在这样坚实的自信的文化平台上发现和"拿来"近代先进的外国文学资源的。鲁迅就是满怀文化自信而面对世界文学的楷模。记得在刚刚粉碎"四人帮"外国文学研究迎来科学的春天之时，茅盾先生就呼吁外国文学翻译者和研究学者要"向鲁迅学习"。因为，鲁迅的"拿来主义"的立场，恰恰就充分体现了他作为具有世界眼光和民族文化主体立场的大家的高度文化自信。"鲁迅对于中外古今的文学遗产，从不采取片面的极端的态度。他是辩证地看待它们的；他主张吸取精华，化为自己的血肉，主张借鉴，古为今用，洋为中用。……他猛烈抨击当时所谓'全盘西化'的谬论，并斥之为洋奴思想。但他对于西方文化、文学的优良部分，便热情地翻译和介绍。他努力于介绍19世纪的批判现实主义文学和反映被压迫人民、民族的文学，但他也重视欧洲古典文学（指古代希腊、罗马和欧洲资产阶级上升时期的文学），认为可以借鉴，应当吸收其血肉以滋补我们自己而弃其皮毛。他主张文学题材和风格的多样化……我们在介绍世界文学工作方面向鲁迅学习，我以为就应当学习这些。"①茅盾先生虽然是在近四十年前针对外国文学介绍而发出学习鲁迅继承和发扬鲁迅传统的呼吁，但对于今天我们深化和推进外国文学研究依然有深刻的学科构建意义。这就是我们依然需要鲁迅那样的文化自信，我们依然需要鲁迅那样的辩证的方法论，我们依然需要鲁迅那样无限宽广的文化视野。提倡文化自信就需要厘清如何理解外国文学研究中的"主体"问题，也即文化本位问题。主体问题既是一个立场问题，也是一个研究宗旨问题，即我们的外国文学研究者究竟站在什么位置上来审视外国文学，研究外国文学。从建设有中国特色的社会主义文化的目的来看，我们的答案只有一个，只能站在本民族的文化的立场上和基石上吸取外国文学和外国文论批评的优秀资源来繁荣

---

① 茅盾：《向鲁迅学习》，《鲁迅与外国文学》，外国文学出版社，1982年，第10—11页。

好发展好我们的文学研究，探寻文学发展的规律。这就要求外国文学的研究者必须首先学好自己的母语文化，在翻译介绍和研究中运用好自己的母语。

热爱自己民族的文化，坚持文化自信也是马克思主义文化建设的原有之义。马克思主义活动家李卜克内西谈到马克思的修辞风格时候指出："马克思是一个严格的修辞家；他常常花很多时间力求找到需要的字句。他憎恨滥用外国字。尽管他一生有三分之二的时间是在国外度过的，但我们在马克思的著作中却发现了多少独创的真正的德国文字的用词造句啊！他对德文有很大的贡献，而且是德国韵文的最卓越的大师与创造者之一。"① 李卜克内西对马克思的这个赞誉中彰显了马克思主义对待民族文化主体性的正确立场，给我们的启示是在关涉外国文化语境的时候，坚守民族文化主体与本位对于创造民族语言的重要性。

著名的作家、教育家和翻译家曹靖华先生常常教导自己的学生要学好母语。文学翻译首先是在对外国语言的转换过程中找准对应的母语词句。如果不掌握好自己的母语，这个起码的转换任务就难以完成。

二、外国文学研究应坚持主题思想与艺术形式并重

柏拉威尔在谈到马克思的文学研究特点时注意到："马克思不常谈到形式问题。他在文学上的美学观点，像黑格尔一样，承认（Gehalt）② 第一，主题和思想第一；他在早年有句箴言：'形式如果不是表达其内容的形式就没有任何价值。'这在他评论具体文学作品时仍然在他的思想深处经常起作用。这句箴言的含义是，一部

---

① 《马克思恩格斯论文学与艺术》，陆梅林辑注，人民文学出版社，1983年，第333页。

② 内容或意涵的意思。

作品要表达什么思想和她的表达方式必须协调一致。但这也意味着马克思对于那些知道怎样使用缰绳但是却没有马匹的艺术家,对于一切形式主义和唯美主义,对于用华丽的辞藻掩盖陈腐的思想、感情,甚至无知的'美文学'感到厌烦。"① 德国浪漫诗人梅林在谈到马克思的文学鉴赏方面时特别赞赏马克思的态度。"正如他对莎士比亚和瓦尔特·司各特的偏爱所表明,是没有任何政治和社会成见的。但是他也绝不是那种常常和政治上的漠不关心或甚至奴颜婢膝相连的'纯粹美学'的信徒。在文学方面马克思也是一个了不起的人,一个不能用任何死板公式来衡量的具有独到见解的学者。因此,他在文学读物方面完全没有洁癖,有时对于那些学院审美家望而生畏的读物,他也不嫌弃。"②

一个时期以来,外国文学介绍与研究重形式轻思想主题的倾向客观存在。对内容第一形式第二的文学研究的传统有所忽视。在外国文学研究中应当注重思想内容与艺术形式的统一,避免对不问思想主题形式主义文学批评的误区。其实,世界文学史上的许多经典作家都是十分重视作品的思想内容的。陀思妥耶夫斯基就把长篇小说的思想性视为 19 世纪文学"不可分割的一个属性"③,他盛赞维克多·雨果是当代(他生活的那个时代)文学中恢复思想的主要预言家。受雨果和陀思妥耶夫斯基和列夫·托尔斯泰的艺术创作的影响,后来被鲁迅称赞的俄罗斯 19 世纪后期的小说大家安德列耶夫也

---

① [英]柏拉威尔:《马克思和世界文学》,梅绍武等译,三联书店,1980 年,第 552 页。

② 《马克思恩格斯论文学与艺术》,陆梅林辑注,人民文学出版社,1983 年,第 333 页。

③ 《冈察洛夫 屠格涅夫 陀思妥耶夫斯基 柯罗连科文学论文选》,冯春选编,上海译文出版社,1997 年,第 272—273 页。

认为，"思想"应该成为长篇小说的"主人公"。欧洲进步文学重视文学创作的思想性的传统一直延续到整个 20 世纪。苏联小说家政论家爱伦堡在《马雅可夫斯基的传统》一文中对文学上片面追求形式创新而导致作品内容空洞的流弊深恶痛绝。他说，形式主义文学之风导致的最坏结果就是"只让作家掌握了形式"。因此，新世纪的外国文学教学、研究和学科建设应该不要再重蹈 20 世纪已经被有觉悟的作家早已摒弃的文学研究的覆辙。

三、"外位性"与外国文学研究

国内的外国文学研究的一个传统和常态是由学习对象国语言的学者来从事该语种的文学研究。这种格局的优势是，由于长期学习钻研对象国的语言，阅读原著比较容易，第一资料也容易掌握。但也由于习惯对象国语言的阅读，易受该语言文化的熏染和影响，从而在思维上陷入对象国的文化模式中而不能自拔。甚至有的研究者从不自觉到自觉依附这种思维定式，还自以为能够更切近地、更深入地理解对象国的文化。针对外国文化研究（包括外国文学）这种认识上的思维误区，苏联文论家米哈伊尔·巴赫金就提出了著名的"外位性"研究原则。他指出："存在着一种极为持久但却是片面的。因而也是错误的观念：为了更好地理解别人的文化，似乎应该融入其中，忘却自己的文化而用这别人文化的眼睛来看世界。这种观念，如我所说是片面的。诚然，在一定程度上融入别人文化中，可以用别人文化的眼睛关照世界——这些都是理解这一文化的过程所必不可少的因素；然而如果理解仅限于这一个因素的话，那么理解也只不过是简单的重复，不会含有任何新意，不会起到丰富的作用。创造性的理解并不排斥自我，不排斥自我所处的时间位置，不排斥本民族文化，也不会忘掉任何东西。对于理解而言，重要的是理解者对于他要创造性地加以理解的事物所具有的'外位性',在时间、空间和文化方面的'外位性'。"这是因为,"一个人自己甚至连自身的外表都不能真正看清和在整体上了解自身,任何镜子和照片都帮不上他的忙,只有他人,依靠他们在空间的外在性,依靠他是'他人'的这种条件,才能看清和理解他的真实外表"①。巴赫金还指出:"在文化领域中,外位性是理解的最强大的推动力。别人的文化只有在他人文化的眼中才能较为充分和深刻地揭示自己(但也不是全部,因为还会有另外的他人文化的到来,他们会见得更多,理解得更多)。"② 由此可见,"外位性"概念也属于外国文学研究值得借鉴的重要研究方法论的范畴。克服这种思维上的谬误,走出对象国语言的习惯思维定式,摆脱已经定型的文学观念和评价结论,需要更多地引入"他者"的视角,当然这就是杜甫所言,"转益多师是汝师",需要研究者视野宽广地跨文化多维度地阅读关于研究对象的文献资料,当然,研究者能够多语种地涉猎研究资料,是一种应当鼓励却也不易达到的更高的学术境界。

钱锺书先生似乎深谙文化研究的外位性原则。他在俄罗斯现代文艺理论与中国古典诗话的比较研究中,创造性地总结了中国古诗创作诗学。他发现了中国古代诗人远比俄国形式主义学派理论家更早地掌握了"陌生化"诗学的法则,自豪地指出了中国古典诗人在同一诗学领域领悟中的领先地位。20世纪早期与未来派关系密切的俄国先锋文艺理论的诗语研究会的学者代表什克洛夫斯基创立了所谓"陌生化"的艺术创作法则来对抗传统的艺术形象思维理论。即加深艺术文本的感知难度,使其语言陌生化,就是艺术创作的宗

---

① [苏联]巴赫金:《语言创作美学》,莫斯科,艺术出版社,1979年,第353—354页。

② 《巴赫金全集》(第四卷),河北教育出版社,1998年,第410—411页。

旨,艺术语言与日常语言不同的根本所在就是反生活语言的陌生化。钱锺书先生将形式学派这种"艺术法则概括为作者手眼须使熟者生(defamiliairition),或曰使文者野(rebarbairaziton)",但钱先生并没有仅仅停留在简单地介绍俄国这个当时的艺术新论上,而是敏锐地指出,在中国宋朝文学家梅圣俞早就掌握了诗歌创作的这一重要规律。钱先生进一步指出,苏东坡的前辈梅圣俞早就有以故为新、以俗为雅的诗歌创作理念,而且中国古典诗人对于"陌生化"艺术法则的运用不止于语言构造的形式方面,而在"取材选境,亦复如是"。故而,在钱先生看来梅圣俞的总结概括早俄国形式主义论宗近千年。完全可以说中国古典诗人在这个诗学领域是"夙悟先觉"[①],由此可见,坚持文化研究的主体性。应该通过平等的对话、交流,从而探索出各民族文学的共同规律。

我们应充分意识到研究外国文学是为了什么,是为了发展和丰富自己的文学,为创作自己民族的文学。

顺便还想涉及以下外国文学史的写作的文化转型问题。重构汉语版的外国文学史需要对传统的继承,也需要对新知识体系的接受。

四、外国文学研究与比较文学关系之我见

钱锺书先生曾经有言:文学翻译就是比较文学。这无疑强调了符合严复"信达雅"高质量的文学翻译的重要性。文学翻译不只是单纯运用字典和词典就可以完美地完成翻译工作。文学翻译首先要建筑在理解外国文化的基础上,同时还必须真正掌握本民族语言的精髓。其实文学翻译与文学创作相类似,从现象观察对转化为纸上的文字是一个复杂的过程。从某种意义上讲外国文学研究与比较文

---

① 钱锺书:《谈艺录》(补订本),中华书局,1984 年,第 32 页。

学关系极为密切，有时，就是被视为一种学科两种表达。比如有的学者就把鲁迅的外国文学研究看作比较文学，将先生的《摩罗诗力说》奉为比较文学研究的典范。① 那么，外国文学研究应该从比较文学中汲取哪些有益的成分呢？首先是现代人文的比较视野。对待任何一种国别文学，都不应该是鼓励封闭的，多元文化的开放意识和自觉比较的意识非常重要。

普希金既为俄罗斯浪漫主义文论、现实主义文论、形象思维理论准备了阐释文学创作的厚实的诗学基础，同时也为俄苏现代文论（形式学派、电影艺术蒙太奇理论、后现代理论）的转型预留了诗学空间。欧洲启蒙主义对于俄罗斯民族影响至今具有持久的文化与人文伦理的建构意义，俄罗斯文学以人道主义和现实主义的人文旨归，归根结底是以普希金为代表的坚信欧洲启蒙主义的理性人文理念。俄罗斯作为文学大国崛起的原因是俄罗斯民族文学及时汇入了世界文学发展的洪流，同时把文学的人民性作为民族文学发展的核心文艺思想，坚持不懈地传承，正是俄罗斯近代进步文学的人民性、民族性和人道主义价值为俄罗斯国家的文化赢得了世界声誉，为俄罗斯作为文化大国的崛起留下了宝贵的经验。普希金的文艺思想值得俄罗斯后世倍加珍重。普希金文学创作滋养的俄罗斯进步文艺思想，特别是以别林斯基为代表的社会历史文学批评充满了马克思主义重视的辩证历史思维，值得我们科学地借鉴。我想用俄罗斯文化学家利哈乔夫院士的话来暂别我对普希金与俄国近现代文艺思想的思考："普希金不朽的秘密在于，他在生活的每一个瞬间，在生活的每一个细微之处都看见了，感触到了，体验到了宏大的、永恒的全世界的意义。"②

① 乐黛云等：《比较文学原理新编》，北京大学出版社，第56—57页。

② ［俄］利哈乔夫：《解读俄罗斯》，吴晓都等译，北京大学出版社，2003年，第301页。

主要参考文献

一、中文部分

1. 《马克思恩格斯选集》（第一卷），人民出版社，1975 年。

2. 《马克思恩格斯论文学与艺术》，陆梅林辑注，人民文学出版社，1983 年。

3. 《列宁论文学与艺术》，中国社会科学院文学研究所文艺理论研究室编，人民文学出版社，1983 年。

4. 《列宁选集》（第二卷），人民出版社，1972 年。

5. 《列宁著作典故》，人民出版社，1984 年。

6. 《斯大林论文学与艺术》，人民文学出版社，1959 年。

7. 《列宁和俄国文学问题》，［苏联］梅拉赫著，臧仲伦等译，中国社会科学出版社，1982 年。

8. 《卢那察尔斯基论文学》，蒋璐译，人民出版社，1978 年。

9. 《普希金评论集》，冯春编选，上海译文出版社，1993 年。

10. 《解读俄罗斯》，［俄］利哈乔夫著，吴晓都等译，北京大学出版社，2003 年。

11. 《高尔基论文学》（续集），戈宝权等译，人民文学出版社，1978 年。

12. 《马克思和世界文学》，［英］柏拉威尔著，梅绍武等译，三联书店，1980年。

13．《马克思恩格斯和文学问题》，［苏联］弗连德里杰尔著，郭值京等译，上海译文出版社，1984年。

14．《列宁文艺思想论集》，董立武，张耳选编，中国社会科学出版社，1986年。

15．《陀思妥耶夫斯基与世界文学》，［苏联］弗连德里杰尔著，施元译，上海译文出版社，1997年。

16．《世界文学理论读本》，刘洪涛、尹星主编，北京大学出版社，2013年。

17．《苏联文学史》，叶水夫主编，中国社会科学出版社，1994年。

18．《俄国文学史》，曹靖华主编，人民文学出版社，1989年。

19．《普希金》，［苏联］布拉果依著，陈燊译，新文艺出版社，1957年。

20．《普希金创作评论集》，戈宝权等著，漓江出版社，1983年。

21．《阅读普希金》，刘文飞著，人民文学出版社，2002年。

22．《苏联文学沉思录》，刘亚丁著，四川大学出版社，1996年。

23．《普希金学术史研究》，张铁夫著，译林出版社，2013年。

24．《从普希金到巴赫金——俄罗斯文论和文学研究》，程正民著，福建人民出版社，2015年。

25．《论普希金屠格涅夫托尔斯泰》，王智量著，光明日报出版社，1985年。

26．《现代美学体系》，叶朗主编，北京大学出版社，2000年。

27．《彼得大帝在位时期的俄罗斯帝国史》，［法］伏尔泰著，吴模信译，商务印书馆，2016年。

28．《俄国史教程》，［俄］克柳切夫斯基著，张草纫等译，商务印书馆，1997 年。

29．《普希金传》，［苏联］格罗斯曼著，黑龙江人民出版社，王士燮译，1983 年。

30．《天才诗人——普希金》，［法］特罗亚著，张继双等译，世界知识出版社，2000 年。

31．《作家的创作个性和文学的发展》，［苏联］赫拉普钦科著，满涛译，上海人民出版社，1977 年。

32．《卢卡奇文学论文集》（二），中国社会科学院外国文学研究所外国文学研究资料丛刊编辑委员会编，中国社会科学出版社，1985 年。

33．《马克思主义与美学中的现实主义》，程代熙著，上海文艺出版社 1983 年。

34．《近代文学批评史》，［美］韦勒克著，杨自伍译，上海译文出版社，2009 年。

35．《走出封闭的文化圈》，张隆溪著，三联书店，2004 年。

36．《艺术的起源》，［德］格罗塞著，蔡慕辉译，商务印书馆，2008 年。

37．《神圣的荷马——荷马史诗研究》，陈中梅著，北京大学出版社，2008 年。

38．《超学科比较文学》，乐黛云、王宁主编，中国社会科学出版社 1989 年。

39．《启蒙运动的生意》，［美］罗伯特·达恩顿著，顾杭译，三联书店，2005 年。

40．《普列汉诺夫美学论文集》，曹葆华译，人民出版社，1983 年。

41．《走向世界文学——中国现代作家与外国文学》，曾小逸主编，湖南文艺出版社，1985 年。

42.《大国悲剧——苏联解体的前因后果》，[苏联]雷日科夫著，徐昌翰等译，新华出版社，2008 年。

43.《苏联末日观察》，万成才著，中央编译出版社，2011 年。

44.《从赫鲁晓夫到普京》，张捷著，社会科学文献出版社，2010 年。

45.《苏联文学的最后七年》，张捷著，社会科学文献出版社，1994 年。

46.《一个大国的崛起与崩溃——苏联历史专题研究 1917—1991》，沈志华主编，社会科学文献出版社，2009 年。

47.《转型中的俄罗斯社会与文化》，冯绍雷等主编，上海人民出版社，2005 年。

48.《苏联文学思想斗争史》，[苏联]伊万诺夫著，曹葆华译，作家出版社，1957 年。

49.《当代苏联小说史》，许贤绪著，上海外语教育出版社，1991 年。

50.《赫拉普钦科文学论文集》，张捷译，人民文学出版社，1997 年。

51.《艺术家托尔斯泰》，[苏联]赫拉普钦科著，张捷等译，上海译文出版社，1987 年。

52.《苏联当代美学》，凌继尧著，黑龙江人民出版社，1986 年。

二、俄文部分

1. Пушкин А .С.Сочинения. М.,Гос. Изд. Худ. Лит, Москва 1949.

2. Пушкин А .С.О литературе. М.,Издательство Детская

литература, 1977.

3. Минаева Н.В.Век Пушкина. М., Собрание, Москва 2007.

4. Пушкин и мир Востока. М., Москва Наука, 1999.

5. В И Келешов В.И.А. С. Пушкин.Научно-художественная биография.М.,Наука, 1997.

6. Виноградов В.В. Стиль Пушкина. М.,Наука 1999.

7. Богданова О. В. Пушкин - наше всё...: литература постмодерна и Пушкин. - СПб. : фак-т филологии и искусств СПбгу, 2009.

8. Национальный гений и пути русской культуры: Пушкин, Платонов, Набоков в конце XX века. Омск ,Изд-во ОмГПУ,2000.

9. Долинин А.А.Пушкин и Англия.цикл статей. М.,Новое литературное обозрение,2009.

10. Пушкин и античность / Ин-т мировой лит. им. А. М. Горького РАН. Центр изуч. античности; [Отв. ред. И. В. Шталь].М.,Наследие, 2001.

11. Пушкин через двести лет. Материалы Международной научной конференции юбилейного (1999) года. М., ИМЛИ РАН, 2002.

12. Измайлов Н. В. Очерки творчества Пушкина.Л.,Наука, 1975.

13. Пушкин А.С. в Русской критике.М.,Государственное издательство художественной литературы,1953.

14. Пушкин в школе.сборник статей. М.,Издательство Академии педагогических наук РСФСР,1951.

15. Пушкин:неизвестное об известном. М.,Газета Автограф,1999.

16. Род и предки А.С.Пушкина. М.,издательство Васанта,1995.

17. Легенды и мифы о Пушкине.СПб. , Гуманитарное агентство Академ. проект, 1999.

18. Бонди С. О Пушкине.М.,художественная литература,1978.

19. Томашевский Б.В. Пушкин работы разных лет. М.,Книга,1990.

20. Трофимов Е.Метафизическая поэтика Пушкина. Иваново,Ивановский государственный университет,1999.

21. Набоков В.Комметарии к Евгению Онегину Александра Пушкина.М., НПК Ителвак,1999.

22. Летопись литературных событий в России конца XIX – начала XX в (1891—октябрь1917).ИМЛИ РАН,2009.

23. Волков А.Очерки Русской литературы конца XIX и начала XX веков.Гос. изд. Худ. Лит,1952.

24. Краснобаев Б.И.Очерки истории русской культуры XVIII века.М.,просвещение,1987.

25.Труды Отделения Историко-филологичских наук.2006 сборник. М.,Наука,2007.

26. Касаткина Т. О. творящей природе слова. Онтологичность слова в творчестве Ф.М. Достоевского как основа «реализма в высшем смысле» .М.,ИМЛИ,2004.

27. Формальный метод: Антология русского модернизма.том 1:системы./ Под ред. С. А. Ушакина.Екатеринбург-Москва : Кабинетный ученый, 2016.

28. Георгиева Т. С. История русской культуры: история и современность. М., Юрайт,1999.

29. Кармин А. С. Культурология.Москва, 2009.

30. Л. Н. Толстой и А. П. Чехов: рассказывают современники,

архивы, музеи… / сост. и авт. коммент. А. С. Мелкова; РАН. Ин-т мировой лит. им. А. М. Горького. М.,Наследие, 1998.

31. Бродский Н. Л. Евгений Онегин роман А. С. Пушкина. М., Учпедгиз,1950.

32. Русская литература XIX Века Москва Просвещение 1995.

33. Барабаш Ю.Вопросы эстетики и поэтики.М.,Издательство современник, 1983.

34. А. В. Западов Поэты XVIII века Издательство Московского университета 1984.

35. История философской мысли в Московском университете / [И. Я. Щипанов, Л. Г. Титова, М. М. Филиппова и др.]; Под ред. И. Я. Щипанова. М.,Изд-во МГУ, 1982.

36. Лихачев Д. С.Раздумья о России.Издательство Logos,1999.

37. Тынянов Ю.Литературная эволюция. Аграф,2002.

38. Баршт К.А., Русское литеротуроведение РГПУ им. А. Герцена Санкт—петерпург 1997

39. Диалог кулътур в глоболизирующемся мире.М.,наука,2005.

40.Лотман Ю.М.Статъи по семиотике искусства. СПб.,Академический проект, 2002.

41. Кондаков И.В. Культурология: История культуры России. Курс лекций. М., Омега-Л; Высшая школа, 2003.

42. Кантор В.К. Русский европеец как явление культуры. М.,РОССПЭН,2001.

43. Сушков Б.Ф. Русская культура: новый курс.М.,Наука,1996.

44. Страницы истории советской художественной культуры 1917-1932 М.,Наука,1989.

45. Храпченко М.Б.Художественная литература, действительность, человек. М.,Советский писатель,1978.

46. Храпченко М.Б.Горизонты художественного образа. М.,художественная литература,1986.

三、网文文献：

1. А С Пушкин и просвешение http://www.altspu.ru/Journal/pedagog/pedagog_6/a25.html.

2. Пушкинский юбилей 1937 года — Википедия https://ru.wikipedia.org/wiki/.

后　记

　　著名诗人普希金，是俄国的，也是世界的，他为世界文坛留下了大量富于思想性和艺术性的经典诗文；他虽然不是文艺理论家，但他对俄罗斯近现代进步文艺思想和理论的发展给予了智慧的启迪，提供了可贵的诗学创新资源。近年来，俄国学界对普希金在文艺思想贡献上的评价有了一个新的提升，值得学界进一步深入探究。为此，本书作者不揣浅陋，愿在普希金与俄国近现代文艺思想的关系研究中做一次粗浅的尝试，与同行学者和广大读者分享自己近年来的一点儿研读体会，还望得到学界和读者朋友的批评指正。

　　在普希金与俄国近现代文艺思想关系的研究以及本书的写作及出版过程中，十分有幸得到北京大学李明滨先生、中国社会科学院陈众议先生、首都师范大学刘文飞先生、花山文艺出版社郝建国先生、北京大学张冰女士以及本书责任编辑于怀新、卢水淹先生的热心指教与帮助，在此深表谢忱。

作　者

2020 年 7 月 10 日